Mary Wine

Auteure d'une vingtaine de romans, elle s'est spécialisée dans la romance écossaise et a reçu de nombreux prix. Elle a également écrit des livres érotiques.

Dans le lit
d'un ennemi

Du même auteur
aux Éditions J'ai lu

TERRES D'ÉCOSSE

Prisonnière de ton cœur
N° 9893

La farouche
N° 10018

LA SAGA MCJAMES

1 – Dans le lit d'un inconnu
N° 10414

2 – Dans le lit d'un guerrier
N° 10114

MARY
WINE

LA SAGA MCJAMES – 3

Dans le lit d'un ennemi

Traduit de l'anglais (États-Unis)
par François Delpeuch

J'AI LU

POUR elle

Si vous souhaitez être informée en avant-première
de nos parutions et tout savoir sur vos auteures préférées,
retrouvez-nous ici :

www.jailupourelle.com

Abonnez-vous à notre newsletter
et rejoignez-nous sur Facebook !

Titre original
BEDDING THE ENEMY

Éditeur original
Brava Books, published by Kensington Publishing Corp., New York

1

Château de Red Stone, terre des McQuade, Écosse, printemps 1604

Laird…

Keir McQuade n'avait jamais brigué ce titre. Il n'avait même pas imaginé qu'il puisse lui revenir un jour. Et tout en remontant ces couloirs qu'il avait si souvent parcourus par le passé, il avait l'impression d'arpenter leur sol de pierres polies pour la première fois de sa vie.

Car aujourd'hui il était laird McQuade.

Un calme inquiet était retombé sur les terres de son père. Le genre de calme dont Keir se méfiait. Ses gens étaient dans l'expectative. Son père avait exercé le pouvoir sans pitié et ses deux fils aînés avaient aveuglément suivi son exemple, le secondant dans ses raids nocturnes qui avaient abouti à l'enlèvement de leur sœur unique.

Keir soupira. Bronwyn était le seul membre de la famille qui lui était cher. Et elle lui manquait, maintenant qu'elle était mariée. Quant à son père et à ses frères, il ne pleurait pas leur disparition.

Il avait passé Sodac, son frère cadet, au fil de sa propre épée, après que ce dernier eut aidé leur aîné à empoisonner leur sœur.

Et tout cela pour quoi ? Pour la spolier de la dot qu'elle tenait de sa mère.

Keir secoua la tête. Même si trois mois s'étaient écoulés depuis, il était encore un peu éberlué chaque matin, à son réveil, en se remémorant la suite d'événements qui l'avaient amené à hériter du titre des McQuade.

Il fronça les sourcils en approchant de ses appartements : des pas résonnaient sur les dalles. Deux jeunes pages apparurent bientôt au détour du corridor, portant un lourd coffre.

— Laird, murmurèrent-ils.

Faute de pouvoir lâcher leur fardeau afin de tirer sur leur béret, ils inclinèrent la tête. Keir remarqua qu'ils gardaient les yeux fixés sur le couvercle du meuble, évitant son regard.

Une servante aux bras chargés les suivait.

— Veuillez m'excuser, laird.

Elle effectua une révérence sans même s'arrêter et contourna prestement son laird.

Ce dernier se renfrogna de plus belle et, franchissant le seuil de ses appartements, y jeta un coup d'œil. Les volets de la pièce étaient grands ouverts sur l'air frais du printemps, laissant entrer un parfum végétal. Keir sentit une tension s'installer entre ses omoplates.

— Que se passe-t-il ici, Gwen ?

Sa maîtresse se tenait près du lit, la main posée sur l'une des colonnes du baldaquin. Elle se raidit, ses doigts étreignant le poteau de bois sculpté. Keir l'entendit soupirer avant de se tourner vers lui.

— Le moment est venu, Keir.

— Ah bon ? fit-il en parcourant la chambre du regard.

Plus aucune des affaires de la jeune femme n'était visible.

— C'est curieux, reprit-il, mais je ne me souviens pas que nous ayons convenu que tu devais partir.

— Nous n'avons rien convenu du tout car tu as toujours évité le sujet chaque fois que je l'abordais. J'ai fini par prendre la décision moi-même.

Tout en semblant résignée, elle montrait une détermination qu'il ne pouvait s'empêcher d'admirer.

— Tu as eu tes écoulements mensuels, n'est-ce pas ?

Il s'avança vers elle. Gwen esquiva son contact. Il en eut un pincement au cœur.

— Les circonstances ont changé, enchaîna-t-il. Cesse de boire ta décoction. Nous pouvons nous marier, maintenant que mon père n'est plus là pour s'y opposer.

— Tu ne peux pas m'épouser, Keir, répondit-elle avec un sourire triste. Ne parle pas ainsi.

— Tu m'aimes, Gwen, et je vais faire de toi ma femme. Je suis le nouveau laird et je ne dépends plus de mon père. Si j'ai refusé que nous ayons un enfant jusqu'à présent, c'était uniquement parce qu'il l'aurait relégué au rang de bâtard.

— Oui, mais toi, tu ne m'aimes pas, répliqua-t-elle, les yeux brillants, avant de prendre une profonde inspiration. Tu as raison, je viens d'avoir mes règles et l'heure est venue de m'en aller… tant que j'ai encore la force d'écouter la voix de la raison.

— Je n'ai jamais dit que je ne t'aimais pas !

La jeune femme leva une main fine pour lui intimer le silence. Une résolution farouche tendait ses traits.

— Tu refuses de me le dire parce que tu sais que je t'aime et parce que tu es un homme de cœur. Aussi est-ce à moi qu'il revient d'exprimer tout haut la vérité.

— Gwen…

— Tu es le laird, désormais, le coupa-t-elle. Comme ta sœur, tu as le devoir de contracter le mariage le plus avantageux pour ton clan. Moi, je ne t'apporterais rien.

— Tu es une personne remarquable, Gwen. Tu ferais une excellente châtelaine pour Red Stone.

Elle sourit de nouveau, manifestement touchée par le compliment, mais sa détermination ne parut pas fléchir pour autant.

— Merci, repartit-elle. Il n'en reste pas moins que tu ne m'aimes pas.

Keir poussa un soupir de frustration entre ses dents serrées. Il ne pouvait nier la réalité. Mentir sur une question aussi grave aurait pour seul résultat d'inutiles souffrances.

— Je préférerais qu'il en soit autrement, Gwen. Sincèrement.

Elle se rapprocha de lui et prit son visage entre ses doigts élégants. Ses yeux luisaient de larmes. Keir en eut la gorge nouée.

— Je le sais bien, mon ami, mais tu ne peux aller contre les arrêts du destin. Tu m'as toujours traitée avec la plus grande prévenance, alors même que je n'étais pas pure quand tu m'as connue.

Ses mains tremblaient. Elle recula avant qu'il ne la prenne dans ses bras pour la réconforter.

— Je n'ai aucun regret à ce sujet, ajouta-t-elle. J'aime la vie et je suis toujours les élans de mon cœur, pour le meilleur comme pour le pire. Mes sœurs sont mariées ; ma mère sera heureuse de m'avoir de nouveau sous son toit, conclut-elle en se dirigeant vers la porte. Si tu épouses une fille que tu n'aimes pas, Keir, veille au moins à ce que cette union soit bénéfique aux McQuade.

— Je pense que ta présence serait extrêmement bénéfique à ce clan si tu te mariais avec moi.

La jeune femme marqua une pause sur le seuil.

— Non, Keir. Je n'ai jamais été lâche. Tu te serais lassé de moi en une quinzaine de jours si je l'avais été. Je t'aime, c'est vrai, et il m'en coûte de te quitter, mais l'amour m'est trop cher pour que je n'aie pas envie d'aller le chercher ailleurs. Quand je serai enceinte de mon premier enfant, je veux voir ce même sentiment dans les yeux de son père, et pas seulement la tendresse que tu m'as toujours témoignée. Je te suis néanmoins reconnaissante de cette tendresse, et je t'aime assez pour te libérer de moi et te permettre ainsi de trouver une femme qui saura toucher ton cœur. L'amour est un don précieux qu'il ne faut pas refuser… quand du moins on le reçoit.

Elle recula dans le couloir.

— Ne l'oublie pas, Keir. N'oublie pas que je souhaite uniquement notre bien à tous les deux. Il me faut partir, car tu es trop bon pour me congédier et je ne veux pas être la maîtresse pour laquelle tu délaisserais ta noble promise. Elle aura peu voix au chapitre dans le choix de son époux. Il serait injuste qu'elle en souffre. Quand tu l'amèneras ici, mieux vaut qu'elle n'ait pas à me disputer tes faveurs et qu'elle soit la seule à disposer de cette chambre avec toi.

Elle avait raison. Keir peinait à l'admettre, mais elle voyait clair en lui.

— Soit, Gwen. Comme toujours, tu sais m'inciter à regarder la réalité en face.

Il la suivit dans le couloir, remarquant au passage le frémissement qui agitait sa peau pâle. Il tendit la main pour lui caresser la joue. Elle nicha son visage contre sa paume, un doux sourire au coin des lèvres.

— Mais tu vas prendre une paire de chevaux avec toi, précisa-t-il.

— Pas question, rétorqua-t-elle d'une voix devenue soudain aussi dure que la pierre.

— J'y tiens.

Elle plissa les paupières. Il eut une moue comique : sa force de caractère l'avait toujours séduit.

— Et tu emporteras également d'autres babioles, dont un peu d'argenterie.

— Je ne suis pas une catin.

— Je ne l'ai jamais pensé. Et je te répète que je serais prêt à t'épouser, aujourd'hui même si tu le désires.

Elle le foudroya du regard. Jamais elle ne s'était laissé intimider par sa haute taille – autre qualité qu'il appréciait chez elle. Elle secoua la tête pour souligner son refus.

— Tu vas prendre ces chevaux, insista-t-il, et aussi quelques moutons. Puisque te voilà partie en quête de l'amour, autant m'assurer que tu n'en viennes pas à te passer la corde au cou rien que pour assurer ta subsistance.

Il lui caressa la joue une dernière fois.

— Promets-moi que tu viendras me voir si tu as besoin de quoi que ce soit, Gwen. D'accord ?

Elle le prit entre ses bras et l'étreignit avec force, son corps tremblant à peine.

— Oui, Keir. Je te le promets.

Puis elle s'éloigna dans le couloir où disparut bientôt le bruit de ses pas. Serrant les poings, Keir se força à lui tourner le dos et à rentrer dans la chambre. Celle-ci lui parut soudain très vide.

Oh oui, songea-t-il, le titre de laird était bel et bien un fardeau.

Mais il imposait des devoirs, et Gwen avait raison : s'il se mariait, ce serait pour le bien du clan. Il lui fallait trouver une épouse disposant de puissantes relations, voire d'une bonne dot. L'amour était pour le commun des mortels, qui n'avait pas conscience de l'incroyable chance de pouvoir choisir librement sa vie. Le titre de laird impliquait une responsabilité terriblement lourde à porter.

Il était néanmoins prêt à l'assumer.

Reportant son attention sur la cour du château, il vit ses gens aller et venir à leurs tâches et se jura de redorer les couleurs de son clan. *Leur* clan. Oui, se promit-il, le nom des McQuade serait de nouveau admiré, au lieu d'être méprisé pour ses raids nocturnes.

Et cette mission, il commencerait à la remplir en se trouvant une fiancée digne de ce nom.

Élisabeth n'était plus. Jacques Stuart avait hérité de la couronne, recevant son titre de cette femme qui avait signé l'arrêt de mort de sa propre mère. L'aristocratie anglaise attendit le successeur de la défunte reine alors que le printemps chassait les frimas de l'hiver, puis la cour londonienne s'inclina devant le nouveau couple royal.

C'était au milieu de cette même cour qu'Helena Knyvett évoluait ce jour-là, choisissant avec soin l'endroit où elle posait les pieds. Dès le plus jeune âge, elle avait appris à contrôler ses moindres gestes. Les mains étalées comme il se devait sur le devant de sa jupe, afin de mettre en évidence ses longs doigts, elle gardait le menton droit et l'air amène.

Il lui fallait souvent s'arrêter pour marquer son respect aux nobles qu'elle croisait. De toute manière, elle ne se rendait nulle part en particulier et n'avait d'autre but que de représenter sa famille parmi l'aristocratie anglaise. Telle était sa mission : frayer avec les personnes de son rang en montrant, par ses manières posées, sa bonne éducation ainsi que la qualité de son lignage.

C'était d'ailleurs uniquement à leur intention qu'elle portait sa toilette actuelle, une coûteuse robe de soie damassée dotée, comme l'exigeait la mode, d'un corset à baleines et de manches serrées, contraintes qu'elle se devait d'assumer sans qu'un frémissement de sourcils vienne déparer son maquillage. Offrir l'image que l'on attendait d'elle était indispensable pour s'attirer les faveurs de dignes prétendants. Son maintien et sa distinction étaient ses principaux atouts pour se trouver un époux. L'art du mariage, à la cour, ne souffrait aucune erreur.

C'était du moins ce qu'on n'avait cessé de lui répéter depuis l'enfance : son destin était de favoriser sa famille, d'honorer son père et de toujours avoir ses intérêts en vue à chaque instant de son existence.

En réalité, elle était lasse de cette comédie qui régnait à la cour, de toutes les manigances et cabales démentant les salutations déférentes voire obséquieuses qui s'échangeaient publiquement dans les salles du palais alors que, dans les coins sombres, les aristocrates parlaient les uns des autres en termes rien moins qu'affables.

— Eh bien, il t'en a fallu, du temps.

Edmund Knyvett, lui, adorait la cour et ses mœurs. Helena gratifia son frère d'une révérence, et il leva les yeux au ciel. Seul fils du comte de Kenton, Edmund était habillé avec faste, d'un pourpoint en velours avec manches de soie, et se tenait campé sur un seul pied, l'autre touchant à peine le sol. C'était une pose commune parmi les aristocrates, le genre de maintien qui était considéré comme raffiné.

— Assez, Helena ! Utilise tes bonnes manières pour les autres.

La jeune femme savait qu'elle ennuyait son frère. Celui-ci préférait la compagnie de ses amis et de leurs maîtresses. Il se servait souvent d'elle comme alibi pour ses rendez-vous galants. Non qu'il ait vraiment besoin de s'en cacher, ni elle-même de mentir à ce sujet : Edmund était l'héritier de son père et destiné à devenir comte un jour ; aucun courtisan n'aurait pris le risque de s'en faire un ennemi. Tant qu'une excuse crédible pouvait masquer ses frasques, tout le monde préférait les ignorer. Ce qui n'était d'ailleurs pas plus mal pour Helena car, étant sa sœur, si l'un des influents pairs d'Edmund avait voulu nuire à ce dernier, elle en aurait pâti à son tour.

Ainsi se passait l'existence à la cour, dans un brouillard constant de rumeurs et d'intrigues. Helena n'y avait pas d'amis et vivait dans la crainte de s'attirer le mépris de son frère pour n'avoir su tenir convenablement son rang. Car Edmund ne lui passait rien et veillait à relever ses moindres écarts de conduite ou, du moins, ce qu'il considérait comme tels.

— Je suis venue dès réception de ta convocation.

— Oui, oui. Peu importe, l'interrompit son frère en l'entraînant à sa suite.

Les autres nobles leur dégagèrent prestement le passage avec une légère inclinaison de la tête. Ils atteignirent ainsi l'extrémité de la grande salle et s'engagèrent dans l'une des galeries latérales du palais. Une fois à l'écart de l'immense hall de réception, on pouvait, à condition de baisser la voix, parler un peu plus à son aise.

— Il est temps de te rapprocher du trône, déclara Edmund, avant de marquer une pause pour regarder par une des baies qui s'ouvraient dans le mur.

Dehors, la reine Anne se trouvait dans son jardin privé avec deux de ses enfants. La jeune reine était enchantée par son nouvel environnement, comme le prouvait l'excitation dans ses yeux.

— M'aurait-on proposé une place ? s'enquit Helena tout en espérant le contraire.

Intégrer la suite de la reine l'aurait piégée à la cour dans le rôle d'espionne pour le compte de sa famille.

— Non. Pas encore, du moins, répondit son frère avant de désigner l'une des demoiselles d'honneur à l'autre bout du jardin. Tu vois cette rousse, là-bas ? C'est Raelin McKorey. Il paraît que la moitié de l'Écosse la considère comme une sorcière, pour avoir amené un de ses compatriotes à s'embrocher sur la pique d'un garde royal. Provoquer sa disgrâce ne devrait pas être trop compliqué. Il suffirait de donner à la reine une bonne raison de se passer de sa compagnie – comme lui chatouiller un peu les tétons et froisser ses jupons de jeune vierge au détour d'un couloir du palais. Voilà qui devrait la déshonorer assez pour lui coûter sa position à la cour et t'offrir l'ouverture que nous cherchons.

Helena écarquilla les yeux. Son frère n'avait que peu de compassion, elle le savait d'expérience. La jeune courtisane qu'il avait désignée portait les couleurs des suivantes de la reine, or et crème. Une balafre marquait la peau veloutée d'une de ses joues. Elle souriait néanmoins aux enfants royaux. La jeune princesse lui prit les mains et commença à tourner autour d'elle. Les yeux pétillants de joie, Raelin se mit à virevolter avec la petite fille, jusqu'à ce que leurs jupes soient aussi gonflées que les oriflammes bordant la lice, les jours de joutes. Peu leur importait ce que les autres pouvaient penser d'elles. Raelin continuait simplement à tournoyer sur place en soulevant la princesse dans l'air frais du matin.

C'était un pur délice de les voir s'amuser ainsi. Voilà quelque chose qui lui manquait, songea Helena. Depuis combien de temps n'avait-elle connu semblables moments de plaisir innocent ? Tel était, hélas, le fardeau des gens les mieux nés : leur image primait.

— Va donc séduire la royale progéniture. Il faut que la reine connaisse ton visage avant que j'écarte Raelin de ton chemin, ou elle risque de choisir quelqu'un d'autre pour la remplacer.

Helena en avait de la peine pour l'Écossaise, mais n'osa l'exprimer tout haut. Edmund savait se montrer cruel et n'hésitait devant aucun moyen de pression pour la soumettre à sa volonté. Elle espérait seulement que Raelin McKorey montrerait plus de jugeote que son frère ne daignait lui en attribuer.

C'était tout à fait dans l'ordre du possible. Comme beaucoup d'hommes, Edmund avait tendance à méconnaître l'intelligence du beau sexe.

Tout en ruminant ces pensées, la jeune femme était sortie et longeait maintenant en silence le bord du jardin. Le bruit des rires était contagieux, tant cette sincérité détonnait en ces lieux de faux-semblants et d'hypocrisie.

Anne du Danemark n'avait pas fini de s'installer dans sa nouvelle demeure et oubliait souvent de s'entourer de gardes. Seule une paire de sentinelles écossaises la protégeait. Les massifs guerriers dévisagèrent Helena quand celle-ci s'abîma gracieusement dans une profonde révérence à quelques pas de la souveraine.

— Oui ? Que désirez-vous ? demanda celle-ci, visiblement contrariée d'être dérangée dans ce moment d'intimité familiale.

— Veuillez pardonner mon intrusion, Votre Majesté, mais les rires de vos enfants m'ont attirée jusqu'ici. Leur joie innocente m'est un baume.

La reine sourit, visiblement flattée dans sa fierté de mère.

— Qui êtes-vous ? s'enquit-elle.

— Helena Knyvett, Votre Majesté.

Toutes les suivantes d'Anne la regardaient maintenant avec curiosité. Les gardes, eux, s'étaient déjà désintéressés de sa personne pour retourner surveiller les entrées du jardin.

— Je pense que chacun d'entre nous pourrait apprendre des enfants pour vraiment profiter d'une matinée de printemps, déclara la reine en couvant ses petits d'un œil tendre.

Elle releva la tête vers Helena, qui fut surprise de constater que la souveraine semblait attendre une réponse de sa part. D'ordinaire, il était plutôt rare qu'un haut personnage de la cour cherche le dialogue plutôt qu'un assentiment muet.

— C'est tout à fait exact, Votre Majesté, acquiesça Helena.

La reine sourit. La jeune femme se trouva tiraillée entre des sentiments contradictoires. D'un côté, elle était enchantée par le spectacle des enfants qui ignoraient encore la rouerie ainsi que les aspects les plus rudes de l'existence. Mais elle n'en était pas moins hérissée à l'idée d'exécuter les ordres de son frère qui, à l'instant même, devait ricaner de contentement. Ce rictus suffisant, elle ne le connaissait que trop. Être la complice de ses manigances lui répugnait.

Cependant, la journée était belle et elle avait appris à profiter de tous les plaisirs qui se présentaient à elle. Avant peu, sa famille lui soumettrait d'autres exigences. Ainsi allait la vie d'une jeune fille noble. D'ailleurs, tel était le sort de tous les enfants en général. D'aucuns prétendaient que le simple fait d'être mécontent de sa situation était un péché.

Helena n'y croyait pas, pour sa part. Elle avait un esprit et ne le laissait pas en friche. La cour présentait au moins un avantage indéniable à ses yeux : une bibliothèque sans égale dans tout le pays. Et aussi, la présence d'hommes instruits toujours heureux de disposer d'un auditoire, quand bien même celui-ci était féminin. Elle passait ainsi des heures dans la bibliothèque. Les rangées de livres et d'instruments scientifiques étaient devenues son havre de paix. Mais c'était surtout le laboratoire fondé par Dr John Dee sous le règne d'Élisabeth qui la fascinait. Ses disciples poursuivaient son œuvre et l'autorisaient parfois à assister à leurs travaux.

— Helena, suivez-nous dans mes appartements.

— Oui, Votre Majesté.

La reine Anne prit son fils dans ses bras, qui s'empara aussitôt de son collier de perles et se mit à le suçoter. La princesse Élisabeth sautillait gaiement à côté de Raelin McKorey qui lui tenait la main.

Helena emboîta le pas à la souveraine en compagnie de sa cohorte de demoiselles et de dames d'honneur. Anne ne paraissait même pas les remarquer, évoluant gracieusement dans sa toilette de soie tandis que son garçon mâchonnait un rang de perles valant une fortune. Elle était née princesse du Danemark et semblait parfaitement habituée à être l'objet de toutes les prévenances.

Helena avait elle-même appris à vivre dans ce milieu particulier. Elle suivit donc la reine dans ses appartements. Tout y était somptueux, mais sans luxe ostentatoire. La reine Élisabeth appréciait en son temps l'artisanat de qualité, et la plupart des bois sculptés dataient de l'époque où elle avait rassemblé à sa cour certains des hommes les plus talentueux du monde entier. Le théâtre, la peinture et même le soufflage du verre avaient intégré la culture anglaise sous son règne.

Des musiciens se mirent à jouer en sourdine, dissimulés derrière l'une des tentures murales. Les parois entre les tapisseries étaient lambrissées de bas-reliefs en bois doré, aux ornements polychromes de toute beauté. Un doux babil de fontaine parvenait des douves du château par les fenêtres ouvertes.

— Aimez-vous la musique, lady Helena ? demanda Raelin McKorey tout en maintenant la jeune princesse sur un cheval à bascule.

La petite fille paraissait prendre grand plaisir à se balancer sur le jouet de bois, qui était agrémenté d'une petite selle d'amazone et d'une crinière de soie.

— Oui, répondit simplement la jeune femme.

La demoiselle d'honneur se rapprocha d'elle.

— Jouez-vous d'un instrument ?

— Mon père m'a fait apprendre la mandoline et le virginal.

Le comte de Kenton estimait en effet que la musique était un des talents indispensables à toute dame de la cour.

Raelin sourit.

— Mon père m'a également offert des leçons pour jouer de ces instruments, mais je me débrouille très mal.

De légères intonations gaéliques marquaient l'élocution de la jeune fille, lui donnant une saveur originale.

— J'en doute, répondit poliment Helena.

— Vous avez tort, croyez-moi, s'esclaffa Raelin. Mais ne vous inquiétez pas : on ne peut pas être doué pour tout, n'est-ce pas ?

L'accent de l'Écossaise était charmant. Helena se prenait à l'apprécier. La cour comportait plus d'Écossais maintenant que Jacques avait accédé au trône, mais, jusqu'alors, elle n'avait entendu que des hommes s'exprimer avec cet accent particulier.

L'une des autres demoiselles d'honneur suivait leur échange. Elle avait une chevelure blond doré et des yeux d'un bleu vibrant. Elle se pencha vers Helena et prit un ton de conspiratrice :

— Abstenez-vous simplement de défier Raelin aux cartes… à moins que vous n'aimiez perdre, bien sûr. Son frère lui a appris à jouer comme un corsaire. Elle met tout le monde à sac autour d'une table.

Raelin haussa les épaules.

— Je vous présente Catriona McAlister, dit-elle à Helena. Comme vous pouvez le constater, elle pense que c'est mon frère Alarik qui m'a appris à jouer aux cartes. Je m'en voudrais de la détromper ; cela risquerait d'ébranler sa fierté.

Catriona émit un léger reniflement moqueur, avant de s'assurer d'un bref coup d'œil que personne n'épiait leur conversation.

— Je maintiens ce que j'ai dit. En tout cas, ton frère ne l'a jamais démenti. Et puis, tu avoueras qu'il n'y a pas plus corsaire que lui dans l'âme.

— Peut-être, déclara soudain la reine, les réduisant aussitôt au silence, nous feriez-vous le plaisir de nous montrer votre talent au virginal, Helena ?

Anne désigna l'instrument luxueusement décoré. Une servante en ouvrit aussitôt le couvercle de bois qui protégeait ses touches.

— Ce sera un honneur pour moi, Votre Majesté, répondit la jeune femme.

Un vague étonnement se peignit sur le visage de la reine, bientôt remplacé par une expression de plaisir anticipé. S'étant placée devant le virginal, Helena rassembla ses jupons tandis qu'une domestique glissait sous son séant le petit tabouret assorti à l'instrument. Le tout s'effectua en un seul mouvement fluide et élégant, dont sa mère aurait été fière. Les heures d'enseignement des bonnes manières que celle-ci lui avait infligées depuis l'enfance se révélaient en cet instant plus précieuses que jamais.

La jeune femme prit le temps d'ôter ses gants. Les oreilles se tendirent autour d'elle, dans l'attente des premières notes. Les musiciens cachés derrière les tentures cessèrent de jouer, achevant de la projeter au centre de l'attention générale. C'était cependant un défi que la jeune femme était prête à relever. Ayant mis ses gants de côté, elle plaça délicatement ses doigts sur les touches de nacre.

Elle commença par le premier couplet de *Greensleeves* et sentit bientôt la tension se dissiper. Elle gagna en assurance à mesure qu'elle progressait. La musique n'était pas un talent que son frère pouvait utiliser ; c'était une lumière qui palpitait dans son cœur. Elle n'était jamais aussi heureuse que lorsqu'elle insufflait la vie à un air entraînant. Puis la dernière note de la chanson vibra, et le virginal se tut.

La reine et ses suivantes applaudirent doucement. Même la princesse Élisabeth battit des mains, avant de se rattraper à la tête du cheval à bascule, que son enthousiasme avait balancé un peu trop vivement.

— Délicieux, Helena, décréta Anne. Vous m'impressionnez.

La jeune femme se releva pour effectuer une profonde révérence.

— Pas de cela ici, dans mes appartements privés, la prévint la souveraine. Mais continuez donc à jouer, je vous prie. Quelque chose de gai.

Elle prit place dans un large fauteuil recouvert de brocart. Deux demoiselles d'honneur lui apportèrent sa boîte à ouvrage. Raelin vint lui présenter une longueur de lin crème dans laquelle avait déjà été taillée la moitié d'une chemise d'homme. Helena en fut quelque peu interloquée.

La reine lui sourit.

— Eh oui, dit-elle, je couds les chemises de mon mari, comme n'importe quelle autre épouse.

Helena détourna le regard, les joues rouges d'avoir été surprise à béer de stupeur telle une fille de ferme. Confectionner les chemises de son mari était considéré comme un signe d'affection.

De profonde affection.

— Depuis combien de temps êtes-vous à la cour, Helena ?

Cette question d'Anne prit de court la jeune femme, qui s'empressa de répondre à la souveraine.

— Un an, Votre Majesté, réussit-elle à articuler.

— Et vous rougissez encore ? Voilà qui est prometteur.

Helena reprit place sur le tabouret, et ses doigts se remirent à évoluer sur le clavier du virginal avant même qu'elle ait réellement songé à ce qu'elle allait jouer cette fois-ci. Une douce mélodie monta de l'instrument, un souvenir de son enfance.

Oh, elle avait parfaitement saisi l'allusion de la reine…

En même temps, elle en était chagrinée. Il y avait tant d'hypocrisie autour d'elle. Son arrivée à la cour avait été l'aboutissement d'années de formation et d'entraînement. Aussi loin qu'elle s'en souvienne, toute son énergie avait été consacrée à préparer son existence au milieu des nobles de la cour d'Angleterre.

La désillusion qui s'en était suivie n'en avait été que plus cruelle et l'avait autant fait souffrir qu'un coup de poignard en plein cœur. À tel point qu'il lui était désormais chaque jour plus pénible d'affronter le rituel quotidien de l'habillage. Le sien prenait plus d'une heure. C'était sans doute l'un des moins longs parmi les courtisanes, mais rester assise à se faire maquiller et coiffer la rendait presque folle. Qu'est-ce qui n'allait pas avec la couleur de sa peau ? Elle ne comprenait pas la nécessité de s'appliquer autant de poudre et de peinture sur le visage. Sa propre mère ne l'aurait pas reconnue !

Quand elle eut terminé la chanson, elle demeura quelques instants sans bouger devant le virginal. Ses yeux tombèrent sur Raelin McKorey. Elle prit conscience que cette dernière ne portait pas l'épais fond de teint auquel les autres courtisanes semblaient tellement attachées. Remarquant son regard, l'Écossaise lui adressa un haussement de sourcils interrogateur.

— Pardonnez-moi de vous dévisager ainsi, balbutia Helena, avant de se concentrer sur l'instrument.

Profitant de ce que la reine, tout en cousant, était en train de bavarder avec deux suivantes plus âgées, Raelin se rapprocha d'Helena dans un froufrou de jupons.

— Tu regardais ma balafre ? s'enquit-elle tout à trac avec un sourire d'encouragement.

Helena perçut néanmoins comme une pointe de tristesse dans le ton de l'Écossaise.

— Si son histoire t'intéresse, tu n'as qu'à me la demander, reprit Raelin. Je trouve dommage que tout le monde la reluque et feigne en même temps de l'ignorer.

— Oh… non. Ce n'est pas du tout ça. Je remarquais seulement que vous… que tu paraissais utiliser bien peu de poudre, repartit Helena en relevant les yeux. D'ailleurs, honnêtement, ta cicatrice n'est pas si terrible que ça. C'est justement ce qui m'a permis de voir que tu étais peu maquillée. Il te suffirait d'appliquer un peu plus de fond de teint sur tes joues pour dissimuler complètement cette marque.

L'Écossaise la dévisagea un long moment. Le silence du virginal se prolongeant, les musiciens s'étaient remis à jouer.

— Pourquoi en mets-tu toi-même ? demanda enfin Raelin. On dirait que tu n'aimes pas trop ça.

Helena soupira – infime manquement aux sacro-saintes règles de maintien qui lui avaient été inculquées depuis l'enfance.

— Ma famille attend que je me conforme aux mœurs de la cour.

Raelin fronça le nez.

— Jusqu'à se peinturlurer la figure comme la défunte reine ? répliqua-t-elle avec un air dégoûté.

Un sourire vint soudain illuminer ses traits.

— Je sais ! s'exclama-t-elle. Nous allons te refaire une beauté ! Catriona est très habile avec les poudres.

Prenant la main de la jeune femme, elle l'incita à se lever. Aussitôt, des servantes vinrent retirer le tabouret de sous les jupons d'Helena.

— Où allez-vous ainsi ? les interrogea la reine en relevant les yeux de son ouvrage.

Raelin lui fit la révérence.

— Helena a envie de porter un maquillage moins lourd. Je pensais que je pourrais l'aider.

Les autres suivantes se tinrent coites, dans l'attente de la réaction de la souveraine. Celle-ci garda un visage impassible un long moment, puis esquissa un sourire.

— C'est une excellente idée, énonça-t-elle. Je ne comprends pas ce qui peut pousser les familles anglaises à vouloir que leurs filles ressemblent à feu Élisabeth. Vous êtes une demoiselle, Helena, et devriez avoir l'allure de votre âge.

Les autres femmes se mirent à sourire à leur tour et s'en allèrent fouiller dans les recoins de la pièce pour en rapporter plusieurs affaires. Helena se sentit un peu perdue au milieu de toute cette agitation. Raelin l'invita à s'asseoir sur un banc rembourré. Une jeune fille secoua un grand carré de tissu qu'elle jeta sur les épaules d'Helena afin de protéger sa coûteuse robe d'apparat.

— Procédons d'abord à un nettoyage, décréta Raelin avec l'enthousiasme d'une artiste s'apprêtant à produire un chef-d'œuvre.

Son entrain ne tarda pas à se communiquer aux autres suivantes. Helena réprima un gémissement consterné : elle n'allait pas décourager son amie. Des mains lui parcoururent le visage, le débarrassant de ses apprêts. Sa peau se mit à la picoter un peu.

Catriona ouvrit ensuite un coffre en bois dont l'intérieur comportait plusieurs petits plateaux qui se déployèrent avec le basculement du couvercle. Des poudres et des pinceaux en crin de cheval y étaient soigneusement rangés.

— Tu as de si beaux yeux, déclara Raelin en achevant de lui ôter son fond de teint blanc. Je ne me souviens pas d'avoir jamais vu une brune aux yeux verts comme toi.

— Ma grand-mère était à moitié française.

Les filles s'étaient regroupées en demi-cercle pour mieux les écouter. L'une d'elles tirait sur les cheveux de la jeune femme pour les libérer des rouleaux matelassés, gros comme le poing, sur lesquels ils étaient épinglés et qu'elle remplaçait par de plus petits.

Ayant choisi une brosse, Raelin la frotta contre un pain de poudre puis, avec un sourire, l'appliqua sur l'une des pommettes d'Helena. Celle-ci ne tarda pas à prendre beaucoup de plaisir à cette séance, et l'après-midi lui parut passer comme dans un songe. Quand son amie écossaise fut enfin contente de son travail, elle remisa précautionneusement brosses et poudres sur leurs plateaux respectifs, dans la boîte à maquillage, avant de permettre à la jeune femme d'examiner le résultat de ses efforts dans un miroir.

— J'espère que tu vas aimer, dit-elle avec un accent encore plus prononcé, trahissant sa nervosité.

Helena ne prit pas vraiment le temps d'étudier son visage en détail ; elle adressa un grand sourire à son amie dès qu'elle eut aperçu son reflet. Peu importait que sa nouvelle apparence la satisfasse ou non. De toute façon, Edmund la forcerait à la garder pour complaire aux demoiselles honneur dont il souhaitait lui faire intégrer les rangs… aux dépens de Raelin McKorey.

La jeune femme ravala son amertume. À quoi bon pleurer sur les machinations d'Edmund ? Il les collectionnait. Mieux valait espérer qu'il se désintéresse de celle-ci. Ou qu'il se contente de la position qu'elle avait réussi à acquérir par elle-même dans l'entourage de la reine.

— Ne me ménage pas, Helena, d'accord ? l'encouragea Raelin en posant la main sur sa hanche. Tu ne t'es pas encore bien regardée.

— Mais j'apprécie déjà la sensation que ça me fait sur la peau : c'est tellement plus agréable.

Les yeux de l'Écossaise se mirent à briller d'émotion.

— Je n'y avais pas songé, admit-elle, mais j'imagine en effet qu'il doit être plutôt pénible de porter autant de fond de teint.

Elle s'assit et tendit le miroir à Helena afin que celle-ci puisse s'y mirer. La jeune femme s'étonna qu'on lui permette de manipuler un objet aussi précieux. Elle le tint avec précaution et fermeté, préférant même le caler sur ses genoux.

Sa surface polie lui renvoyait une image qu'elle trouva fort agréable. On pouvait de nouveau distinguer la couleur de sa peau, Raelin n'ayant utilisé la poudre que pour en lisser les menues imperfections. Et si ses lèvres étaient peintes, c'était avec une teinte corail au lieu du rouge sang prisé naguère par la reine Élisabeth. Son amie avait par ailleurs souligné ses yeux d'un mince trait brun qui en approfondissait l'éclat et déposé une touche de rose sur ses pommettes. Ses cheveux ne se dressaient plus au-dessus de son crâne, mais se séparaient en deux vagues de rouleaux latéraux d'un diamètre désormais plus raisonnable, de l'ordre de deux à trois centimètres.

Elle ne put retenir un léger soupir de soulagement.

— Voilà qui est mieux, approuva Raelin en joignant les mains avec un air de contentement radieux. Nous devrions être amies, toutes les deux, tu sais. Je t'aiderai à soigner ton apparence et tu nous joueras de la musique. Sa Majesté adore le virginal.

— C'est très aimable de ta part.

Ce n'était pas une simple formule de politesse dans la bouche d'Helena. En tant que suivante de la souveraine, Raelin McKorey ne devait pas manquer d'amies. De plus, sa famille lui avait acquis cette position dans l'espoir qu'elle apporterait aux siens les mêmes avantages qu'Edmund cherchait à obtenir de sa propre sœur. Helena sourit à l'Écossaise, émue de la sentir aussi proche d'elle, toutes deux s'efforçant de trouver leur voie dans un monde contrôlé par les hommes et l'argent.

Ayant récupéré le virginal, ce fut d'un cœur léger qu'elle reposa les doigts sur les touches. Voilà des semaines qu'elle n'avait pas éprouvé une joie aussi insouciante. Non seulement son visage respirait plus à son aise, mais la reine dodelinait de la tête au rythme de la musique tout en cousant la chemise de son royal époux. L'atmosphère de ce moment était chargée de grâce et de beauté, et la jeune femme s'estimait privilégiée d'y prendre part.

Edmund pouvait aller au diable avec ses machinations.

2

— La reine t'a-t-elle réinvitée ?

Helena sursauta, l'esprit embrumé par le sommeil. La peur l'étreignit un bref instant avant qu'elle fixe les yeux sur la lueur jaune qui se déversait par la porte de sa chambrette. Edmund se tenait sur le seuil de la petite pièce, un rictus d'impatience aux lèvres.

— Alors ? insista-t-il.

— Oui, répondit-elle.

Le réprimander pour l'avoir réveillée aussi brutalement n'aurait pas servi à grand-chose. Il aurait même pu s'en amuser.

Il se mit à la détailler, son regard s'attardant longuement sur son visage avant de descendre plus bas. La jeune femme serra le haut de la couverture contre sa poitrine, le cœur soulevé de dégoût.

Son frère accueillit cette réaction avec un ricanement méprisant.

— Ne va pas te faire des idées, sœurette. Je voulais juste savoir quel corps tu avais réussi à te donner depuis l'adolescence. Tu n'es pas attirante au point que les demandes en mariage s'accumulent sur le plateau de mon secrétaire.

Helena remonta la couverture sous son menton, les paroles d'Edmund achevant de la décontenancer. Qu'il fasse ainsi irruption chez elle en pleine nuit la dérangeait profondément.

— J'ai suivi tes ordres, dit-elle. Alors laisse-moi me reposer, maintenant.

Les traits de son frère prirent un aspect sinistre, ses lèvres se pinçant en une moue hideuse. Quoique habituée à ses machinations, la jeune femme sentit que cette fois-ci, une ambition plus sombre l'animait : une étincelle de cupidité brillait dans ses yeux.

— Je n'ai même pas encore commencé à te dire tout ce que j'attends de toi, rétorqua-t-il. Mais je ne suis pas vraiment surpris de constater à quel point tu sembles avoir du mal à comprendre les conditions nécessaires à la réussite de notre famille.

Il se remit à la reluquer avec une grimace dédaigneuse.

— Tu n'es qu'une femelle, rien de plus qu'une grue. C'est à moi qu'il incombe de diriger ta vie.

Puis il lui tourna le dos, remportant la chandelle dont l'éclat s'éloigna dans le couloir, et la laissa seule dans les ténèbres de sa chambre dont les volets étaient clos. Roulant sur le flanc, Helena tendit la main vers la mince tige métallique qui les maintenait fermés. Le geste lui était familier, et il ne lui fallut pas longtemps pour détacher la tige qu'elle laissa pendre au bout de sa chaînette, avant de se hausser sur un coude et de repousser l'un des panneaux de bois.

Edmund aurait tempêté s'il avait su qu'elle entrebâillait ainsi les volets de sa chambre. Située sous les combles, la pièce était mansardée. On y accédait par un escalier raide que son frère avait fait construire quand leurs parents avaient envoyé la jeune femme auprès de lui, dans leur maison de ville londonienne. Les résidences aussi proches du palais étaient coûteuses et très recherchées, mais ce n'était pas à cause de cela qu'Helena se retrouvait à dormir dans une chambre exiguë sous les combles.

Edmund était un égoïste.

La jeune femme réprima un gloussement et ouvrit en grand le volet. Le ciel nocturne semblait magique – du moins à quiconque croyait en la magie, ce qui n'était pas vraiment avisé par les temps qui couraient, car même si Jacques paraissait moins enclin que d'autres à encourager les chasses aux sorcières, certains membres de son conseil privé montraient nettement plus de zèle que lui en la matière.

Helena remonta la couverture jusqu'à son nez pour empêcher le tissu clair de sa chemise de nuit de refléter le clair de lune. En restant parfaitement immobile, elle pouvait contempler à loisir les toits de la capitale. Elle ne s'y risquait que lorsque l'astre nocturne n'était pas en face de sa fenêtre.

La nuit était magnifique. Fouillant les cieux du regard, la jeune femme s'efforçait de repérer les constellations dont elle avait appris la localisation dans les livres. La paix s'installait peu à peu dans son esprit. C'était là des moments qui n'appartenaient qu'à elle. Des moments qu'elle chérissait.

Elle esquissa un sourire en imaginant quelle serait la réaction d'Edmund s'il apprenait combien elle adorait cette minuscule chambre sous les combles...

Il était quand même triste de songer qu'ils ne s'apprécieraient sans doute jamais. Elle gardait cependant l'espoir de trouver un jour un terrain d'entente avec lui, voire des sujets de conversation qui leur plairaient à tous deux.

Jusqu'à aujourd'hui, ce vœu n'avait pas été exaucé. Dès son arrivée à Londres, Edmund s'était mis à lui énumérer ce qu'il attendait d'elle. À quel usage il la destinait. C'était décourageant, au bas mot. Quoique frère et sœur, ils se comportaient presque comme des étrangers l'un avec l'autre. Quand Edmund, à l'âge de six ans, avait quitté la propriété familiale, elle-même sortait à peine des langes et si, par la suite, il était parfois revenu voir les siens, ce n'était jamais pour de longs séjours. Helena avait gardé de brefs souvenirs de lui à différents moments de sa vie, mais il était probable que ces images lui aient été plutôt inspirées par les portraits que ses parents avaient régulièrement demandé à des artistes d'exécuter de leur fils unique – d'immenses huiles sur toile qu'ils avaient accrochées avec fierté dans la salle à manger de leur manoir. En réalité, la jeune femme n'avait aucune opinion sur lui avant de le rejoindre dans la capitale. L'homme qu'elle y avait retrouvé était pour elle un quasi-inconnu.

Edmund portait de la dentelle et des rubans dorés. Des perles ornaient son pourpoint et ses hauts-de-chausses bouffaient. Ses bottes de cuir noir étaient toujours cirées à la perfection. De la dentelle bordait le jabot de sa chemise. L'accessoire qui paraissait le plus déplacé sur sa personne était finalement l'épée accrochée à sa hanche. La garde en était dorée et polie. Il avait l'habitude de laisser sa main dessus, en une pose alanguie.

Il était courtisan jusqu'au bout des ongles. Son existence entière tournait autour des potins de cour. Les premiers jours où Helena l'avait suivi au palais, elle avait assisté avec stupéfaction à ses allées et venues dans la grande salle. Il n'était pas le seul à y déambuler ainsi. Des centaines de personnes se pressaient autour d'eux, se disputant la faveur d'un entretien privé avec Sa Majesté. Les pots-de-vin y étaient fréquents. Être convié à l'un des banquets royaux coûtait une petite fortune quand on voulait avoir une place à côté de tel ou tel personnage influent.

Edmund dictait chacun des faits et gestes de sa sœur. Personne ne dansait avec elle sans sa permission. Et elle ne se rendait nulle part sans son autorisation.

Tout comme aujourd'hui avec la reine… songea-t-elle en repensant à Raelin ainsi qu'aux autres demoiselles d'honneur d'Anne du Danemark, forcées de porter en guise de toilette l'uniforme de leur fonction.

Quoique connaissant l'Écossaise depuis peu, elle se prenait à l'apprécier et avait hâte de retourner dans les appartements de la reine.

Or ce désir n'avait rien à voir avec les directives que lui imposait son frère. Pauvre Edmund… S'il le savait !

La jeune femme étouffa un gloussement. Elle avait quand même le droit de se moquer un peu de son frère en son for intérieur, non ? L'Église aurait sans doute trouvé à y redire mais, pour sa part, elle ne parvenait pas à en concevoir le moindre remords. Après tout, Edmund ne faisait aucun effort pour se montrer agréable. Il méritait bien quelques pensées acides. Elle ne souhaitait cependant pas s'attarder dessus, sachant que ce genre de ruminations ne pouvait au final que la déprimer encore davantage.

Tendant le bras vers le volet, elle le referma doucement. L'aube n'allait plus tarder. Mieux valait qu'elle se repose. Son frère allait certainement exiger qu'elle soit habillée et prête à monter en voiture dès le lever du jour. Mais peu lui importait désormais, car se rendre à la cour signifiait également revoir Raelin, et l'idée d'avoir une amie la fit retomber dans un sommeil serein.

— Contente de vous revoir, mademoiselle Knyvett, la salua une des suivantes de la reine, avant d'adresser un geste aux gardes qui barraient l'entrée des appartements royaux pour leur demander de laisser passer la jeune femme. Sa Majesté est indisposée, ce matin.

— Je suis navrée de l'apprendre, répondit Helena.

La suivante eut un petit sourire qui désarçonna la jeune femme. Elle n'aurait pas cru qu'un malaise de la souveraine puisse prêter à sourire.

— C'est le bébé qui lui donne des haut-le-cœur. Cela aura passé dans quelques semaines.

Helena ne put cacher sa surprise : c'était la première fois qu'elle entendait dire que la reine portait un enfant.

— Je vous saurais gré de garder cette information pour vous, mademoiselle, poursuivit son interlocutrice. Sa Majesté n'est pas en état de supporter les félicitations ni les babillages interminables de tous ceux briguant une faveur de sa part. Ce qui lui faut, pour l'instant, c'est de la tranquillité pour laisser son corps s'adapter à sa nouvelle condition.

— Oui, naturellement. Je comprends.

La suivante la salua de la main avant de rejoindre le cercle de ses semblables. Celles-ci sourirent à Helena tandis que Raelin tapotait la place à côté d'elle, sur le banc où elle était assise.

— Je suis vraiment heureuse que tu sois revenue, murmura l'Écossaise. Ne t'inquiète pas. Tout devrait rentrer dans l'ordre d'ici midi.

Des rires s'élevèrent en sourdine du groupe des suivantes, qui se turent presque aussitôt avant de pencher la tête sur leur ouvrage. Helena écarquilla les yeux en apercevant ce qui trônait sur la table au milieu de ces dames : un petit coffre cerclé d'acier, au couvercle rabattu, contenant plus de perles multicolores qu'elle n'en avait jamais vues de toute sa vie : des crème, des blanches, des roses, des dorées et même des bleues. Elles étaient rangées par tailles dans de petites bourses de soie qui avaient été dénouées avec précaution pour que leur contenu soit bien visible de toutes les personnes présentes autour de la table.

— Tu sais coudre ? s'enquit Raelin.

— Bien sûr.

L'Écossaise secoua la tête.

— Ce n'est pas aussi simple. Toutes les perles sont comptées à l'ouverture de la boîte ainsi qu'à sa fermeture. Alors assure-toi que tes points et tes nœuds sont bien solides.

Sur ce, Raelin lui tendit une manche de soie bordée de velours qui portait de petites marques à la craie, indiquant les endroits où devaient être cousues des perles. Elle lui donna aussi une aiguille en or.

Helena contempla l'objet avec admiration. Il était parfaitement lisse, sans aucune aspérité risquant d'accrocher le tissu. La manche était également fort belle, et travailler dessus serait un régal. Les suivantes autour d'elle ne cessaient de chuchoter tout en cousant les perles. Helena sentit le regard de Raelin peser sur elle pendant ses premiers points, mais ne se laissa pas troubler pour autant. Elle savait manier une aiguille et nouer les fils d'une main sûre.

La reine émergea enfin de sa chambre à coucher, les traits pâles. Ses dames de compagnie vinrent aussitôt l'entourer. Elle les chassa d'un revers de main.

— Un peu d'air frais. C'est tout ce dont j'ai besoin.

Elle portait un simple peignoir dont elle n'avait pas serré la ceinture et qui montrait sa chemise. Ses cheveux étaient rassemblés en une grosse natte qui lui pendait dans le dos. Elle n'en paraissait pas moins majestueuse. Sa façon de se mouvoir, son autorité naturelle respiraient la royauté.

— Helena, un peu de musique douce.

— Tout de suite, Votre Majesté.

Reposant délicatement son ouvrage, la jeune femme se leva et salua la souveraine d'une révérence, avant d'aller s'asseoir devant le virginal. La reine reporta son attention sur le jardin, son visage se détendant quelque peu tandis qu'Helena se mettait à jouer.

— L'on vient de me prévenir que vous étiez de nouveau indisposée.

La jeune femme manqua une note en reconnaissant la voix du roi. Se tournant vers lui, la reine plongea dans une révérence. Il lui prit la main pour la relever.

— Je vais bien.

Jacques Stuart ne parut pas la croire. Il la scrutait d'une mine sombre et inquiète. Anne s'esclaffa.

— Ce n'est pas notre premier bébé. Je tiendrai le choc.

Le roi lui baisa la main, ses lèvres s'attardant sur sa peau. Il remarqua soudain Helena et, se redressant, la considéra avec curiosité.

— Une nouvelle demoiselle d'honneur, très chère ? s'enquit-il.

La reine sourit.

— Permettez-moi de vous présenter Helena Knyvett. Sa maîtrise du virginal m'enchante.

— Alors, je suis son obligé.

Helena sentit un large sourire illuminer son visage. Un irrépressible sentiment de fierté l'étreignait. Cela n'avait rien à voir avec la satisfaction d'avoir rendu service à sa famille. Le roi était en mesure de convoquer à la cour les meilleurs musiciens du pays. Ravir l'oreille de son épouse était en soi un véritable exploit.

La jeune femme se contenta d'incliner la tête en guise de remerciement, afin de ne pas perdre le fil de sa mélodie.

Des domestiques apportèrent bientôt de grands plateaux recouverts de cloches en argent. Ils montèrent une table au beau milieu de la pièce. Une odeur de pain chaud et de fromage frais s'éleva des plateaux dès qu'on en eut soulevé les cloches. Le couple royal entreprit de se sustenter. Helena les observait de sous ses cils baissés. Le roi et la reine offraient un spectacle fascinant, tant ils paraissaient normaux malgré leur position.

Certes, la jeune femme n'aurait jamais osé les qualifier de « normaux ». Beaucoup croyaient encore à la divinité du droit monarchique. Il n'en restait pas moins que, dans ce moment d'intimité, le roi et la reine révélaient une image bien différente de celle qu'ils montraient en public. Aux banquets, par exemple, des trompettes annonçaient toujours leur arrivée et chacun des mets inscrits au menu leur était présenté en priorité. Des comtes et des comtesses les servaient à table, s'abaissant en leur honneur aux tâches les plus humbles, comme tendre un bol d'eau fraîche à la souveraine pour qu'elle s'y rince les doigts. Ici, c'étaient les suivantes d'Anne qui exerçaient cette fonction, mais sans l'avalanche de révérences et de courbettes dont elles gratifiaient le couple royal dans la grande salle. Il ne s'agissait pas là d'un manque de respect, mais d'une absence de cérémonie.

Helena se sentit soudain plus sereine qu'elle ne l'avait été depuis son départ du domaine familial. Derrière les manières guindées et les comportements convenus, il y avait donc des gens comme les autres… Cette découverte la réjouissait.

Et même Edmund et ses manigances n'auraient pu ternir cette joie.

Londres

Keir McQuade contempla la ville d'un œil maussade. Jamais il n'aurait cru voyager un jour si loin en Angleterre. Il aimait l'Écosse et se satisfaisait totalement de gérer ses terres.

Il y avait autre chose qui avait changé avec l'ultime algarade de son père. Jacques risquait de le laisser faire antichambre des mois durant, étant donné qu'il avait fallu que la garde royale passe au fil de l'épée le dernier McQuade à l'avoir approché. Le seul motif qui pouvait pousser le monarque à le recevoir était les droits de succession qu'il devait à la Couronne – et encore, le secrétaire du conseil privé était-il habilité à les recouvrer.

Il était pourtant de son devoir d'aller présenter ses hommages au souverain.

Chaque nouveau laird était tenu de prêter serment d'allégeance au roi, tradition dont le respect s'imposait en l'occurrence d'autant plus que son père avait déshonoré le nom des McQuade.

Les yeux fixés sur la capitale, Keir s'arma de courage. Il ne craignait pas pour sa propre personne. Il était seulement soucieux de rétablir le prestige de son clan dans l'opinion de Jacques Stuart. Telle était en tout cas sa charge en tant que laird. Quiconque portait ses couleurs comptait sur lui pour le défendre en tout lieu et en tout temps. Les hommes qui chevauchaient à ses côtés souhaitaient être fiers du nom qui leur était échu à la naissance et porter son tartan la tête haute. Or ce nom, leur père l'avait entaché avec ses raids contre leurs voisins.

À cette pensée, il serra la bride de sa monture dans son poing et se jura de tout faire pour que ses gens, comme leurs descendants, n'aient plus jamais à rougir d'appartenir au clan McQuade.

— Tu es plus maligne que je ne le pensais.

Edmund était soûl, même s'il excellait à le cacher. Sa voix était un peu plus traînante que d'ordinaire et le coin de ses paupières était légèrement plissé, signes que la jeune femme avait appris à reconnaître.

— Ne t'avise pas de te marier : j'ai besoin de toi.

Helena se mordit la langue pour retenir la repartie acrimonieuse qui lui montait aux lèvres. Son frère n'était qu'un crétin arrogant. Il se tournait lui-même en dérision avec ce genre de propos. Qu'elle doive supporter cela en silence en disait long sur le peu de contrôle qu'elle avait sur son propre destin. Cette situation commençait à lui peser, et l'argument selon lequel il était de son devoir de femme de s'en accommoder lui paraissait de plus en plus spécieux.

Les chiens de meute d'Edmund semblaient avoir plus de liberté qu'elle !

— Arrange-toi pour entraîner Raelin McKorey dehors, ce soir.

— Ce ne sera pas nécessaire. Je suis en train de me faire une place auprès de la reine.

Elle aurait sans doute été plus avisée de se taire, mais elle ne pouvait admettre sans réagir que son frère s'en prenne à Raelin. L'Écossaise était sa seule amie.

Et c'était une bonne âme. Elle méritait mieux que d'être menée à sa perte, surtout par l'une des bénéficiaires de sa générosité. Beaucoup à la cour n'auraient pas eu ce genre d'hésitations pour satisfaire leurs ambitions, mais Helena ne pouvait passer outre. Ces scrupules lui restaient en travers de la gorge.

Edmund cligna les yeux. Il avait beau être un expert dans l'art de dissimuler ses émotions, la jeune femme savait ce que signifiaient certaines de ses expressions, notamment celles qui trahissaient le côté sombre de sa personnalité.

— Te faire une place ? répéta-t-il en ricanant. Toute courtisane avec un minimum d'habileté en serait capable, sœurette.

Il s'avança, d'une démarche toujours aussi étudiée, et s'arrêta juste devant elle.

— Je ne répéterai pas mes instructions. Tu m'obéiras, une fois que le roi se sera retiré et que les nobles auront reçu leur congé pour la nuit.

Ou alors elle subirait son courroux : elle comprenait sans peine la menace. Elle refusait toutefois d'être sa complice sur ce coup-là. Comme sur tout autre coup, d'ailleurs. Elle s'aperçut soudain combien Edmund, malgré son apparence sophistiquée, était pitoyable. Ses parents n'avaient pas passé d'interminables heures à inculquer à la jeune femme le seul respect de ses obligations, ils lui avaient également enseigné le sens de l'honneur.

Son frère ne semblait même pas savoir qu'une telle qualité pouvait exister.

— Je ne t'aiderai pas, Edmund. Raelin est quelqu'un de bien.

La main de son frère s'abattit sèchement sur sa joue. Quand elle ramena son regard sur lui, elle constata qu'il était blême de rage. D'instinct, elle eut envie de lui rendre la monnaie de sa pièce, mais comme ce genre de réaction ne l'avait jamais servie par le passé, elle préféra serrer ses mains l'une contre l'autre pour résister à cette impulsion.

— Tu vas suivre mes ordres, un point c'est tout.

Une lueur avide étincelait dans ses yeux. Helena en fut écœurée.

— Je ne léserai pas Raelin ni ne serai la complice de son dénigrement.

Edmund éclata brusquement de rire, mais d'un rire qui n'avait rien d'agréable. Un rire méchant.

— Parce que tu crois qu'elle a été sincère avec toi ? Que c'est une vraie amie ?

Il pinça les lèvres, sans pour autant cesser de glousser.

— Elle est comme tout le monde. En l'envoyant ici, sa famille lui a confié exactement la même mission que celle dont tu as été chargée par la tienne.

Il se recula et la toisa d'un regard froid.

— Tu feras ce que je te dis, ou je saurai bien t'y forcer.

La jeune femme resta coite. Un frisson lui traversa l'échine, une petite voix l'adjurant de se soumettre. Elle lisait la cruauté dans les prunelles d'Edmund. Celles-ci brillaient d'une intensité si brûlante qu'elle en avait la nausée. Et ce qui la rendait plus malade encore était de songer qu'ils partageaient le même sang.

Elle avait l'impression d'avoir autour de la gorge un nœud coulant qui ne cessait de se resserrer.

Son honneur était à peu près tout ce qu'elle possédait en ce bas monde. Même son corps serait un jour mis à l'encan et servirait les desseins de son frère. Elle ne pouvait trahir la seule personne qui lui avait jusqu'à présent témoigné un peu de gentillesse. Elle ne savait, hélas, comment empêcher Edmund de nuire à Raelin, même si elle refusait de l'assister dans ses machinations.

Être née femme était décidément une malédiction, songea-t-elle tristement.

— C'est un plaisir de faire affaire avec vous, milord.

Keir croisa les bras sur sa poitrine. Le gandin en face de lui recula d'un pas, les yeux rivés sur les biceps saillants du guerrier.

— Bon, eh bien, je vous laisse vous installer, bredouilla-t-il, avant de s'esquiver dans un frou-frou de hauts-de-chausses ballonnés.

Keir étouffa un grognement.

— Arrête de lui faire les gros yeux, ou on va se retrouver dans le caniveau, lui reprocha Farrell McQuade avec un claquement de langue réprobateur.

— Après la fortune qu'il vient de m'extorquer pour ce taudis ?

— C'est un cran au-dessus du caniveau, quand même.

— À peine, grommela Keir en parcourant des yeux la minuscule maison.

Le bâtiment était ancien. Le bois de l'encadrement des portes, trop sec, se fendillait – ce qui était pour le moins étonnant, vu la pluie qui dégoulinait de la bordure du toit.

— Personnellement, j'espérais mieux. Tu peux dire aux hommes que je vais continuer à nous chercher un logis plus décent.

La douzaine de membres de son clan qui formaient son escorte allaient devoir se serrer dans trois pièces, et encore était-ce parce qu'il avait l'intention de partager la chambre du haut avec Farrell et son capitaine. Aucun laird, cependant, n'aurait pu se passer d'escorte. Voyager seul était une folie, un suicide. La route regorgeait de dangers.

— Pourquoi donc Jacquot n'a-t-il pas déménagé sa cour à Édimbourg ?

Keir secoua la tête.

— Il ne garderait pas sa couronne longtemps s'il le faisait .

De fait, l'aristocratie anglaise était puissante, et un roi éloigné des cercles londoniens risquait de voir son autorité rapidement sapée.

Ce qui obligeait les lairds écossais à payer toujours plus cher leur hébergement dans la capitale. La plupart des familles nobles se réservaient des résidences près du palais. Les McQuade en avaient une à Édimbourg qui les accueillait naguère, quand ils étaient convoqués par leur souverain. Mais maintenant que Jacques régnait conjointement sur les deux pays, la maison d'Édimbourg restait vide, tandis que Keir devait se contenter de cette masure pitoyable.

Malheureusement, à mesure que la nouvelle de la mort d'Élisabeth Tudor se propageait en Europe, les ambassadeurs se pressaient dans la capitale, et l'offre immobilière s'y raréfiait.

— Espérons que Jacquot ne nous fera pas attendre trop longtemps, lâcha Farrell en s'efforçant d'adopter un ton optimiste.

Keir grimaça.

— Je suppose qu'on pourrait aussi bien commencer par sortir nos pourpoints. Après tout, nous voici à la cour, toi et moi.

La voix de Keir manquait d'enthousiasme, mais pas de détermination. Mieux valait en effet qu'ils se mettent dans le bain sans tarder, ainsi ils en auraient terminé plus vite avec ce qui les retenait à Londres. Cela étant, il n'avait pas beaucoup d'affaires à déballer ; il ne s'était même pas embarrassé d'un coffre. Il n'aurait d'ailleurs pas su qu'en faire. Son meilleur pourpoint était en laine épaisse. Il était un laird écossais et n'avait nullement l'intention de se joindre aux godelureaux arborant dentelle et soie. Il se contenterait de porter fièrement son kilt. Après tout, n'était-ce pas pour cela qu'il était ici ? Pour restaurer les couleurs de son clan ? Que les courtisans le reluquent tout leur soûl et comprennent qu'il était différent d'eux. Il était écossais, et à la cour pour remplir son devoir.

Et il ne retournerait pas chez lui avant de l'avoir accompli.

— C'est bien la première fois que je rencontre ce genre de femmes, murmura Farrell en considérant d'un air renfrogné les courtisanes autour d'eux.

Keir lui décocha un coup de coude.

— Arrête de les reluquer ainsi, Farrell. Nous n'avons pas la meilleure réputation en ces lieux.

— Tant mieux. Cela dissuadera peut-être ces femelles de flirter avec nous.

Keir avait lui-même du mal à cacher son étonnement – à moins que ce ne soit de la répulsion. Jamais jusqu'alors il n'aurait imaginé trouver des hommes plus attrayants que des femmes, mais les courtisanes anglaises affichaient une allure tellement singulière qu'il ne pouvait s'empêcher de regarder plutôt leurs maris, ne serait-ce que pour se reposer les yeux.

Les toilettes de ces dames étaient profondément décolletées, et seuls quelques minces bouts de tissu semblaient empêcher leurs mamelles de s'en échapper. Le bas triangulaire de leur corsage descendait en dessous de la taille. Leur robe s'évasait au-dessus des hanches dont elle s'écartait d'une bonne trentaine de centimètres, ce qui donnait à la partie inférieure de leur silhouette la forme d'un cylindre et masquait toutes leurs rondeurs. Quand le regard remontait vers leurs visages, le spectacle était plus affreux encore. La plupart des carnations étaient blanchies par les poudres, masques blafards rehaussés de rouge aux pommettes. Quant aux chevelures, c'étaient des sortes de tours de Babel pommadées dont pas une mèche ne dépassait.

C'était surtout ce contraste entre exhibition et austérité qui déroutait le plus Keir.

Heureusement, certaines Londoniennes avaient adopté des versions plus sages, dans un sens comme dans l'autre, de ces codes capillaires et vestimentaires, ce qui leur donnait une allure plus féminine. Néanmoins, Keir devait admettre qu'il préférait chez le beau sexe des allures moins extravagantes que celles en vogue au palais royal.

Il se figea soudain, les yeux fixés sur une créature qu'il n'avait pas remarquée jusqu'alors. Était-ce parce qu'elle n'avait pas la figure peinturlurée, ou simplement à cause de la répugnance que lui inspiraient les autres femmes alentour ? Toujours est-il qu'il la trouva charmante.

Il n'avait jamais été du genre à courir après un joli minois. Il lui en fallait plus pour accrocher son intérêt. En l'occurrence, il y avait d'abord le contraste saisissant que la robe de la jeune femme offrait avec celle des autres courtisanes. L'habit n'avait pas l'air d'une cage qui la ligotait : sa jupe retombait de sa taille librement, à peine évasée par un mince vertugadin. Les hommes qu'elle croisait ne lui accordaient d'ailleurs guère d'attention. Et quand ils la remarquaient, ils toisaient du haut de leur nez poudré la pudique encolure de sa toilette. Celle-ci ne laissait apparaître que la naissance de sa poitrine et, parmi l'étalage environnant de corsages pigeonnants, c'était un spectacle assez fascinant.

Mais ce qui captivait surtout Keir, c'était la haute taille de l'inconnue. Quoique élancée et trop mince à son goût, elle était assez grande pour pouvoir regarder un certain nombre de courtisans droit dans les yeux, sans avoir à lever la tête.

En d'autres termes, il lui serait possible de l'embrasser sans avoir à se pencher lui-même…

Il esquissa un sourire. Voilà qu'il nourrissait des idées licencieuses, maintenant ? Il ignorait jusqu'au nom de cette créature, et il en était déjà à se demander quel goût pouvaient avoir ses lèvres ! Enfin, songea-t-il en souriant de plus belle, mieux valait avoir de telles pensées que continuer à ruminer la répugnance que lui inspirait la mode en vigueur parmi ces dames de la cour.

Hélas, la belle inconnue lui fut bientôt cachée…

Son visage se ferma. Faire ainsi le pied de grue le minait. Il n'avait jamais apprécié l'oisiveté. Gérer le château de Red Stone occupait tout son temps, mais c'était une charge qui lui plaisait. Attendre le bon vouloir de Jacquot, en revanche, lui nouait les entrailles.

Il la regardait.

Helena l'observait elle-même à travers ses cils baissés. À l'évidence, il était écossais. Il avait la taille ceinte d'un grand kilt soigneusement plissé qui présentait un pan plus long sur l'arrière et arborait trois couleurs : le mauve, l'ocre et le vert. La jeune femme n'aurait su différencier son clan aux seules teintes du tartan, mais il était visiblement fier de les porter. Les nobles qu'elle croisait se gaussaient de lui à mi-voix. Elle doutait cependant qu'il aurait été affecté par leur mépris si d'aventure il avait entendu leurs moqueries. Les cancans ne paraissaient avoir aucune prise sur lui. Il avait l'air impénétrable et rayonnait de puissance. Il n'y avait rien d'ostentatoire chez lui. Sa force s'imposait d'elle-même.

Helena était fascinée par le personnage. Ce n'était pas le premier Écossais en tenue traditionnelle qu'elle voyait, mais celui-ci n'était pas commun. Une onde de chaleur parcourut la peau de la jeune femme. Le pourpoint de l'inconnu avait des manches fermées qui donnaient à ce dernier une allure solennelle – plus solennelle que celle des courtisans revêtus de brocart qui entouraient son frère. Son habit avait beau ne présenter aucune broderie d'or ou d'argent, il n'en avait pas moins l'air d'être prêt à rencontrer son roi. Cela se lisait dans son port de tête, dans son maintien.

— On dirait que tu as un admirateur, lâcha Edmund sur un ton railleur qui fit glousser ses amis.

S'entendant ainsi apostropher, Helena reporta son attention sur les gandins qui formaient cercle autour de son frère. Ils étaient campés dans des poses soigneusement étudiées pour exhiber leurs atours. L'un d'eux brandissait même, d'une main languide, un mouchoir bordé de dentelle.

La jeune femme fut soudain frappée par la superficialité de leurs rapports. Edmund lui-même ne les considérait pas comme des amis, et pourtant il continuait à frayer et plaisanter avec eux. Chacun aurait été prêt à vendre l'autre pour de l'argent. C'était bien triste.

— Un Écossais, pas moins !

Edmund la dévisageait. Elle soutint son regard en gardant une expression neutre pour ne pas trahir ses pensées. Son calme finit par irriter son frère, qui la chassa d'un revers de main.

Elle se retourna promptement avant qu'il n'entende la brusque inspiration qu'elle était forcée de prendre. Sans en avoir conscience, elle avait jusqu'alors retenu son souffle.

Jetant un œil vers l'autre bout de la grande salle, elle repéra l'homme qui l'avait troublée. Il avait une beauté toute virile, avec ses pommettes hautes et nettement dessinées. Aucun maquillage ne déparait son visage. Sa peau respirait la santé et offrait un aspect naturel qui, elle s'en rendait compte à présent, lui avait terriblement manqué. Il était rasé de près, démentant ainsi la rumeur qui courait sur la pilosité des Écossais, et cela alors même que nombre d'Anglais portaient la barbe. Ses cheveux, cependant, étaient d'une longueur inhabituelle puisqu'ils lui frôlaient les épaules. Bouclés, ils étaient noirs comme la nuit et lui donnaient un air qu'Helena trouvait rebelle.

Il la surprit en train de l'observer. Elle s'immobilisa, le pouls battant la chamade. Les yeux sombres du guerrier brillaient de vivacité. Un sourire retroussa ses lèvres, révélant une rangée de dents blanches. Il porta la main à son béret pour saluer la jeune femme.

Celle-ci sentit un lien mystérieux les unir, son corps ayant une sorte de conscience propre de celui de l'Écossais, malgré la distance qui les séparait. Un frémissement la parcourut. Sans réfléchir, elle effectua une brève révérence pour répondre au salut de l'inconnu. Son cœur cognait dans sa poitrine ; elle en percevait distinctement chaque coup, comme si le temps venait de ralentir son rythme.

Une servante s'interposa entre eux, rompant le charme. Que lui arrivait-il donc ? Battant des paupières, elle baissa les yeux et s'éloigna d'un pas mesuré tout en s'empêchant de regarder en arrière. Elle avait chaud, beaucoup trop chaud pour la température qui régnait dans la grande salle. Cet ensemble de phénomènes physiques la fascinait et l'alarmait à la fois. Mieux valait qu'elle en évite désormais la cause…

Mais une partie d'elle-même n'avait cure de ses appréhensions et exigeait qu'elle se retourne pour chercher à nouveau des yeux le grand Écossais. Il avait les prunelles aussi sombres que sa tignasse, mais comme animées d'une flamme intérieure. Elle désirait ardemment savoir s'il l'observait toujours et si, dans son regard, brûlait le même feu.

Attention : le feu brûle…

Helena sourit. Elle aimait les sensations qu'elle éprouvait à cet instant, cette sorte de petite joie bête qui lui donnait envie de rire tout bas. La raison en était simple : l'approbation de l'Écossais la flattait. Madrigaux et compliments fleuris étaient certes chose commune à la cour, mais aucun ne l'avait jusqu'alors émue, or le regard de l'inconnu avait suffi à la troubler, tant l'admiration qu'il exprimait paraissait sincère.

C'était la première fois qu'elle ressentait pareille émotion.

— Bonjour à vous.

Elle se figea. Cet homme devait tenir du spectre, pour se déplacer aussi rapidement ! Elle n'avait toutefois pas peur de lui. Bien au contraire. Elle riva ses prunelles aux siennes, curieuse de savoir si ses yeux exerceraient de près la même fascination.

Elle ne fut pas déçue. Sa respiration se bloqua dans ses poumons et une sourde excitation se lova au creux de son ventre. Il la dévorait du regard, sans chercher à cacher le plaisir que ce spectacle lui inspirait – un plaisir qui semblait également teinté d'une certaine dose de soulagement.

La jeune femme remercia en pensée Raelin de l'avoir libérée du lourd maquillage qui dissimulait ses traits. La façon dont l'Écossais la regardait lui donnait l'impression d'être jolie, et c'était pour elle une idée aussi neuve que grisante.

— Bonjour, répondit-elle.

Il lui tendit la main. L'émotion d'Helena monta encore d'un cran. Elle allait placer ses doigts dans la paume de l'inconnu, quand Edmund lui agrippa le bras. L'étreinte de son frère était froide et sèche. Il la serrait sans mesurer sa force, comprimant les os délicats de son poignet.

— Ma sœur s'apprêtait à aller jouer pour Sa Majesté, dit-il.

La jeune femme craignait de voir le fier inconnu plier devant l'arrogance d'Edmund. Elle le dévisagea, guettant sa réaction. En fait, elle aurait aimé qu'il tienne tête à son frère – attitude peu prudente, mais ô combien altière et chevaleresque !

Là non plus, elle ne fut pas déçue. L'Écossais toisa Edmund avec un haussement de sourcils moqueur. Une douce chaleur gonfla le cœur d'Helena. Il était réconfortant de constater qu'il existait au moins un homme sur terre qui ne se laissait pas effaroucher par la morgue de son frère.

— Et elle n'a pas le temps de lambiner, ajouta Edmund en la foudroyant du regard. Allons, file, la reine t'attend.

La jeune femme ne pouvait lui désobéir, pas en public en tout cas. Le scandale en aurait rejailli sur toute la famille Knyvett.

Ce n'était cependant pas l'envie qui lui en manquait, oh que non !

Elle reporta son attention sur l'inconnu. Il avait les prunelles sombres comme la nuit et le regard résolu. Il lui adressa un léger sourire. La chair sensible de ses propres lèvres la chatouilla en réponse. Un regain de chaleur lui monta aux joues, mais un grommellement d'Edmund la rappela à l'ordre, l'obligeant à s'éloigner.

Maudit soit-il !

Le gandin attendit que sa sœur se soit exécutée, avant de froncer de nouveau les sourcils à l'adresse de Keir. Celui-ci en aurait ri, si la brusquerie du bonhomme à l'égard de la jeune femme ne l'avait pas contrarié. Ses manières ne lui rappelaient que trop l'intraitable domination que son père avait exercée sur Bronwyn.

— Ma sœur, monsieur, déclara-t-il, est une authentique aristocrate. Notre famille est l'une des plus anciennes de toute l'Angleterre. Veuillez ne plus croiser son chemin.

Entendant le freluquet tenter ainsi de lui en imposer, Keir afficha un large sourire qui lui découvrit les dents et, en une enjambée, se campa devant son interlocuteur qu'il eut la satisfaction de voir blêmir un peu.

— C'est étrange mais, à vous entendre, on aurait pu croire que vous parliez d'une chienne de chasse plutôt que de votre sœur, murmura-t-il. Vos propos ne témoignent guère du respect que vous réclamez pour elle.

— Comment osez-vous ? Espèce de... d'Écossais ! Savez-vous au moins qui je suis ?

— Non, mais la manière dont vous traitez votre sœur en dit long sur vous.

Sur ce, Keir tourna les talons. Provoquer un noble anglais n'était pas très recommandé dans sa situation, mais il ne pouvait tolérer un tel comportement. Cet aristocrate était imbu de sa supériorité, tout comme naguère ses frères aînés, quand leur père était encore le laird des McQuade. Ils n'en faisaient qu'à leur tête et n'avaient cure des souffrances occasionnées par leur égoïsme.

Il préféra chasser cette pensée de son esprit pour parcourir la grande salle des yeux, à la recherche de la jeune femme. Leur échange de regards avait suscité en lui une réaction qui le laissait pantois. Le moment où sa main s'était tendue vers la sienne restait gravé dans sa mémoire comme un instant de tentation et d'intense frustration à la fois. En bref, il n'avait qu'une envie : la revoir.

Sans son intrigant de frère.

Celui-ci n'était pas le premier godelureau à essayer de l'intimider, mais Keir avait l'intention de ne laisser personne l'empêcher de découvrir jusqu'où pouvait aller le charme que la jeune femme exerçait sur lui.

— On ne peut pas dire que vous ayez beaucoup d'affection l'un pour l'autre, vous et votre frère.

Helena s'immobilisa au milieu de la galerie dans laquelle elle venait de s'engager. Elle crut d'abord avoir imaginé ces mots prononcés avec l'accent écossais. Force lui était d'admettre qu'elle pensait beaucoup à *lui*... Puis il surgit soudain en face d'elle, lui barrant le passage, aussi grand et réel que possible.

— Vous arrive-t-il souvent de surprendre ainsi les dames ?

Il haussa les épaules, ce qui attira l'attention de la jeune femme sur sa large carrure. Pour quelque obscure raison, le corps de l'Écossais la captivait. Le simple fait de le contempler la réjouissait : suivre des yeux le renflement de ses muscles sous son pourpoint, laisser son regard errer sur ses bras tout en se demandant à quoi ressemblait sa peau sous les manches de son habit. Jamais auparavant elle n'avait éprouvé autant d'intérêt pour un homme – ce qui l'intriguait.

— C'était la meilleure façon de reprendre notre conversation là où votre frère l'avait interrompue.

— Je vois, lâcha-t-elle d'une voix qu'elle aurait aimée un peu moins alanguie.

Redressant le menton, elle riva ses prunelles à celles de l'Écossais. L'homme était en effet large d'épaules, mais ce n'était pas une raison pour se pâmer !

— Ce n'était pas nécessaire, reprit-elle. Mon frère vous a dit la vérité : je suis attendue par Sa Majesté. Cependant, je tiens à vous présenter mes excuses pour la brusquerie qu'il vous a témoignée.

Elle n'avait pu s'empêcher de prononcer ces derniers mots sur un ton empli de regret.

— C'est à moi seul qu'il revient de savoir s'il me faut ou non vous donner enfin ce baisemain.

C'était un esprit fier : sa façon de s'exprimer ne laissait aucun doute à ce sujet. Sa réaction irrita cependant la jeune femme, qui le trouvait un peu trop sûr de lui.

— Non, monsieur. Ma main m'appartient.

Elle ne savait au juste pourquoi elle s'emportait ainsi. Son cœur battait à tout rompre, troublant la réserve et la sérénité qu'elle s'efforçait d'afficher. C'était comme si elle tenait à lui prouver qu'elle ne lui céderait qu'après mûre réflexion.

— Bien le bonjour, monsieur. Je dois vous laisser, maintenant.

Elle le contourna, les genoux en coton. Elle eut beau écarquiller les yeux, elle ne put distinguer ses traits dans la pénombre.

— Bon, soit : je serai heureux de relever votre défi, jeune fille.

Helena pivota sur elle-même, tout en sachant que ce n'était guère avisé. Trahir ainsi ses émotions ne pourrait que lui attirer des ennuis. Même en présence de cet homme qui la fascinait. *Surtout* en présence de cet homme.

— Je ne vous ai nullement défié. N'allez pas croire ça.

Il se tenait juste derrière son dos ; elle émit un hoquet de surprise en s'en apercevant et pivota instinctivement. Hélas, son encombrante toilette de cour n'était pas faite pour ce genre de mouvement et elle marcha sur l'ourlet de son jupon. Son propre poids sur le bas de la robe la déséquilibra et elle bascula en arrière.

L'Écossais lui attrapa l'avant-bras et la retint aussi aisément que si elle ne pesait pas plus qu'une enfant. Elle sentit chacun des doigts de sa main sur sa peau, en dépit de l'épaisseur de tissu qui la recouvrait.

— Vous ne devriez pas… commença-t-elle.

Il la gratifia d'un haussement de sourcils.

— Pas quoi ? Vous éviter de tomber ?

Il la remit sur ses pieds comme si elle n'était qu'une figurine. Derrière sa façade composée, Helena sentait son cœur s'affoler pour de bon, tandis que sa respiration s'accélérait pour suivre le rythme de son pouls. Et, en respirant plus fort, elle n'en percevait que plus intensément l'odeur émanant de l'Écossais. Ses pensées vacillèrent. Tous ses sens se focalisèrent sur ce parfum, sur le plaisir qu'il lui procurait. Elle en aurait ronronné de volupté. Elle eut comme un sursaut mental en prenant conscience de la force de cette émotion. C'était plus que de la curiosité.

— Me toucher, murmura-t-elle. Vous ne devriez pas me toucher.

Il lâcha son avant-bras, non sans laisser ses doigts courir une dernière fois sur son poignet. Un frisson secoua la jeune femme de la tête aux pieds. Elle baissa les yeux sur la main de l'inconnu. Celui-ci prit la sienne pour la porter à ses lèvres.

Cependant, au lieu de déposer un baiser sur le dos ganté, il approcha ses lèvres de la bande de peau tendre qui séparait le bord du gant de la manche. Helena crut que son poignet s'enflammait sous la caresse. Cette sensation gagna son bras, puis tout son corps. Le temps s'arrêta, suspendu entre deux battements de cœur. Une foule de détails s'imposaient à l'attention de la jeune femme, et notamment le sourire de l'inconnu, une moue carnassière qui n'avait rien de civilisé. En fait, l'Écossais avait l'air… *affamé*. Le ventre d'Helena se mit à palpiter.

— Votre regard me dit tout le contraire, jeune fille.

Il recula néanmoins et porta la main à son béret qu'il tira légèrement, en un salut qui, malgré sa rusticité, parut à la jeune femme exprimer infiniment plus de respect qu'aucune des courbettes qui s'échangeaient à la cour. La raison en était simple : c'était un geste sincère.

— Et je serai ravi de relever votre défi, répéta-t-il. N'en déplaise à votre frère.

— Vous me semblez bien présomptueux.

Il lui adressa une grimace comique.

— C'est ce que certains appellent de la confiance en soi.

Irritée, Helena se mordit la lèvre inférieure tout en s'efforçant de recouvrer son sang-froid.

— Qu'entendez-vous par là, au juste ?

Une lueur résolue passa dans les yeux de l'Écossais.

— Que je compte vous courtiser. Il y a quelque chose entre nous qui exige d'être creusé.

La jeune femme ne sut si elle devait éclater de rire ou hoqueter de stupeur.

— Jamais Edmund ne vous le permettra.

Le guerrier haussa les épaules.

— Cela tombe bien, en un sens, vu que ce n'est pas lui qui m'intéresse, répliqua-t-il avec un sourire coquin qui révéla ses dents blanches et régulières.

Helena pinça les lèvres. Cet homme jouait avec elle. Mais ce qui l'indisposait le plus était l'élan aveugle qui la portait à se laisser ainsi manipuler. À quoi lui servaient donc ses années de formation et de préparation aux mœurs de la cour ? Le palais royal regorgeait de coureurs de jupons, prêts à fondre sur elle si elle ne savait esquiver leurs tentatives de séduction, et voilà qu'elle échouait lamentablement à refroidir les ardeurs d'un séducteur déclaré !

— Bonne journée, dit-elle en désespoir de cause, avant de tourner les talons pour gagner les appartements de la reine.

Alors qu'elle approchait de la double porte gardée par des sentinelles, elle étreignit sa jupe, espérant être admise à entrer. Edmund n'avait pas tort, après tout : en matière de musiciens, la souveraine n'avait que l'embarras du choix à la cour.

Elle priait cependant pour que les piques des sentinelles ne lui barrent pas le chemin. L'homme derrière elle la troublait plus que de raison par sa capacité à ébranler le calme qui était d'ordinaire le sien. Elle avait besoin de trouver refuge quelque part, le temps de faire le ménage parmi ses émotions.

La tension lui raidit les épaules quand les gardes se mirent à la dévisager. Redressant le menton, elle soutint leur regard en essayant de paraître aussi sûre que possible de son droit à pénétrer dans le sanctuaire de la reine. Ils la considérèrent un moment, avant de détourner les yeux. Deux laquais en livrée tirèrent les battants de la porte.

Elle entra dans les appartements royaux, les jambes flageolantes. Mais cette soudaine faiblesse l'alarma beaucoup moins que le désarroi qui étreignit son cœur lorsque la porte se referma derrière elle avec un déclic sourd, la séparant de l'Écossais.

— Allons, tu peux tout me dire. Nous sommes amies, non ?

Raelin battit des cils pour amadouer Helena et l'inciter aux confidences. Cette dernière secoua la tête.

— Ce n'était rien.

L'Écossaise plissa les paupières.

— Mais oui, c'est ça : tellement « rien » que tu étais rouge comme une pivoine en arrivant, rétorqua-t-elle avant de soupirer. Je n'ai jamais rougi comme ça, moi. Pas même une fois.

— Ce n'est pas juste.

Raelin haussa les sourcils.

— Quoi donc ? demanda-t-elle, une lueur de triomphe dans les prunelles.

Son expression était si piquante qu'Helena ne put lui en vouloir. Elle leva les yeux au ciel.

— De me pousser dans mes retranchements comme ça. Et puis, ce n'est pas nécessaire : je te considère comme une amie.

À tel point qu'elle avait ouvertement défié Edmund pour la défendre. Beaucoup auraient condamné cette attitude, surtout parmi ses pairs : dans l'aristocratie plus qu'ailleurs, les liens du sang étaient sacrés.

L'air mutin, Raelin se pencha vers elle pour préserver la discrétion de leur échange.

— Alors, dis-moi donc quel genre d'homme a pu te faire rougir comme ça. Et ne m'oblige pas à te supplier à genoux ! Tu ne vois pas combien je suis jalouse de toi ?

— Tu n'as pourtant aucune raison de l'être. Pour être franche, c'est moi qui suis jalouse de toi.

Cet aveu surprit Helena elle-même. Son incapacité à garder sa réserve en présence de l'Écossaise la déconcertait.

Raelin soupira lourdement.

— Aucun homme ne m'a jamais fait rougir – au grand regret de mes frères, dois-je dire. Mais tu aurais vu ton visage quand tu es arrivée ce matin… ajouta-t-elle en esquissant un sourire. Cela valait le coup d'œil ! Tu avais l'air complètement chamboulée par toutes ces émotions dont j'ai entendu parler, mais que je n'ai pas encore ressenties. Rien qu'à te regarder, j'avais l'impression de manquer une part essentielle de la vie, pour n'avoir toujours pas eu la chance de croiser la bonne paire d'yeux.

— Vraiment ? s'exclama Helena.

Était-elle donc à ce point transparente ? Elle considéra la broche qu'elle était en train d'astiquer, un peu atterrée d'apprendre que son amie avait pu aussi facilement deviner ses sentiments.

— Allons, ne fais pas cette tête, reprit l'Écossaise sans accorder la moindre attention au bijou qu'elle-même était en train de nettoyer, ses prunelles rivées à celles de la jeune femme.

Celle-ci y lisait une supplique qui ne semblait pas tenir de la seule curiosité. Raelin paraissait chercher des réponses à une question qui la taraudait, comme si elle s'efforçait de comprendre quelque chose qui lui importait réellement.

— J'ai simplement rencontré un homme qui, euh… a retenu mon attention.

— Et pourquoi t'a-t-il autant captivée ?

Helena remua sur son siège, les joues enflammées par le seul fait d'évoquer le compatriote de son amie. Entendre cette dernière utiliser le terme « captivée » la mettait pour ainsi dire à nu. L'Écossaise ne croyait pas si bien dire…

— Ce n'était pas si intense, mentit-elle.

— Oh que si. Tu n'as pas vu ta figure, répliqua Raelin en la dévisageant d'un œil soupçonneux. Si ce n'était pas aussi intense, pourquoi gigotes-tu de la sorte rien qu'en m'en parlant ? Les vraies amies ne se font pas de cachotteries, tu sais.

Helena soupira.

— Tu es tenace.

L'Écossaise afficha un sourire victorieux. Une lueur de compassion brillait néanmoins dans son regard.

— Je ne joue pas avec toi, je t'assure. Il y a bien d'autres courtisanes qui feignent la camaraderie pour se gagner une place ici, dans les appartements royaux, mais toi, tu ne leur ressembles pas. Du moins, je l'espère. Servir la reine implique parfois beaucoup de solitude.

— Je te comprends. Dès mon arrivée à la cour, j'ai été abordée par des femmes qui ne cherchaient mon amitié que pour approcher mon frère et tenter de le séduire. Elles convoitent bien sûr l'héritage qui doit bientôt lui revenir et ne paraissent avoir aucun scrupule à se servir de moi comme marchepied de leur ambition. Et à force, en effet, on finit par se sentir bien seule parmi un tel entourage.

Raelin hocha la tête.

— C'est tout à fait ça, acquiesça-t-elle. Oh, je suis contente que tu partages mes sentiments, sincèrement…

Sa voix mourut, comme si elle craignait de trop ouvrir son cœur. Il y avait cependant une forme de complicité dans cet instant, dont Helena était terriblement friande. Raelin comblait un vide dans son âme et elle lui en était extrêmement reconnaissante.

L'Écossaise se ressaisit et lui tapota le bras.

— Bon, je veux tout savoir sur lui, décréta-t-elle. Étais-tu incapable de détourner les yeux de lui, comme le chantent les poètes ?

— J'avais du mal à m'empêcher de le regarder, en effet, admit Helena. Il attirait constamment mon attention, telle une chandelle solitaire dans une pièce plongée dans le noir. Franchement, j'avais l'impression de ne plus avoir aucun contrôle sur le cours de mes pensées. Ses traits ne cessaient de s'imposer à mon esprit.

— Qu'est-ce qui t'a attirée chez lui ? demanda Raelin qui buvait manifestement ses paroles.

Bonne question…

— Quelque chose dans ses yeux… Enfin, je ne le saisis pas très bien moi-même, répondit Helena.

Elle l'aurait bien voulu, pourtant. Cela lui aurait sans doute permis de chasser plus facilement l'Écossais de ses pensées. Son souvenir n'avait que trop souvent accaparé son attention ce jour-là, la distrayant à tout moment de sa tâche en cours. Une telle fascination ne pouvait que la mener au désespoir.

Raelin soupira de nouveau.

— Ce n'est pas un état très enviable, précisa Helena. Cela a déplu à mon frère, en tout cas.

— Parce qu'il a remarqué ce qui se passait entre vous ?

Helena regarda la broche qu'elle tenait à la main. L'Écossaise jeta dessus sa peau de chamois.

— Oh, tu ne vas pas te taire maintenant ? Raconte-moi vite la suite !

Redressant la nuque, Helena considéra son amie.

— Il allait me baiser la main quand Edmund m'a saisi le bras et m'a forcée à reprendre mon chemin pour venir ici.

— Et comment a réagi l'autre ?

Comment il a réagi ? se répéta la jeune femme, qui aurait volontiers qualifié d'« innocent » le geste de l'Écossais... s'il n'avait eu un effet aussi dévastateur sur elle !

Maintenant encore, en revivant cet instant, elle sentait l'ardeur qui lui chauffait les joues gagner le reste de son corps, s'étendre sur la peau sensible de sa poitrine jusqu'à la pointe de ses seins.

Raelin lui donna une tape sur la main, la ramenant au présent.

— Il m'a suivie, expliqua Helena. Dans la galerie. Pour me donner le baisemain qu'Edmund m'avait contrainte à lui refuser. Il paraissait n'avoir cure de la position de mon frère. Il prétendait que je l'avais défié.

Elle inspira doucement.

— Tous les Écossais sont-ils aussi têtus ? conclut-elle.

— Parce que c'est un de mes compatriotes ?

La jeune femme opina.

— Il est vêtu d'un kilt et d'un béret, et ne porte ni dentelle ni accessoire à la mode, seulement un pourpoint et une grande épée attachée dans le dos.

— Eh bien, s'il affirme que tu l'as défié, tu n'as pas fini d'avoir affaire à lui. Les Écossais ne sont jamais timides quand il s'agit d'aborder une fille qui a éveillé leur intérêt.

— Mon frère risque d'en prendre ombrage s'il me surprend à rêvasser sur cet homme. Bref, ma situation n'a rien d'enviable.

Raelin haussa une nouvelle fois les épaules.

— Je ne suis pas d'accord avec toi. Moi, je n'ai jamais rencontré un homme qui me fasse un tel effet. Et l'inverse est vrai aussi : aucun homme n'a jamais vu en moi une femme qui mériterait qu'on prenne des risques pour elle, expliqua-t-elle avant d'étendre les mains devant elle, paumes en l'air. Ce qui m'amène à te supplier de me raconter ta bonne fortune. Que je suis pathétique…

Helena se renfrogna.

— Tu ne devrais pas parler ainsi. Et moi, je devrais montrer plus de sang-froid, ajouta-t-elle avant de tressaillir sous l'impact des émotions qui la submergeaient de nouveau. Il faut que je cesse de penser à lui. C'est d'ailleurs pour ça que je ne voulais pas trop m'appesantir sur notre rencontre. Je ne peux continuer d'être ainsi obsédée par cet homme.

— Mais c'est au contraire merveilleux de trouver un être qui te stimule à ce point ! Peut-être vas-tu finir par tomber amoureuse de lui…

Helena eut un mouvement de recul en avisant l'espoir insensé qui étincelait dans les yeux de l'Écossaise.

— Cela ne me vaudra que du chagrin.

— Ou des noces au printemps avec l'homme dont tu brûles de partager le lit !

Helena s'esclaffa. Ce bruit attira l'attention des suivantes de Sa Majesté à l'autre bout de la salle, qui lui adressèrent des haussements de sourcils réprobateurs. Elle se remit à astiquer la broche.

— Au final, j'en aurai le cœur brisé et c'est tout, insista-t-elle. Les mariages ne se décident pas au nom de l'affection. Je suis résignée à pleurer le soir de mes noces sur le promis que ma famille aura choisi pour moi.

Telles étaient du moins les conceptions qu'on lui avait inculquées depuis l'enfance. Or, pour la première fois de son existence, elle était sur le point de les remettre en cause. Jamais auparavant elle n'aurait cru qu'un simple regard puisse la faire rougir. Ni même imaginé qu'une femme puisse éprouver de telles émotions.

Ni qu'un simple baiser, déposé à un endroit aussi « innocent » de son anatomie, serait capable de la bouleverser à ce point. Et pourtant, c'était ce qui était arrivé. Elle percevait encore l'excitation de cet instant qui pulsait dans ses veines, plus enivrante que tous les alcools du monde. La peau délicate de son poignet la chatouillait du désir d'y accueillir de nouveau la tiédeur des lèvres de l'Écossais.

— C'est regrettable. Tu devrais au contraire être heureuse pendant la nuit de ton mariage, déclara Raelin en reposant la boucle d'oreille qu'elle avait fini d'astiquer, pour prendre l'autre élément de la paire.

— À t'entendre, on pourrait croire que tu auras pour ta part ton mot à dire dans le choix de ton futur époux, remarqua Helena. Les femmes ont-elles donc cette liberté en Écosse ? Ont-elles le droit de se choisir qui elles veulent pour mari ? Y compris quelqu'un d'une classe inférieure ?

— Mon frère tiendrait compte de mon avis si je lui annonçais que tel garçon me plaît.

— C'est à mon tour d'être jalouse ! repartit Helena, émerveillée.

Hélas, elles se trouvaient en Angleterre – amère réalité qui eut tôt fait de doucher son enthousiasme.

Raelin lui sourit.

— Tu me le montreras, dis ?

— Je ne connais même pas son nom. Et je sais encore moins où le chercher.

— S'il est ici, c'est pour être entendu par le roi. Autant commencer par la grande salle : c'est là où nous aurons le plus de chances de le trouver.

Lui prenant la broche des mains, l'Écossaise la remit dans le coffre où la reine rangeait ses bijoux. En vérité, aucun n'avait réellement besoin d'être astiqué, mais les suivantes imposaient souvent ce genre de corvées aux demoiselles d'honneur, et il n'était pas question de discuter leurs ordres.

Raelin saisit la main d'Helena et jeta un coup d'œil vers l'autre bout de la salle, avant d'inciter son amie à se lever du banc. La reine s'était retirée dans sa chambre à coucher, avec ses suivantes. Elle se fatiguait rapidement, désormais. Il ne restait plus que les deux jeunes femmes dans la salle.

— Si je vois son kilt, je pourrai te dire à quel clan il appartient. Et même s'il est titré. Nous avons aussi une noblesse en Écosse, tu sais, précisa Raelin avec un grand sourire. Personne ne remarquera notre absence : les autres sont trop occupées à préparer Sa Majesté pour la nuit.

— Tu es une intrigante, toi aussi, commenta Helena en lui rendant son sourire.

Elle était tentée par l'aventure. Et puis, elle avait envie de connaître le nom de l'Écossais.

Raelin l'entraîna dehors et attendit qu'elles se soient éloignées des sentinelles gardant le seuil des appartements royaux pour laisser échapper un petit gloussement.

— Peut-être, convint-elle, mais c'est amusant.

L'excitation faisait frémir sa voix.

— De plus, nous sommes ensemble et nous n'avons pas grand-chose à craindre d'une petite promenade. Je sors si rarement… Comment veux-tu que je croise un jour l'homme qui me fera également rougir ? D'ailleurs, prends garde : je pourrais avoir envie de te chiper le tien !

La bonne humeur de l'Écossaise était contagieuse. Helena serra sa main en pouffant à son tour.

Elles se hâtèrent de remonter la galerie comme deux gamines un jour de fête. La reine s'étant retirée pour la nuit, beaucoup d'aristocrates avaient décidé de regagner leur maison de ville. Chacun à la cour aspirant à être remarqué, ils s'efforçaient d'être présents dans la grande salle toutes les fois où le roi risquait d'y faire une apparition – ou d'y dépêcher son chambellan pour les convoquer. Ce dernier tenait à jour une liste de tous les personnages requérant une audience auprès de Sa Majesté. Obtenir de figurer sur cette liste exigeait déjà une grande influence, et souvent des dessous-de-table. Et quiconque donnait une enveloppe trop peu garnie au chambellan pouvait voir son nom relégué au bas de la liste. Il n'était même pas exclu que l'officier de la Couronne omette carrément de signaler à Sa Majesté que vous attendiez son bon vouloir et vous impose en conséquence une attente interminable.

Cependant, une fois que la reine était allée se coucher, le roi se retirait souvent lui-même avec des intimes dans ses propres appartements. Cela marquait la fin de la journée et donnait aux nobles l'occasion de prendre un peu de repos, avant de recommencer le lendemain à l'aube tout le processus censé les rapprocher du souverain. Helena avait suivi ce même rythme depuis son arrivée à la cour, et elle avait du mal à rester éveillée pendant les services religieux du matin.

Ce soir-là, toutefois, elle ne pensait pas à son lit. L'excitation courait dans ses veines.

Les deux jeunes femmes traversèrent le jardin réservé à la reine pour se glisser dans la galerie qui menait à la grande salle. De longues ombres obscurcissaient le couloir, la clarté des lanternes se perdant sous les voûtes du plafond.

— Peut-être croiserons-nous un poète en train de lire ses œuvres.

— Ou plutôt de lutiner une servante, rectifia gaillardement Raelin.

Helena réprima un gloussement.

— Tu n'as pas la langue dans ta poche, toi !

— C'est la seule manière de survivre quand on est au service de la reine. Les suivantes de Sa Majesté sont assez prudes, or je refuse pour ma part d'oublier que je suis encore assez jeune pour penser aux hommes.

— Raelin…

L'Écossaise haussa les épaules.

— J'ai seulement dit : « *penser* aux hommes ». Et puis, quel mal y a-t-il à se faire conter un peu fleurette ? Nous serons toutes les deux mariées bien assez tôt, et reléguées dans des domaines provinciaux pour y pondre des héritiers. Moi, en tout cas, j'aimerais avoir quelques souvenirs pour me tenir chaud pendant les longues soirées d'hiver au milieu de nulle part.

— C'est… assez sensé, dut admettre Helena.

Les jeunes aristocrates de la cour aimaient à pratiquer leurs talents poétiques sur la domesticité du palais, une fois la grande salle désertée pour la nuit. Edmund avait fortement déconseillé à sa sœur de s'y risquer. Les courtisanes qui étaient surprises en ces lieux, à la lueur tremblotante des chandelles, étaient considérées comme des dames de petite vertu – ce qui n'empêchait pas certaines filles de bonne famille, un peu plus audacieuses que les autres, de venir s'y encanailler. Quelques-unes avaient d'ailleurs réussi à se dénicher un époux titré. Mais c'était un jeu dangereux, et beaucoup y avaient perdu des plumes.

— Nous resterons sur les côtés. Des dames de la cour viennent s'y promener tout le temps. Personne ne nous verra.

— C'est terriblement hardi, murmura Helena.

De fait, la grande salle était ceinte de galeries à arcades. À la nuit tombée, une douzaine de personnes pouvaient s'y tenir à l'insu de tous, dans la pénombre. C'était une solution astucieuse pour fréquenter l'endroit en toute discrétion.

Raelin s'esclaffa.

— Je sais. Mon frère en aurait une attaque, s'il savait que je viens ici après le coucher du soleil. Mais je me demande s'il ne craint pas plutôt que je le surprenne ici même... en galante compagnie.

Helena éclata de rire ; c'était plus fort qu'elle. Elle imagina la rage d'Edmund si elle le découvrait en train de se livrer à des pratiques qu'il aurait préféré lui cacher. Cette idée accrut encore son hilarité. Elle s'esclaffait si fort qu'elle en eut mal au ventre et dut s'arrêter pour reprendre son souffle, tandis que Raelin tournoyait sur place dans une envolée de jupe mordorée, la tête levée vers le plafond et la bouche ouverte sur un rire silencieux, telle une petite fille présentant son visage au soleil, un matin de printemps.

— Parfait, ricana Edmund.

L'Écossaise hurla quand le frère d'Helena émergea de l'obscurité environnante tel un serpent fondant sur sa proie. Il s'empara de Raelin, dont il déchira le corsage d'un geste brusque. Elle voulut se débattre et se défendre des mains du courtisan qui continuaient à froisser ses habits. Il y eut un bruit de dentelle déchirée, et son collier de perles se rompit. Elle n'avait cependant pas l'intention de se laisser faire et, avec un grondement de rage, elle se mit à frapper Edmund et à tirer à son tour sur son élégant pourpoint de velours, avant de porter les doigts à son visage pour lui griffer les joues. Le frère d'Helena la gifla en représailles.

— Assez, Edmund ! Laisse-la tranquille ! s'exclama cette dernière.

Il lança un juron avant de la gifler, l'envoyant bouler sur les dalles. L'Écossaise profita de ce qu'il voulait accompagner cette gifle d'un coup de pied pour se jeter une fois de plus sur lui. Esquivant sans peine son attaque, Edmund réussit à attraper son corsage et, refermant le poing, acheva de rompre la soie dorée qui masquait son corset.

— Arrêtez ! s'écrièrent des gardes en apparaissant soudain sur les lieux dans un fracas de bottes, des lanternes à la main.

Une vive clarté se répandit sur les protagonistes de l'échauffourée, révélant une Raelin échevelée et, non loin de là, Edmund qui rajustait son habit.

— Que se passe-t-il ici ? interrogèrent les sentinelles.

Le courtisan eut un haussement de sourcils arrogant. Des bruits de pas annoncèrent l'arrivée d'autres témoins. Raelin se tenait immobile, en état de choc, essayant de couvrir des mains l'un de ses seins qui s'était échappé de la robe. Helena se redressa en prenant garde à ne pas marcher sur le damas de sa toilette. Des visages sortaient des ténèbres alentour pour braquer sur leur groupe des yeux luisants de curiosité malsaine. Edmund affichait un rictus victorieux.

Des chuchotis scandalisés coururent parmi l'assemblée. Chaque murmure était comme le chuintement d'une lame acérée. Un début de panique altéra les traits de l'Écossaise. Helena fut horrifiée de voir l'angoisse se peindre sur ce visage d'ordinaire si souriant, et indignée par la bassesse des condamnations dont son amie était l'objet.

— Je vais vous dire, moi, ce qui se passe : ce gredin aurait bien besoin qu'on lui rappelle les bonnes manières à coups de taloches !

L'auteur de ces propos apparut à son tour dans la lumière.

Helena découvrit le visage qui n'avait cessé de la hanter depuis le matin. Aucune douceur ne s'y lisait en cet instant. Au contraire, ses yeux étincelaient de colère et ses traits étaient figés. Il avait le souffle un peu court et semblait avoir couru pour les rejoindre.

— Si je ne m'étais pas trouvé à l'autre bout de la grande salle, je tiendrais d'ores et déjà ce coquin par la peau du cou. Je l'ai vu molester ma compatriote, déclara-t-il en pointant un doigt accusateur vers Edmund.

Raelin écarquilla les yeux en le dévisageant. Mais il ne la regardait pas. Toute son attention était concentrée sur Edmund, dont l'expression ne paraissait trahir aucun remords. Le frère d'Helena toisait même les gardes avec une moue arrogante. Ceux-ci baissèrent le menton ; l'un d'entre eux se racla la gorge, visiblement gêné.

— C'est l'héritier du comté de Kenton, un pair du royaume, énonça-t-il à voix basse.

L'Écossais accueillit cet avertissement sans broncher, l'air toujours réprobateur. Helena comprit que le lignage de son frère n'était pas près d'éveiller la moindre indulgence chez lui.

— C'est plutôt un morveux mal élevé qui n'a même pas appris à traiter une femme avec respect. Mais regardez donc l'état dans laquelle il l'a mise ! Il l'a presque entièrement dévêtue et vous autres, Anglais, continuez à nous traiter de barbares ? Si l'un des membres de mon clan se comportait de la sorte, je le punirais sur-le-champ !

Des murmures s'élevèrent, de plus en plus forts, jusqu'à ce qu'Helena ait l'impression qu'ils lui martelaient l'intérieur du crâne. À demi terrassée par le choc et l'effroi, elle tendit la main et sentit les doigts de Raelin se refermer sur les siens. L'Écossaise gardait la tête haute, même s'il devait terriblement lui en coûter.

— Place au roi !

La foule des badauds qui les entouraient se fendit et recula sur les côtés.

Jacques Stuart ne paraissait nullement amusé. Tout le monde s'inclina devant lui. Cependant, il n'avait d'yeux que pour Raelin. Voulant le saluer d'une révérence, l'Écossaise ne réussit qu'à ployer le buste en chancelant. Les joues ravagées de larmes, elle tenait contre sa poitrine les pans de sa toilette déchirée. À ce spectacle, le souverain s'empourpra de rage.

— Relevez-vous tous ! À quoi rime ce tohu-bohu ?

Le regard du souverain se reposa sur Raelin. Un pli soucieux lui barra le front. Puis il se tourna vers Helena et l'Écossais, la préoccupation cédant de nouveau la place à la colère sur son visage.

— Dans mes appartements ! Qu'on me les amène tous les quatre !

Raelin serrait si fort la main d'Helena que cette dernière sentait le bout de ses doigts s'engourdir. Nul autre qu'elle, néanmoins, n'aurait pu deviner l'émoi de son amie, tant celle-ci arborait des traits détendus. Toute panique semblait l'avoir quittée et elle paraissait aussi calme que si elle était tranquillement assise dans les appartements de la reine, à astiquer les joyaux d'Anne du Danemark. Elle avait le maintien droit et soutenait sans ciller le regard de Jacques Stuart.

Le roi trônait sur une chaise en bois gravé placée sur une estrade. Un coûteux tapis persan était étalé sous le siège et des rideaux de velours couvraient les murs derrière lui. Le décor était grandiose et n'avait qu'un seul but : confirmer à quiconque entrait dans la pièce qu'il se trouvait bien en présence de son monarque.

D'autres chaises étaient alignées le long de la paroi opposée. Nul ne s'y asseyait sans permission. C'était un honneur, et Jacques n'était manifestement pas d'humeur à l'accorder ce soir-là. Tous les courtisans convoqués s'inclinèrent devant lui et demeurèrent genou à terre tandis qu'il les passait en revue.

— Suffit.

Un silence profond retomba sur la pièce. Helena entendait seulement le ballet feutré des serviteurs qui allumaient des chandeliers derrière elle. De grands candélabres en fer forgé se dressaient aux quatre coins de la salle. Chacun d'eux supportait cinq chandelles disposées en quinconce. La pièce s'éclaira dès que les domestiques eurent approché une flamme de leurs mèches.

— Pour quelle raison avez-vous mis dans cet état l'une des demoiselles d'honneur de ma reine, Edmund Knyvett ? demanda enfin le monarque.

Le frère d'Helena haussa les épaules en affichant un rictus suffisant qui choqua la jeune femme, si habituée fût-elle à ses comportements égoïstes. Aucune trace de regret ou de pitié ne se lisait dans ses yeux. Au contraire, il avait l'air fort content de lui.

— La passion ne s'exprime pas toujours avec délicatesse, sire. Certaines personnes aiment être un peu rudoyées, répondit-il en jetant un coup d'œil méprisant à Raelin.

L'Écossaise resserra sa prise sur la main d'Helena, sans toutefois se départir de sa sérénité de façade. La jeune femme eut un haut-le-cœur : c'était tout juste si son frère n'avait pas traité son amie de catin ! L'insulte ne fit pas du tout sourire Jacques Stuart, qui serra le poing sur l'un des bras sculptés de la chaise.

— Les cris que j'ai entendus ne semblaient pas inspirés par la passion, objecta-t-il.

— Ma sœur est une personne trop émotive, répliqua Edmund en désignant la jeune femme d'un geste désinvolte de la main. Nos parents l'ont toujours protégée pour préserver sa vertu. Elle ne peut comprendre les jeux auxquels les autres dames de la cour aiment parfois se livrer.

— Vous mentez, intervint l'Écossais, qui paraissait d'autant plus furieux qu'il s'exprimait sur un ton parfaitement maîtrisé.

Le souverain leva la main, mais le guerrier ne céda pas à l'injonction royale avant d'avoir lancé à Edmund un regard lourd de mépris.

Helena se mordit la lèvre pour ne pas hoqueter de stupeur. Jamais jusqu'alors elle n'avait vu quiconque, hormis son père, tenir ainsi tête à Edmund. Et encore, il était clair que c'était uniquement par respect pour le monarque que l'Écossais se contrôlait, car il frémissait littéralement de rage.

— Lady Helena ?

— Oui, Votre Majesté ? répondit-elle en reportant son attention sur Jacques Stuart.

Elle se sentit rougir. Il lui fallait décidément perdre cette manie d'observer sans cesse l'Écossais, se gronda-t-elle. Et le plus vite serait le mieux.

— Est-ce donc la pudeur qui vous a fait pousser ces hurlements, mademoiselle ?

La tension du moment étreignit si rudement la jeune femme que le temps lui parut se figer. Elle percevait chacun des battements de son cœur, consciente du silence qui s'éternisait. Edmund la couvait d'un regard hautain, apparemment sûr de pouvoir compter sur sa docilité. Elle lui en voulut de cette arrogance. Pour la première fois de sa vie, elle comprenait le sens du mot « haine ». Elle détestait la rouerie qui marquait le visage de son frère et lui donnait un air si hideux qu'elle en avait la nausée. L'Écossais la scrutait également, le regard de nouveau brûlant. Il semblait espérer qu'elle ne le décevrait pas par un mensonge. Elle découvrit que l'opinion qu'il pouvait avoir d'elle lui importait.

— Ce n'est pas la pudeur qui m'a fait crier ainsi, mais l'attitude de mon frère. Raelin n'est pour rien là-dedans.

Le roi se pencha vers elle.

— Vous étiez donc ensemble, Mlle McKorey et vous ?

— Oui, Votre Majesté.

Edmund avait les yeux qui lui sortaient de la tête. Des promesses de châtiment brillaient dans ses prunelles. Helena ne baissa pas les yeux pour autant. Elle soutint son regard, fière d'elle-même. Elle s'en était tenue à la vérité. À son frère d'assumer les conséquences de ses actes.

Jacques Stuart se renfonça dans son siège, l'expression pensive.

— C'était pire encore, Votre Majesté ! Il l'a frappée.

L'Écossais était enragé. Le ton de ses protestations donna le frisson à la jeune femme, qui se félicita de n'avoir pas menti : mieux valait ne pas contrarier cet homme.

— Grotesque ! rétorqua Edmund avec un reniflement dédaigneux. Je suis un gentilhomme. Le descendant d'une des plus anciennes familles du royaume.

— Quel rapport avec notre affaire ? Je ne vous ai pas entendu nier avoir frappé dame McKorey. Si vous êtes innocent, dites-le franchement ou taisez-vous.

— Assez ! lança sèchement le roi, avant de désigner l'Écossais. Vous, vous parlerez quand je vous le demanderai. D'ici là, silence. Capitaine, ajouta-t-il à l'adresse du chef de ses gardes, veuillez ramener cette demoiselle d'honneur dans les appartements de ma reine.

L'officier claqua les talons de ses bottes cirées et poussa la jeune Écossaise vers la sortie. Celle-ci ne lâcha pas la main d'Helena, qui se sentit entraînée à sa suite.

— Lady Knyvett va rester avec nous.

Le capitaine des gardes obéit aussitôt en séparant les deux amies. Raelin fut évacuée sans un autre mot.

Le roi foudroya du regard le frère de la jeune femme.

— Edmund Knyvett, vous avez beau être le fils unique du comte de Kenton, je ne saurais tolérer que vous molestiez ainsi une demoiselle appartenant à la suite de mon épouse, déclara-t-il sur un ton qui respirait l'autorité. Vous attendrez demain dans la grande salle que je vous convoque, pendant que votre sœur se rendra comme d'habitude dans les appartements de ma reine. Ne vous avisez pas d'obliger mon chambellan à appeler deux fois votre nom.

— Votre Majesté... commença Edmund.

— Hors de ma vue, l'interrompit le souverain d'une voix coupante, tandis que les gardes qui le flanquaient baissaient leur lance pour en menacer le frère d'Helena.

Celle-ci exécuta une prompte révérence, avant de reculer vers la porte. Edmund hésita, ce qui lui valut un froncement de sourcils de la part du monarque.

— Ne mettez pas ma patience à l'épreuve, monsieur. Le prestige de votre famille vous a jusqu'à présent protégé, mais vous avez épuisé mes réserves d'indulgence. Je vous conseille de vous éclipser avant que ne me revienne en mémoire le nom de quelque contrée glacée et désertique où nous manquons d'ambassadeur...

Edmund salua brièvement, puis sortit à son tour. Helena lui emboîta le pas une fois qu'il l'eut rejointe dans le couloir. Il marchait à grandes enjambées rageuses, et le regard ulcéré qu'il décocha à la jeune femme en disait long sur le sort qu'il lui réservait.

Curieusement, elle n'en était pas effrayée. Un sentiment singulier de satisfaction imprégnait son esprit. Elle avait su se montrer honnête, alors que tant d'autres n'hésitaient pas à mentir pour conforter la position de leur famille à la cour. Elle avait compris d'instinct que la véritable amitié était un cadeau que Raelin ne pouvait accorder qu'à ceux qui la traitaient avec respect.

Ses joues s'enflammèrent de nouveau, et cette bouffée de chaleur n'avait rien à voir avec la cadence que lui imposait Edmund. C'était plutôt sa conscience qui la travaillait. Car défendre son amie n'avait pas été sa seule motivation dans cette affaire. Elle avait aussi tenu à ne pas décevoir l'Écossais. Ce dernier était un homme d'honneur. Peu lui importaient les avantages politiques qu'il aurait pu obtenir en fermant les yeux sur l'agression dont sa compatriote avait été victime. C'était le premier noble qu'elle rencontrait qui plaçait son honneur au-dessus de son ambition.

Jacques Stuart prit son menton dans son poing. Keir se tint coi. Il s'attendait que cette confrontation soit tendue. Un fait le troublait cependant : l'identité de la dame qu'il s'était mis en tête de courtiser. Il avait passé des heures à essayer de découvrir son nom, et avoir été dans l'impossibilité d'arriver à temps pour la protéger, elle et Raelin McKorey, des coups de son frère, l'avait plongé dans une colère noire. Mais un autre sentiment supplantait sa rage : l'intérêt renouvelé qu'il éprouvait pour la jeune femme. Elle avait tenu tête à cette canaille d'Edmund Knyvett et osé dire la vérité. Un tel courage la rendait à ses yeux plus attirante encore : c'était le genre de qualité indispensable chez l'épouse d'un laird, une qualité qui imposait le respect parmi les gens d'un domaine.

Toutefois, avant de songer à prendre épouse, il lui fallait accomplir la mission qu'il s'était donnée en venant ici : jurer sa loyauté à son souverain et restaurer la réputation de sa famille à la cour. Il ne pouvait de toute façon proposer le mariage à Helena Knyvett avant d'être reconnu digne d'une telle union. Il s'efforça donc de se concentrer sur Jacques Stuart, qui le dévisageait toujours en silence.

— Vous êtes le benjamin des McQuade, n'est-ce pas ? s'enquit enfin le monarque.

— En effet, Votre Majesté.

Les sentinelles placées de part et d'autre de la chaise royale se rapprochèrent sensiblement de leur souverain, les doigts serrés sur la hampe de leur lance. Keir songea que son père avait été transpercé par ces mêmes armes quand il avait lancé sa dague vers Raelin McKorey durant son combat avec Brodick McJames. Tout cela s'était passé à quelques mètres de Jacques Stuart, et le nom des McQuade en était terni depuis. À cette pensée, il veilla à garder la plus parfaite immobilité, les mains bien en vue sur le côté. Il voyait dans les yeux des sentinelles une méfiance qui les porterait à réagir au moindre geste suspect de sa part.

— Depuis combien de temps êtes-vous à Londres ?

— Quelques jours.

Le roi étreignit les accoudoirs de son siège.

— Pourquoi êtes-vous venu à ma cour, McQuade ? Je ne crois pas vous y avoir convoqué.

Keir serra les dents. Le ton du roi le hérissait. Il n'en était pas surpris, mais le dédain qu'il exprimait n'en était pas moins pénible à entendre.

— Je voulais vous prêter serment de loyauté, ainsi que l'exige la tradition.

Jacques se redressa sur sa chaise et toisa le guerrier d'un œil suspicieux.

— Vraiment ?

— Tel est mon devoir, Votre Majesté.

Le roi hocha la tête.

— En effet, admit-il. Je suis néanmoins un peu étonné que vous mettiez autant d'empressement à le remplir.

— Les questions d'honneur ne souffrent aucun délai, expliqua Keir en soutenant le regard inquisiteur de son souverain. Il est temps que les McQuade aient un laird qui montre le bon exemple. C'est dans ce but que je suis ici.

— D'accord, soit, nous en rediscuterons plus tard, décréta le monarque en évacuant le sujet d'un revers de main. Revenons plutôt à nos moutons : que s'est-il passé au juste avec Raelin McKorey ?

Keir sentit la tension lui raidir de nouveau l'échine.

— Ce gredin de Knyvett a déchiré sa robe tel un chien enragé. Vous avez vu comme moi les marques qu'elle lui a laissées sur la joue pour se défendre. Je n'ai malheureusement pas pu traverser la grande salle assez vite pour lui porter assistance.

— Mes gardes sont très vigilants, marmonna Jacques en se frottant le menton. Et Edmund Knyvett est un puissant personnage, qui le sera bientôt plus encore. Je doute que beaucoup de courtisans auraient l'audace d'intervenir comme vous l'avez fait.

— Gérer une cour comme celle-ci ne doit pas être facile tous les jours.

Le souverain ne put s'empêcher de glousser. Il reprit cependant son sérieux et parut presque surpris par sa propre réaction.

— Vous ne ressemblez guère à votre père. Ou vous êtes un excellent comédien.

— D'après mon père, je tenais surtout de ma mère. Il n'éprouvait pas beaucoup d'affection pour moi, même si j'étais un garçon et non une fille comme ma sœur.

Le roi opina.

— Si fait, acquiesça-t-il. Votre père n'aimait pas vraiment Bronwyn.

— Moi, si.

— Et cette Raelin McKorey ? C'est à votre géniteur qu'elle doit la cicatrice qui lui barre la joue.

Keir s'abstint de répondre : ses actes parlaient pour lui. Il n'était pas homme à se perdre en bavardages oiseux.

Jacques Stuart haussa les épaules en soupirant.

— Question inutile, je l'admets, vu que vous venez de prendre sa défense contre l'un de mes nobles anglais.

— Il l'a molestée comme un marin s'en prenant à une traînée des tavernes, grommela Keir. Vous auriez dû me permettre de lui rappeler certains principes de politesse.

Dicter ainsi au roi sa conduite n'était pas très inspiré, mais il sentait encore la rage et l'indignation le soulever. Laisser repartir l'odieux personnage avec sa sœur lui avait terriblement coûté, car il était plus que probable que cette dernière allait payer l'affront qu'elle lui avait infligé en refusant de mentir. Il était bien placé pour connaître le ressentiment que le sens de l'honneur pouvait susciter chez des proches guidés par leur seul opportunisme. Son propre père l'avait détesté pour sa fermeté morale.

— Sa sœur vaut cent fois mieux que lui, ne put-il se retenir d'ajouter.

Jacques se redressa sur son siège.

— Je crains qu'elle ne le regrette avant peu. C'est une plaie, mais je dois me montrer prudent avec l'aristocratie anglaise. Cela étant, je reconnais avoir été impressionné par le courage de cette demoiselle.

— Ce n'est pas une lâche, pour sûr.

Le monarque le considéra avec un haussement de sourcils.

— Je ne suis pas certain que son frère apprécierait ce compliment, étant donné les menaces que vous venez de lui adresser.

Keir sourit malgré lui.

— Je suis ici pour vous jurer allégeance, pas pour me mêler de machinations impliquant de déchirer les robes de dames de la cour, déclara-t-il sans cacher son dégoût.

— La plupart de mes sujets s'abstiendraient de parler ainsi d'un de leurs pairs, surtout en ma présence.

— J'ai effectué tout le trajet depuis l'Écosse pour m'agenouiller devant vous, alors que certains de mes voisins n'ont même pas eu cette courtoisie à votre égard et continuent néanmoins à porter leur titre de laird avec fierté. Je n'ai pas pour habitude de cacher mes sentiments ; mon père me l'a assez souvent reproché. Mais si la vérité vous offusque et si vous préférez être entouré d'ambitieux qui passent leur temps à flatter votre personne, mieux vaut que je vous présente mes hommages sans plus tarder et disparaisse au plus vite de votre vue.

Le souverain pouffa de nouveau, réaction spontanée qui lui valut un coup d'œil stupéfait de la part de ses gardes, autrement impassibles. Ceux-ci reprirent aussitôt contenance, mais n'en continuèrent pas moins à dévisager subrepticement les deux hommes.

Jacques rit de plus belle.

— « Flatter ma personne » ? répéta-t-il en tapant sur l'un des accoudoirs de son trône. C'est la meilleure, celle-là ! Keir McQuade, je crois que je vous aime bien – ce qui est pour moi une surprise plutôt agréable. Restez donc à ma cour quelques semaines, voulez-vous ? Je souhaiterais vous connaître un peu mieux, après que vous m'aurez prêté serment de loyauté.

Keir s'inclina. Le roi haussa une nouvelle fois les sourcils.

— Comment ? s'étonna-t-il. Aucune objection à demeurer parmi les Anglais ?

Le guerrier se redressa.

— Il se trouve que deux ou trois choses ont suscité mon intérêt ici – la perspective de rétablir la réputation de mon clan, par exemple. Ce sont plutôt vos lords anglais qui risquent de ne pas tolérer trop longtemps ma présence.

Jacques redevint sérieux.

— Le statut de roi présente quand même quelques avantages. Si c'est moi qui vous invite à prolonger votre séjour parmi nous, il leur faudra bien ravaler leur réprobation. Donc, vous restez, trancha-t-il avant d'écarquiller légèrement les yeux, comme si une idée venait de lui traverser l'esprit.

Restez, et courtisez Helena Knyvett. Je serais curieux de savoir comment son frère va réagir à ça !

Keir aurait dû être satisfait. Pourtant il ne l'était pas, et ce fut les dents serrées qu'il rebroussa chemin vers le taudis qui lui tenait lieu de résidence londonienne.

Certes, il avait accompli la tâche qu'il s'était assignée, ou du moins était-il en bonne voie de la mener à son terme. Mais la jeune femme lui manquait déjà.

Helena...

Il avait désormais un nom à associer à son visage. Hélas, c'était en un sens encore plus frustrant ! Il soupira et, ayant ôté son kilt, déposa son épée contre le mur, près de son lit. Ce dernier était à la fois trop étroit et trop court pour sa stature. Au moins avait-il Helena pour occuper ses pensées et le distraire de la nostalgie qui l'étreignait chaque fois qu'il repensait au château de Red Stone et au lit qui était le sien là-bas.

Courtiser la fille...

Eh bien, voilà qui lui faisait une mission de plus à accomplir avant de retourner en Écosse !

Le visage de la jeune femme lui revint en mémoire. Elle avait du cran, c'était certain – un peu trop, même, car cela provoquait chez lui des réactions d'une intensité pour le moins inopportune. Il tiqua et moucha la mèche de la chandelle posée sur sa table de chevet. Sa virilité était en émoi. Depuis l'auberge du coin de la rue, lui parvenaient le tapage des clients avinés et les rires des créatures négociant leurs faveurs.

Ce genre de plaisir rapide ne l'intéressait pas. Et c'était bien dommage, car la frustration le tint éveillé des heures durant. Il ne pouvait s'empêcher de songer à *elle* et le désir lui tordait les entrailles.

Mais demain, ce serait différent. Il avait du roi la permission – sinon l'ordre – de la courtiser. Et il ne serait que trop heureux d'obéir à son souverain.

3

— Saleté !

Edmund la frappa au visage. Elle pivota sur elle-même sous la force du coup. Elle eut un goût de sang dans la bouche, mais parvint à garder son équilibre et se retourna pour faire face à son frère, dont le visage était tordu par la fureur.

— Traîtresse, stupide garce ! s'écria-t-il en lui assenant une deuxième gifle qui résonna violemment dans la salle à manger.

La souffrance vrilla le crâne d'Helena et troubla momentanément sa vision. Elle prit une profonde inspiration pour retrouver ses esprits. Les deux servantes en faction sur le seuil de la pièce firent la grimace, mais n'osèrent abandonner leur poste et demeurèrent figées près de la porte, dans l'attente des ordres de leur maître, pendant que ce dernier laissait libre cours à sa rage.

— Tu m'as déconsidéré ! hurla-t-il en traversant la salle à grands pas pour aller se jeter sur un siège dont il se mit à marteler les larges accoudoirs. Déconsidéré ! Entends-tu, espèce de petite crétine ?

Pourquoi n'as-tu pas gardé le silence ? Mon plan était parfait…

Il frappa de nouveau le bras du fauteuil et projeta sa tête en arrière pour apostropher le personnel.

— Du vin ! beugla-t-il.

Les servantes se bousculèrent pour lui obéir, l'une et l'autre veillant à garder un profil bas et à rester aussi loin que possible des mains d'Edmund.

Helena ne put le leur reprocher. Se gardant de bouger elle-même, elle était soulagée que son frère se soit retiré sur sa chaise de maître. Il aimait y prendre place chaque fois qu'il avait des reproches à lui faire. Il y avait dans cette scène une familiarité qui lui redonna des forces. Edmund avala une gorgée du vin que lui avaient apporté les domestiques et dévisagea la jeune femme par-dessus le bord de sa chope.

— Je vais te trouver un mari, lâcha-t-il en cognant le récipient sur l'accoudoir du siège.

Des gouttes rouges débordèrent de la chope et vinrent salir la manchette de sa belle chemise. Il n'y prêta aucune attention.

— Un époux prêt à se contenter de la moitié de ta dot, parce que j'ai l'intention de prendre le reste. Voire plus, si possible.

Il lui adressa un rictus méprisant et se remit à boire.

— Disparais de ma vue ! Et qu'on m'apporte encore du vin ! Trouvez donc quelqu'un d'agréable pour me verser à boire !

La plus âgée des bonnes claqua des doigts. L'autre servante disparut sans un bruit dans le couloir parqueté, avec une célérité indiquant que les domestiques étaient habituées à ce genre d'exigences de la part de leur maître.

Helena tourna le dos à son frère et sortit.

Une fois la porte de sa chambre close, elle prit une profonde inspiration. Le battant de bois n'offrait qu'une sécurité illusoire mais, pour le moment, elle était prête à s'en satisfaire. Et quoique le maître des lieux pût envahir son intimité quand il le voulait, elle préféra tirer le verrou.

Elle poussa un soupir, sentant ses épaules se détendre – un peu, en tout cas. Car elle savait que son frère n'en resterait pas là. Il n'oubliait ni ne pardonnait jamais rien. Enfin, au moins n'était-il plus capable de la surprendre. Il n'était même que trop prévisible, hélas... Se redressant, elle entreprit de se déshabiller.

On frappa doucement à la porte. Elle se mordit la lèvre inférieure puis, se morigénant pour sa couardise, se força à aller ouvrir : si Edmund avait voulu entrer chez elle, il n'aurait pas frappé ainsi. Elle fit glisser le verrou.

— Madame... murmura la plus jeune des deux servantes en la saluant d'une révérence, avant de se faufiler dans la pièce avec une cuvette d'eau fraîche et une serviette propre sur le bras.

Elles n'échangèrent ensuite plus aucun mot. Toutes deux cherchaient à échapper à l'attention d'Edmund, mais ne pouvaient s'aider mutuellement. Le seul soutien qu'il leur était possible de s'apporter était leur compagnie. Car en dépit de leurs différences d'origine et de rang, elles étaient du sexe dit « faible », obligées de survivre dans un monde dominé par les hommes et, en l'occurrence, de ruser avec le seigneur des lieux.

L'eau fraîche était la bienvenue. Helena se passa la serviette mouillée sur le visage, heureuse de sentir sa peau redevenir propre, puis, une fois la servante repartie, elle alla s'étendre sur son lit, rompue de fatigue.

Les contraintes sans fin de la cour l'accablaient. Elle avait l'impression de ne jamais pouvoir être elle-même au milieu des courtisans. C'était un sentiment déprimant, le genre de sentiment qui pouvait mener au désespoir le plus noir.

À cette pensée, elle se ressaisit. S'apitoyer sur soi-même était une perte d'énergie. Elle se trouverait bien, demain, une activité susceptible de lui remonter le moral.

Le souvenir des traits de Keir McQuade envahit inopinément son esprit. Ses joues la chauffèrent d'une ardeur qui lui traversa l'échine. Ce rayonnement semblait s'étendre sur toute sa peau et ranimer sa chair comme jamais auparavant. Elle était soudain consciente du poids de ses seins libérés pour la nuit des baleines de son corset. Allongée dans son étroite couche, elle pouvait sentir leurs pointes se dresser. Encouragée par l'obscurité ambiante, elle s'attarda sur les réactions de son corps. Que le seul fait de songer à Keir lui procure de telles émotions, des heures après leur dernière rencontre, ne laissait pas de la fasciner.

Et un baiser de sa part, qu'est-ce que ça me ferait ? Un *vrai* baiser, sur la bouche... Un baiser d'amoureux.

Helena frémit et remonta la couverture sous son menton. Elle jouait avec des idées folles. Des idées dangereuses. Jamais Keir McQuade n'aurait la permission de la courtiser, et encore moins celle de l'épouser. Pas après ce qui s'était passé ce soir-là. Se complaire dans les sensations que son souvenir lui procurait aurait pour seul effet de la rendre malheureuse quand elle se retrouverait devant le mari qu'Edmund lui imposerait.

Jamais elle ne connaîtrait le contact de la chair de Keir contre la sienne – à moins, bien sûr, de suivre l'exemple des dames mariées de l'aristocratie qui cherchaient la satisfaction des sens en dehors des liens conjugaux. Cependant, elle ne voulait pas songer à Keir ainsi. Si amère soit cette pensée, elle préférait se résigner à le perdre de vue et continuer à le considérer comme un être noble, respectueux de la morale et de la loi.

Tel un chevalier de la Table ronde, plaçant son honneur au-dessus des tentations de ce monde...

Elle soupira et ferma les yeux. Qui pensait-elle berner ainsi ? Elle avait passé l'âge des enfantillages. La chaleur qui lui brûlait les joues n'était pas la rougeur innocente de ses vertes années. À preuve la tension qui lui raidissait les mamelons. Mieux valait raison garder et bannir Keir McQuade de son esprit, ainsi que toutes les rêveries au sujet des hommes d'honneur et des preux chevaliers : ces êtres d'exception ne vivaient que dans les pages des livres.

Hélas, de telles réflexions sensées la laissaient glacée et morose. Comparée à l'ardeur que Keir McQuade attisait en elle, cette nuit solitaire promettait d'être bien froide.

— Posez ça là.

La voix d'Edmund fit sursauter Helena, qui se regardait dans le miroir en prévision de la journée à venir. La plus jeune des servantes, qui était venue l'aider à s'habiller, recula jusqu'à avoir les épaules plaquées contre le mur. Son aînée, obéissant au maître, vint déposer une écuelle en bois sur la desserte. Elle était couverte d'un linge.

Edmund toisa les deux domestiques.

— Dehors.

Elles lui adressèrent une brève révérence avant de s'éclipser.

— Tu n'iras pas à la cour, aujourd'hui.

L'appréhension étreignit la jeune femme de ses doigts glacés. Elle reconnaissait le ton sur lequel son frère venait de s'exprimer : il était d'humeur cruelle, ce matin-là.

— Mais le roi m'a ordonné de me rendre dans les appartements de la reine, comme d'habitude.

Edmund eut un reniflement méprisant.

— Jacques n'est pas gouverné par les caprices des femelles, même de sang royal. Le rôle de la reine était d'enfanter des héritiers. Maintenant qu'elle est fécondée, le roi ne l'écoutera plus guère.

— Mais je ne t'ai pas dit qu'Anne attendait un enfant… bredouilla Helena, consternée.

Son frère la foudroya du regard.

— Non, en effet, très chère sœur. Il se trouve simplement que tu n'es pas ma seule source d'informations en haut lieu, répondit-il avant de pincer les lèvres. C'est d'ailleurs pour ça que je n'ai plus besoin de toi auprès d'Anne. Du reste, tu ne m'étais manifestement pas très utile là-bas. Et puis, je n'ai pas envie de te donner d'autres occasions de me déconsidérer.

— Tu t'es déshonoré tout seul, répliqua-t-elle en faisant fi de toute prudence, poussée par le besoin de vider son cœur.

— L'honneur, c'est bon pour les demoiselles et les fantassins. C'est un joli mot qui les persuade d'accomplir leur devoir jusqu'au bout, quitte à verser des larmes de sang.

Elle fixa son frère avec effarement.

— Je ne sais même plus qui tu es.

Il haussa les sourcils.

— Comme c'est curieux, Helena. J'ai exactement le même sentiment à ton égard. Nos parents sont-ils devenus gâteux en vieillissant, au point de te permettre de te comporter comme une gamine écervelée ?

— Au moins ne m'ont-ils pas appris à mentir, Edmund, s'emporta-t-elle. Ce n'est pas être gâteux qu'inculquer l'honnêteté à ses enfants. C'est un saint principe enseigné par les Écritures.

Il lâcha un ricanement dédaigneux.

— Tu ne trouveras aucune âme honnête à la cour. Crois-tu donc cet Écossais dénué de la moindre arrière-pensée ? Ne sois pas si naïve, je te prie, articula-t-il en la toisant d'un regard glacial. La nature de l'intérêt qu'il te porte n'est que trop évidente. Il veut uniquement forniquer avec toi.

— Edmund !

Jamais elle n'avait entendu un tel langage.

— Allons, Helena, reviens sur terre. Je t'ai vue rougir et minauder avec lui. Où cela va-t-il te mener, selon toi ?

Il se pencha vers elle.

— Dans sa couche, ma pauvre chérie, où tu te retrouveras les cuisses en l'air…

— Tu n'as pas besoin d'être aussi vulgaire.

— Ni toi d'être aussi nunuche. Ta virginité a de la valeur. Et ce sang bleu qui coule dans tes veines est une monnaie d'échange. Knyvett est l'un des plus anciens noms d'Angleterre. Il est hors de question que, sous l'emprise d'une concupiscence aveugle, tu le galvaudes avec le premier barbare venu.

Sur ce, il sortit de la pièce, dont il claqua la porte derrière lui. Il y eut un cliquetis métallique, suivi d'un tintement de chaîne. Helena franchit d'un bond l'espace de la chambrette mais il était trop tard : une clé tournait dans la serrure d'un cadenas. Ce bruit sonnait de façon si définitive qu'elle eut le sentiment d'avoir le cœur transpercé.

— Edmund ?

Son frère se mit à ricaner derrière le battant, puis ses pas s'éloignèrent dans le couloir.

La jeune femme poussa la porte, mais cela eut pour seul effet de faire tinter la chaîne. Se précipitant vers la fenêtre, elle ouvrit un des volets et jeta un œil dehors. Un valet avait avancé le cheval d'Edmund devant le perron de la demeure. Son maître apparut dans le champ de vision de la jeune femme. Edmund ne leva même pas les yeux vers elle. Il monta sur le cheval dont il prit la bride des mains du domestique et donna un coup de talon dans les flancs de l'animal, qui se joignit au flot de chariots et de charrettes encombrant déjà la rue sous les premiers rayons du soleil.

Elle était prisonnière.

Helena alla s'asseoir sur son lit pour essayer de remettre de l'ordre dans ses idées. La panique menaçait de la gagner et l'angoisse lui nouait les entrailles.

Son père était malade. Elle avait jusqu'alors évité de penser aux conséquences de cet état de fait, préférant se focaliser sur les possibilités que la cour lui offrait, mais la réalité de sa situation s'imposait maintenant à elle de façon aussi incontournable que le panneau de bois qui l'empêchait de sortir.

C'était bel et bien Edmund qui régentait la famille aujourd'hui. La seule condition qui restait à remplir pour qu'il devienne le chef incontesté était la passation de l'anneau sigillaire que son père portait au doigt.

Elle tendit la main vers l'écuelle en bois et ôta le linge qui la couvrait. La nourriture qu'on lui avait apportée était maigre : un quignon de pain, quelques rondelles de carotte, une pomme et une tranche du rôti d'agneau de la veille. La cuisinière s'était manifestement efforcée de rassembler tous les restes qui lui tombaient sous la main pour lui composer cet en-cas.

Elle prit quelques rondelles de carotte qu'elle se mit à mâcher lentement. La journée s'étendait devant elle comme un désert interminable, lui laissant tout loisir de ruminer les craintes que lui inspirait l'avenir.

Elle n'avait hélas que peu de pensées pour l'en distraire. Mis à part ses souvenirs de Keir McQuade, bien sûr. Elle laissa délibérément son esprit évoquer l'Écossais. Jamais auparavant elle n'avait rencontré un homme qu'elle trouvait beau. Or le corps de Keir l'émerveillait. Rien de plus normal, à vrai dire : il avait une large carrure et une haute taille, bien plus haute que la normale. Il avait aussi un torse puissant et l'habitude de croiser les bras sur la poitrine, posture qui lui donnait un aspect encore plus imposant. Ce devait être toutes ces caractéristiques singulières qui l'attiraient chez lui…

Non, il n'y a pas que ça… et tu le sais très bien, se dit-elle.

Un chatouillis lui caressa la nuque. Elle y porta la main pour se frictionner, déclenchant un long frisson dans son dos. Sa peau semblait avoir une vie propre et réagir aux sollicitations avec une impulsivité qu'elle ignorait jusqu'alors. Était-ce de la luxure ? Elle aurait pu donner à ces sensations le terme pudique d'« attraction », sauf qu'elle avait conscience que certains les auraient plutôt considérées comme un péché.

Quelle que soit leur nature, cependant, son sang paraissait les charrier dans ses veines tel un vin fin. Elle percevait les battements de son cœur jusque dans les moindres recoins de son corps. Les poèmes courtois si souvent récités à la cour prenaient subitement pour elle plus de sens. Elle était en mesure de comprendre leurs tournures passionnées, tant les élans de sa chair atteignaient une violence proche du délire, embrumant son esprit. Elle ne songeait même pas à s'agenouiller pour s'abîmer dans la prière et tenter de se délivrer de ces émotions de plus en plus obsédantes. Elle aspirait au contraire à les savourer et ne cessait d'espérer qu'elles gagnent encore en intensité !

Au fond, comment aurait-on pu le lui reprocher ? Elle se mit à sourire. Il n'y avait aucun mal à rêver à Keir McQuade, puisque celui-ci ne saurait jamais les sentiments qu'il lui inspirait. C'était le bon côté de sa situation… qui n'était guère enviable par ailleurs. Elle considéra la porte fermée en soupirant. Le destin qui l'attendait n'avait rien d'enthousiasmant, mais mieux valait s'y résigner tout de suite ; ainsi, quand Edmund reviendrait lui annoncer sa sentence, elle souffrirait moins. Car elle serait châtiée pour avoir transgressé ses règles, c'était certain.

Elle ne poserait jamais plus les yeux sur Keir McQuade, sinon dans ses rêves. Et, malgré sa résolution d'accepter son sort, elle en avait le cœur brisé.

Beaucoup l'auraient jugée folle.

Raelin McKorey épiait Keir McQuade sous ses cils baissés. C'était un talent qu'elle avait perfectionné pendant les cinq années qu'elle avait déjà passées à la cour.

Le père de cet homme avait tenté de l'assassiner. À ce souvenir, sa cicatrice à la joue la démangea. Elle réprima l'envie de la toucher. La démangeaison n'existait que dans son imagination, la blessure étant guérie depuis longtemps. Néanmoins, chaque fois qu'elle repensait au moment où l'ancien laird McQuade avait lancé sa dague vers elle, sa balafre la chatouillait. Les fils aînés de ce dernier l'avaient traitée de sorcière, et cette épithète calomnieuse lui collait désormais à la peau. Aucun homme, depuis, n'avait demandé sa main. Elle ne se trouvait que rarement des cavaliers aux bals et en connaissait la raison.

À cette pensée, elle sentit la colère la gagner. Il arrivait que des jeunes gens solitaires, fraîchement débarqués à Londres, se mettent à la courtiser, mais il suffisait qu'ils retrouvent des proches dans la capitale pour que leur passe l'envie de l'aborder.

Sorcière...

C'était à la famille de Keir McQuade qu'elle devait cette sinistre réputation.

Mais le guerrier n'avait pas l'air de ressembler à son père ou à ses frères aînés. Elle comprenait même la fascination qu'Helena éprouvait pour lui. Il semblait l'incarnation de la force.

En outre, elle ne pouvait oublier qu'il s'était porté à son secours sous les arcades de la grande salle. Bien sûr, il ignorait au départ que c'était elle qui était agressée. Dès qu'il l'avait reconnue, cependant, sa fureur contre Edmund Knyvett avait paru monter encore d'un cran. Pour sa part, elle avait senti son cœur manquer un battement en avisant les couleurs de son kilt. Ce tartan mauve, ocre et vert hantait toujours ses cauchemars, sombres visions imprégnées par l'odeur du sang.

Et voilà qu'elle avait besoin de lui... Le destin était parfois aussi tortueux que les motifs d'une dentelle aux fuseaux. Il était impossible d'en suivre le fil et le résultat final dépendait de l'interaction de tous les fuseaux entre eux. Aujourd'hui, pour aider son amie, elle devait recourir aux services d'un McQuade.

Tout en récitant une prière muette, elle s'avança vers son compatriote. Elle sentit bientôt qu'il l'avait remarquée et redressa le menton pour l'inviter du regard à la suivre vers l'une des portes de la grande salle donnant sur la galerie latérale. Les hommes comprenaient ce genre de signes, et les femmes ne tardaient pas à les apprendre quand elles arrivaient à la cour. Raelin continua son chemin comme si de rien n'était.

La galerie était constellée d'alcôves et de recoins offrant un semblant d'intimité. Elle alla se réfugier dans un renfoncement et y attendit le guerrier, tout en jouant nerveusement avec le tissu de sa jupe.

— J'aurais cru que la reine tiendrait à vous garder auprès d'elle, mademoiselle McKorey, déclara Keir McQuade en la rejoignant.

— Elle a effectivement donné des ordres en ce sens. Je suis sortie de ses appartements sans sa permission.

La jeune femme se retourna et fut soulagée de constater qu'il était encore à quelques pas d'elle et se tenait immobile. Mais elle n'en tressaillit pas moins, car l'imposant guerrier paraissait capable de franchir cette distance en un éclair si l'envie lui en prenait. Son père n'avait-il pas réussi à lui taillader la joue avant même qu'elle puisse réagir ?

Elle secoua la tête et se força à reporter son attention sur l'instant présent.

— Je vous suis redevable d'avoir défendu mon honneur devant le roi, laird McQuade.

Il se rembrunit.

— Vous ne m'êtes en rien redevable. Aucune femme ne mérite d'être traitée ainsi. Et puis, ce n'est qu'une maigre compensation de ma part pour le tort que vous a causé mon père. À ce propos, je tenais à vous assurer que, tant que je serai le chef de mon clan, les raids sur nos voisins ne seront plus tolérés. Je regrette seulement de ne pouvoir laver votre nom des rumeurs qui l'entachent.

La cicatrice de Raelin se remit à la démanger. Elle y porta la main sans réfléchir. Le regard du guerrier se braqua sur ses doigts. Elle écarta vivement le bras.

— Je suis plus forte que les rumeurs, se crut-elle obligée de préciser.

Il lui adressa un sourire complice.

— Naturellement. Vous êtes une Écossaise, après tout.

Il y avait dans son regard une lueur d'admiration qui toucha la jeune femme. Celle-ci en oublia presque le motif de cet entretien.

— Helena ne vient plus à la cour, annonça-t-elle tout de go.

Il se renfrogna, les lèvres pincées et les paupières plissées en une expression à la fois menaçante et inquiète.

— Son frère aurait donc désobéi au roi ? Et pourquoi me le signaler au lieu d'en informer la reine ? s'enquit-il.

Un brin d'irritation altérait sa voix, comme s'il lui déplaisait d'avoir ainsi à la renvoyer vers quelqu'un d'autre. C'était là un trait de caractère qui était familier à la jeune femme, car il était partagé par ses frères : tout comme eux, Keir McQuade était un homme d'action que les bavardages agaçaient. La hiérarchie de la cour, qui imposait de procéder par étapes en toute chose, depuis la prise des repas jusqu'à la manière de saluer le roi, les ulcérait au plus haut degré. Cette constatation redonna espoir à la jeune femme : elle avait été avisée de se tourner vers son compatriote.

— Elle est sa sœur. Il a le droit de lui dicter sa conduite, d'autant qu'elle n'est même pas demoiselle d'honneur. J'espère que cet état de fait changera bientôt mais, en attendant, rien ne sert d'aller se plaindre de l'absence d'Helena auprès de la reine. Elle ne saurait s'interposer entre un frère et une sœur de la haute aristocratie sans soulever un scandale. Le roi ménage la noblesse anglaise, et il réfléchirait à deux fois avant d'énoncer le moindre reproche à un personnage aussi influent qu'Edmund Knyvett. Son pouvoir repose sur un équilibre délicat qui exige parfois le sacrifice d'innocents. Tout le monde se lamentera sur le sort d'Helena, mais cela ne l'aidera en rien. Son frère peut faire d'elle ce qu'il veut.

Keir McQuade se raidit et croisa les bras, les mains serrées sur ses biceps saillants. Raelin vit une étincelle de fureur danser dans ses prunelles.

— Pourquoi me raconter tout ça ? demanda-t-il.

— Parce que vous l'avez fait rougir.

L'expression du guerrier changea du tout au tout, à tel point que la jeune femme en éprouva un irrépressible élan de jalousie. Mais, l'un dans l'autre, c'était plutôt rassurant. L'existence de tels sentiments chez un homme était comme un rocher auquel elle pouvait s'agripper et qui lui donnait espoir de connaître elle aussi, un jour, l'amour.

Keir secoua la tête.

— Et vous me faites confiance ?

— Vous n'êtes pas comme votre père, lâcha-t-elle carrément.

Il hocha imperceptiblement la tête. Elle le regarda droit dans les yeux.

— J'ignore si vous êtes en mesure de lui porter assistance, mais vous êtes le seul homme, parmi ses connaissances, qui ait assez d'honneur pour y songer. De plus, vous êtes écossais et je suis prête à parier que vous préférez l'action aux parlotes.

Et la dernière raison, qu'elle ne disait pas, était sa propre impuissance. Une impuissance qui lui serrait le cœur et lui donnait presque envie de pleurer.

— Je vous remercie de m'avoir averti. Veuillez m'excuser, mais je suis obligé de vous quitter.

Elle le salua d'un bref hochement de tête. Il avait déjà tourné les talons. Son kilt se balançait furieusement, tant il marchait vite. Un grand sourire aux lèvres, elle rebroussa chemin vers les appartements de la reine. Elle n'avait cure d'être découverte. Helena était son amie.

— Cet Edmund Knyvett… grommela-t-elle entre ses dents.

Cet homme était une vraie vipère. Oh, certes, il y avait d'autres personnages dangereux à la cour, mais le prochain comte de Kenton était le pire de tous. Sa noblesse n'était qu'un masque jeté sur une âme pourrie. Sa soif de pouvoir avait dissous chez lui toute trace de moralité.

Malheureusement, il était le frère d'Helena et son tuteur légal jusqu'à son mariage. Même le roi n'avait pas toute latitude pour remettre en cause ce statut. Un noble, en revanche, pouvait l'affronter. Or Keir McQuade était laird. Et même si nombre d'aristocrates anglais ne respectaient pas ce titre, Jacques Stuart était lui-même écossais.

Il y avait encore de l'espoir, en somme. Un espoir bien maigre, sans doute, mais le seul auquel Raelin pouvait s'accrocher.

Elle soupira et poursuivit son chemin en murmurant une prière pour son amie.

4

— Mais à quoi ça rime, tout ça ? demanda Farrell en se grattant la tête. Nous ne savons même pas si cette fille est dans le pétrin. Et puis, nous ne sommes pas de sa famille. Tu lui as juste un peu courtisé.

Keir le foudroya du regard.

— Elle a des ennuis, tu peux me croire, répliqua-t-il. Je serais prêt à parier mon cheval là-dessus.

Farrell le dévisagea avec stupéfaction – et il y avait de quoi : le cheval de Keir était une bête superbe.

— Et moi, je pense que c'est une folie. Son frère va ordonner qu'on nous passe au fil de l'épée, c'est couru d'avance.

Tout en prononçant ces mots, cependant, Farrell se coiffa de son béret et l'inclina sur son front. Keir ne doutait pas que les autres hommes le suivraient, mais il attendait de leur part une confiance totale.

Il les considéra l'un après l'autre.

— Elle a certainement été punie pour ne pas avoir couvert son frère devant le roi. Il faut en tout cas que je m'assure de sa santé. C'est le moins que je lui doive, après qu'elle a pris parti pour moi.

Une lueur de compréhension s'alluma dans le regard de Farrell.

— Je suppose qu'on ne peut effectivement pas rester les bras ballants alors qu'elle a eu le courage de dire la vérité. Il semblerait que son frère ait vraiment besoin d'une leçon de savoir-vivre... Bon, quel est ton plan ? Nous ne savons même pas où se trouve la fille.

— Ce ne sera sans doute pas la partie la plus difficile de l'opération. Edmund Knyvett est un personnage important qui aime se faire remarquer. Remonter sa piste ne devrait pas nous prendre longtemps.

Il suffirait pour cela d'un peu d'argent, or voilà des années qu'il gérait Red Stone. C'était d'ailleurs la seule réussite dont son père l'ait jamais félicité. Le domaine rapportait, au contraire d'autres fiefs qui n'avaient pas su évoluer. Keir y avait veillé, dans le but d'améliorer les conditions de vie des familles portant les couleurs des McQuade.

Il allait soudoyer autant de domestiques que nécessaire pour découvrir le sort qu'Edmund Knyvett avait réservé à sa sœur.

— Et que ferons-nous ensuite ? demanda Farrell. Apprendre au petit noble anglais à avoir un peu plus de respect envers le beau sexe ?

Keir le toisa de nouveau d'un œil peu amène. Certes, il méritait d'être ainsi taquiné et, en d'autres temps, il aurait même été le premier à en sourire. Cependant, il ne s'agissait pas ici de n'importe quelle demoiselle en détresse.

Il n'avait pas eu besoin d'attendre les confidences de Raelin pour savoir qu'Helena avait rougi à cause de lui. Il s'en était aperçu lui-même et avait passé des heures à y repenser ensuite – trop pour son propre bien, sans doute. Il était un homme d'action et il ne faisait que penser – à elle, bien sûr, mais également au plaisir qu'il aurait à moins penser et à jouer un rôle plus actif dans leur relation.

— Ce ne serait pas complètement absurde, admit-il. Mais ce ne serait probablement pas la conduite la plus avisée.

— Aurais-tu une idée derrière la tête ? s'enquit Farrell.

Keir eut un haussement de sourcils.

— Elle ferait une bonne épouse. Emprunter la voie de la négociation serait peut-être dans notre intérêt.

Farrell s'esclaffa.

— Holà, mon gars ! Si tu voulais une fiancée dont la famille te déteste, tu n'avais pas besoin de venir en chercher une ici : il y en a plein autour de chez nous !

Keir tiqua. C'était, hélas, la triste vérité : les agissements de son père leur avaient aliéné la sympathie d'à peu près tous leurs voisins. Si par exemple il avait profité de ce que Raelin McKorey l'avait abordé pour lui conter fleurette, les proches de cette dernière en auraient pris ombrage.

Mais ce n'était pas Raelin qu'il avait fait rougir. Peut-être était-il finalement inapte à se choisir une promise sur la base de sa seule valeur maritale. Les paroles de Gwen, sa maîtresse, le hantaient encore. Elle l'aimait, c'était évident, même si la réciproque n'était pas vraie. Il en avait été jaloux, comme si Gwen se montrait capable d'émotions plus profondes et plus fortes que les siennes. Il l'aurait volontiers épousée, mais elle avait eu finalement raison de le rejeter. Cela lui donnait une chance de se trouver enfin une compagne qui ne lui échaufferait pas seulement les sens mais lui enflammerait aussi le cœur.

— Nous radotons comme des vieillards, trancha-t-il. Il serait temps de nous mettre en route.

S'étant hissé en selle, il serra la bride de sa monture dans son poing. Ses hommes le suivirent et la troupe chevaucha sans plus échanger un mot. Les rues de la capitale étaient presque désertes, maintenant que le soleil se couchait. Le bruit des sabots résonnait sur les volets fermés des devantures et des maisons.

Quiconque avait argent en poche pouvait trouver qui il voulait à Londres. En particulier Edmund Knyvett, héritier du comté de Kenton. Certains informateurs semblèrent même ravis de les mettre sur la piste du courtisan. Ce dernier paraissait assez unanimement détesté.

Cela en disait long sur sa stupidité, pensa Keir. Même si chaque homme, chaque femme et chaque enfant portant les couleurs des McQuade lui devait une loyauté sans faille, jamais, pour sa part, il ne commettrait l'erreur de croire que cela lui donnait le droit d'abuser de son dévouement. Un clan ne devait sa force qu'à la somme des énergies conjuguées de tous ses membres. Un laird avisé respectait ses gens, car c'était ainsi qu'il gagnait leur considération en retour.

Edmund, lui, n'avait pas l'air de partager cette opinion.

Sa maison de ville ne fut donc pas difficile à trouver, d'autant que le portail en fer forgé était surmonté d'une couronne indiquant l'appartenance de son propriétaire à la noblesse.

C'était le genre de résidence dans laquelle logeaient les aristocrates pendant leur séjour à la cour : étroite, à trois niveaux. Les fenêtres étaient sombres. Les volets du dernier étage étaient cependant ouverts. Keir contempla un long moment les carreaux sans lumière. Les poils de sa nuque se hérissèrent tandis qu'un mauvais pressentiment lui nouait les entrailles.

— Que fait-on, maintenant ? s'enquit Farrell.

— Eh bien, frapper à la porte, pour commencer.

Farrell secoua la tête.

— J'ai hâte de voir ça, marmonna-t-il.

Une gouvernante en uniforme vint leur ouvrir presque aussitôt. Elle prit cependant un air suspicieux en avisant la haute silhouette de Keir et dut ployer la tête en arrière pour le regarder dans les yeux.

— Je viens rendre visite à lady Knyvett, annonça-t-il.

— Comme si j'allais vous autoriser à pénétrer ici en l'absence de mon maître !

Keir plaqua la main sur l'épaisse porte en bois pour empêcher la domestique de la lui claquer au nez. Celle-ci aperçut alors les guerriers qui se tenaient derrière lui et afficha une mine effarée.

— Vous admettez donc que votre maîtresse est chez elle ?

La femme baissa la tête.

— Je ne peux pas répondre à vos questions. Le maître ne l'apprécierait pas, dit-elle sur un ton de regret, avant de lever vers lui un visage suppliant. Rien qu'en vous parlant ainsi, je risque de perdre ma place. Allez-vous-en, maintenant. La maîtresse ne peut pas sortir de sa chambre, de toute manière. Le maître s'en est assuré, vous pouvez me croire.

— Il s'en est assuré, dites-vous ? Comment cela ?

Keir finit par repousser la gouvernante, tant elle hésitait à lui répondre. Elle lâcha un hoquet de stupeur, avant d'essayer de le retenir. Elle lui attrapa le bras mais il ne ralentit pas pour autant.

— Soit vous me montrez la chambre de votre maîtresse, la menaça-t-il, soit je fouille cette maison de fond en comble jusqu'à ce que je la trouve moi-même.

Les hommes de Keir le suivirent à l'intérieur. Ce dernier ne perdit pas de temps au rez-de-chaussée. Ayant découvert l'escalier qui desservait les étages, il le monta quatre à quatre et atteignit le premier niveau, suivi par la domestique.

— Alors ? insista-t-il. Où est-elle ? Vous feriez mieux de me le dire tout de suite, car je ne quitterai pas cette maison avant de lui avoir parlé.

— Au grenier... Ce n'est pas ma faute ! s'empressa-t-elle d'ajouter. Je vous jure que j'ai essayé de forcer le cadenas, hier soir, en voyant que le maître ne rentrait pas. Mais il a tenu bon. J'ai voulu ouvrir sa porte, je vous l'assure !

Keir pivota si rapidement sur lui-même que la gouvernante le heurta. Il l'écarta, en proie à un écœurement si violent qu'il menaçait de tourner en furie.

— Depuis combien de temps est-elle enfermée ainsi ?

La domestique se mit à tordre son tablier.

— Trois jours. Et le maître n'est pas toujours pas rentré. C'est lui qui a les clés. Je vous jure sur la Sainte Mère du Christ qu'il n'y a pas d'autre trousseau ici. Mademoiselle est là-haut, précisa-t-elle en désignant d'une main tremblante un point derrière l'épaule de Keir.

Se retournant, celui-ci distingua une nouvelle volée de marches qui se perdait dans l'obscurité des combles.

— Allez nous chercher de la lumière, ordonna-t-il à la gouvernante.

Cette dernière se hâta de lui obéir. La soupçonnant de vouloir lui fausser compagnie, Keir claqua des doigts, et deux de ses hommes emboîtèrent aussitôt le pas à la domestique qui, se voyant ainsi accompagnée, comprit qu'elle n'avait pas d'échappatoire et se mit à réciter des prières. Pendant ce temps, Keir monta au grenier, de plus en plus inquiet pour Helena... et de plus en plus furieux à l'égard de son frère.

Quel genre d'individu pouvait abandonner sa propre sœur, trois jours durant, dans une pièce close ? Même les prisonniers étaient mieux traités !

La nuit régnait sous les combles. Pas même une bougie n'éclairait le couloir menant à la porte de la jeune femme. Malgré l'obscurité, Keir distinguait une chaîne accrochée à la clenche qui en fermait le battant, et un gros cadenas qui les maintenait ensemble. À cette hauteur, juste sous le toit, il faisait plus froid que dans le reste de la demeure.

Keir ne réfléchissait même pas à ce qu'il était en train de faire. Peu lui importaient les conséquences de cette intrusion dans la résidence d'un haut personnage de la cour. Il y songerait plus tard. Pour l'heure, seul le sort de la jeune femme comptait.

— Helena ?

Devenait-elle folle ? Elle avait perçu son nom aussi clairement que le tintement d'une cloche d'église.

Les ténèbres stagnaient dans la chambrette, des ténèbres qui l'étouffaient après trois jours d'enfermement. Elle accueillait toutefois avec soulagement la fraîcheur de la nuit. Elle avait la bouche aussi sèche que de la poussière.

Une mince lueur se glissa sous sa porte. Elle la contempla, fascinée. Elle préférait cependant ne pas se croire sauvée, même si son ventre gargouillait et la brûlait. Bien qu'elle n'ait rien perdu de sa volonté, les forces de son corps commençaient à s'épuiser...

Il y eut un grincement métallique, suivi d'un craquement de boiserie. Ces bruits lui fracassèrent les tympans, après toutes ces heures de silence et de solitude.

— Helena ?

Elle tressaillit en reconnaissant la voix de Keir. Ce ne pouvait être lui, c'était absurde. Elle promena le regard autour d'elle et concentra son attention sur le petit lit, pour ne pas oublier où elle se trouvait. Se permettre de rêvasser à l'Écossais avait clairement été une erreur, car cela lui donnait des hallucinations !

Le battant de la porte fut brusquement repoussé contre le mur, livrant passage à un flot de clarté. Helena se figea en découvrant la silhouette de Keir, aussi large et imposante que dans ses rêves. Elle n'osa esquisser le moindre geste, de peur que la vision ne s'estompe. Parce que ce ne pouvait être que cela : une fantaisie de son imagination, née de la soif et de la faim.

— Doux Jésus !

C'était la gouvernante de son frère qui venait de s'exprimer ainsi. Sa tête dépassait derrière le buste de l'Écossais. Elle avait porté la main à sa bouche, les yeux agrandis par l'horreur.

Helena sentit son esprit se remettre à fonctionner normalement, mais pas assez vite toutefois pour empêcher son avant-bras de se lever pour cacher les hématomes qui marbraient son visage. Elle avait pu contempler à la lumière du jour les marques laissées par les coups de son frère : la moitié de sa figure était noircie par les bleus, et sa pommette s'ornait d'une tache pourpre foncé.

Keir bouillait de rage. Elle voyait l'émotion altérer son regard. Elle laissa retomber sa main et le vit étudier le côté abîmé de son visage. Il la scruta un long moment sans mot dire. À la fin, sa fierté en prit ombrage : elle refusait sa pitié.

— Ce n'est rien, murmura-t-elle.

— Je ne suis pas d'accord, énonça-t-il d'une voix frémissant de fureur contenue.

Il inspecta la pièce du regard. La jeune femme redressa le menton, devinant ses pensées. Non seulement la pièce était minuscule, mais il y régnait un froid mordant. Sa toilette était toute froissée d'avoir été portée pendant ces trois jours sans avoir été repassée ni même suspendue. Elle avait étalé son manteau de voyage sur sa couche pour se protéger du froid.

— Que faites-vous ici, Keir ?

Il ramena son attention sur elle, une lueur singulière brillant dans ses prunelles sombres. Il parut esquisser un sourire, puis ses yeux se posèrent de nouveau sur ses hématomes et la colère reprit possession de ses traits – mais une colère rentrée, maîtrisée, qui n'en paraissait que plus redoutable.

— Ce que le devoir me dicte, répondit-il.

Sur ce, il tourna les talons et repartit dans une envolée de kilt. La gouvernante se plaqua contre le mur, effarouchée, mais ne réussit pas à se rendre aussi invisible qu'elle semblait le souhaiter.

— Soignez-la, ou vous aurez à me rendre des comptes à mon retour.

Il avait déjà redescendu l'escalier quand Helena parvint à secouer la torpeur dans laquelle l'avaient plongée la faim, la soif et la douleur. Elle se redressa et courut après lui.

— Keir… Attendez…

Elle le rejoignit au niveau du premier étage, mais n'eut pas la force d'aller plus loin. Mortifiée par sa propre faiblesse, elle sentit ses genoux se dérober sous elle et s'écroula sur le palier, les mains vainement tendues vers le mur où elle ne trouva rien pour retenir sa chute.

Fort heureusement, l'Écossais l'avait entendue et, faisant volte-face, l'attrapa par les avant-bras pour la relever avec une aisance qui stupéfia la jeune femme. Et qui lui procura aussi un frisson d'excitation. Elle s'en voulait de cette joie instinctive qui la saisissait en sa présence, mais c'était plus fort qu'elle : la vigueur du guerrier éveillait en elle une exultation aussi profonde que primaire.

Il rétablit doucement son équilibre et la soutint jusqu'à ce qu'elle se montre capable de rester debout toute seule.

— Mon Dieu, grommela-t-il, avant de laisser échapper un chapelet de jurons étouffés.

Les hommes de son clan regardaient les blessures d'Helena avec un air révolté. Elle fut sincèrement surprise par cette réaction. Bien des hommes imposaient leur loi à coups de poing aux femmes de leur entourage.

Ils portaient tous le kilt, ainsi qu'un pourpoint davantage conçu pour les protéger des intempéries que pour être exhibé à la cour. C'étaient des hommes d'action.

Comme leur chef.

— Keir, ne vous mêlez pas de ça.

Il tendit la main vers son visage et prit son menton dans le creux de sa paume. Ce fut une caresse à peine appuyée, et la jeune femme fut étonnée qu'un tel guerrier soit capable d'exercer pareil contrôle sur sa propre force. Elle frémit, touchée par la tendresse que trahissait ce geste – le genre de tendresse qu'elle aurait pu rêver de la part d'un amant. Elle chassa cette idée de son esprit.

— Edmund est mon frère. Mon tuteur légal. Même l'Église n'intercédera pas en ma faveur.

Le visage de Keir se crispa. Un muscle se mit à jouer le long de sa mâchoire. Dans ses prunelles, cependant, brasillait une émotion dont le caractère intime donna le frisson à Helena.

— J'aime quand vous prononcez mon nom, avoua-t-il sur un ton rauque qui l'ébranla.

Une trémulation sensuelle parcourut sa peau, lui donnant la chair de poule. Mais les traits de l'Écossais se durcirent de nouveau en un masque de détermination inébranlable.

— Je traite ma meute mieux que ne vous traite votre frère, déclara-t-il d'une voix froide et coupante.

Plusieurs de ses hommes firent chorus dans un grondement sourd. La jeune femme sentit son orgueil se hérisser. Et cela d'autant plus qu'ils avaient raison.

— Je vais bien, mentit-elle. Je suis habituée aux emportements d'Edmund. Cela ne me fait plus grand-chose.

Tout en prononçant ces mots, elle redressa le menton pour l'éloigner de la main de Keir, refusant de laisser la moindre prise à sa pitié. Résister – voilà ce qui maintenait une personne debout. Elle ne devait pas flancher. Flancher serait s'exposer plus encore à la cruauté d'Edmund.

Keir retroussa les lèvres en un sourire qui n'avait rien de gai et tenait plutôt de la grimace d'un fauve.

— Je sais que vous êtes forte, concéda-t-il, mais il est hors de question que je permette à cette brute de vous punir pour le forfait dont je l'ai accusé devant le roi.

— Mais le roi ne vous a pas cru…

Elle s'interrompit brusquement et recula d'un pas en se couvrant la bouche.

— Je ne voulais pas vous offenser.

— Vous dites la vérité, comme toujours, et ce n'est pas moi qui vous le reprocherai. Jacquot ne savait que penser de moi. C'était la première fois qu'il me voyait, et le seul souvenir qu'il avait des McQuade était celui que lui avait laissé mon père, répliqua l'Écossais avant de secouer la tête. Vous avez pris ma défense, et il est hors de question que vous en soyez punie.

— Vous ne pouvez cependant empêcher Edmund de me traiter comme il l'entend. Mieux vaut oublier tout ça.

Il la rejoignit d'une enjambée et caressa sa joue indemne. Une douce chaleur se mit à infuser en Helena, chassant le froid qui lui engourdissait encore les membres.

— Et moi, je vous répète que j'adore quand vous me lancez des défis, rétorqua-t-il avec un clin d'œil, avant de recouvrer son sérieux. Soyez certaine que je ne manquerai pas de relever celui-ci.

Il reporta son attention sur la gouvernante qui les avait suivis. Celle-ci sursauta et réprima un petit cri en voyant Keir brandir une pièce d'une livre en argent massif. Les yeux ronds, elle tendit la main mais n'osa prendre la pièce, tétanisée par la stupeur et l'incrédulité.

— Prenez soin de votre maîtresse. Je vais revenir.

Il déposa la pièce dans la paume de la domestique, qui lui fit la révérence. Quand elle se redressa, Keir avait déjà regagné le rez-de-chaussée avec ses hommes. Une bouffée d'air nocturne vint caresser le visage d'Helena lorsque s'ouvrit la porte donnant sur la rue.

— Eh bien, murmura la gouvernante, voilà un gentleman comme je n'en ai jamais rencontré.

Elle fourra la pièce dans une bourse pendue à sa ceinture et tapota le sac de cuir, avant de regarder de nouveau Helena.

— Je vais demander au jeune Avis d'apporter un peu d'eau pour un bain.

La jeune femme sentait un sourire s'attarder sur ses lèvres. L'Écossais était une âme noble, un authentique chevalier. Elle ne pouvait lui retirer cette qualité. Et tant pis si cela lui affolait les sens.

Comme elle relevait la tête, son regard tomba sur l'une des pièces de l'étage que s'était réservées son frère. La porte était ouverte, et elle pouvait voir ses affaires par l'embrasure : son armure et son arc, son épée d'apparat qui luisait à la lueur des flammes de la cheminée. Des fraises de dentelle étaient posées sur des présentoirs, fraîchement repassées et amidonnées. Cette pièce était en fait une grande garde-robe où, chaque matin, Edmund pouvait choisir à loisir sa tenue du jour, sans avoir besoin d'en faire sortir les éléments un à un d'une armoire ou d'un coffre.

C'était à cause de cela qu'elle dormait sous les combles : son frère occupait tout l'étage avec ses affaires, tous ses habits, tels les pourpoints et les hauts-de-chausses, jusqu'aux souliers et aux bottes alignés le long des murs. Cette chambre aurait dû être la sienne, de même que ce lit où Edmund avait disposé sa collection de selles, dont la décoration surchargée disait assez la haute opinion qu'il avait de lui-même. Toutes ses possessions se devaient d'ailleurs d'être ainsi ornées, et de la meilleure qualité qui soit. Aucune paire de solides bottes de marche n'était visible au pied des murs. Rien en fait, dans cet étalage de vêtements et d'accessoires, n'était conçu pour un autre usage que la parade. Toutes les chemises croulaient sous la dentelle et les broderies ; tous les pourpoints étaient cousus de sequins d'or et d'argent.

Un tel égocentrisme avait quelque chose d'écœurant.

— Je me baignerai dans la cuisine, Margery, annonça-t-elle à la gouvernante.

La domestique ne put dissimuler son soulagement : cette décision lui épargnait la corvée d'avoir à monter l'eau du bain dans l'escalier.

— Je ne suis pas ici chez moi et n'ai aucune envie d'être la maîtresse de cette maison.

Ce qui, malheureusement, la mettait dans une situation des plus précaires…

Le désespoir n'avait cessé de rôder autour d'elle ces derniers jours, et le contact de son haleine glacée lui était devenu familier. Pour autant, elle ne regrettait rien. Pas le moindre frémissement de repentance ne lui ébranlait le cœur. Edmund prétendait la châtier, alors qu'en réalité il cherchait uniquement à briser son indépendance d'esprit, or elle n'était pas près d'y renoncer.

5

Keir trouva le gandin en train de jouer dans une auberge des faubourgs du sud de la capitale. L'endroit lui rappela le taudis qu'il louait près du palais. La salle de l'établissement empestait la bière éventée et les corps mal lavés. Des prostituées se mêlaient aux consommateurs, nombre d'entre elles exhibant leur poitrine pour appâter le chaland… et n'hésitant pas à taper les mains de ceux qui voulaient palper la marchandise sans avoir payé.

— Alors, tu suis ou pas, Ronchford ? demanda Edmund Knyvett à l'un de ses partenaires de jeu.

Il était copieusement imbibé d'alcool, de même que ses compagnons. Ils occupaient une grande table au centre de laquelle trônait un monticule de pièces d'or et d'argent, et misaient à chaque manche une somme qu'aucun des clients qui suivaient la partie n'aurait pu amasser en une année entière. Mais ils ne remarquaient même pas les regards avides de ceux qui les entouraient.

Keir sentit son dégoût monter encore d'un cran. Edmund Knyvett était si arrogant, si sûr de ses privilèges. Une telle suffisance l'écœurait.

— Si tu veux perdre plus, Edmund, cela me convient très bien, déclara Ronchford.

Il arborait des cheveux gras et son pourpoint avait connu des jours meilleurs. Il était entouré de comparses qui ressemblaient à des crapules des bas-fonds et reluquaient la pile des mises avec des yeux brillants. Edmund était trop soûl pour noter les signes avant-coureurs d'une embuscade, et ses gardes du corps étaient trop occupés à tripoter les prostituées pour s'en soucier. Un échange discret retint l'attention de Keir, qui tourna la tête juste à temps pour surprendre un des hommes de Ronchford en train de glisser un penny d'argent dans la main d'une des filles qui, après l'avoir prestement empoché, alla dénouer son corsage devant la bande de Knyvett.

— Quelle pitié ! grommela Farrell. Et ça se prétend un homme ?

— Un gentleman, même, renchérit ironiquement son chef.

— Ça ne vaudrait même pas le coup de lui frotter les oreilles : dans l'état où il est, il ne sentirait rien.

Il y avait d'autres façons de lui régler son compte, songea Keir. Il avait appris, sous la férule de son père, à organiser soigneusement ses attaques pour éviter d'amères défaites. Parfois, pour parvenir à ses fins, il fallait emprunter des chemins détournés.

— Dis aux garçons de se tenir à carreau, mais de rester vigilants. S'ils ont soif, nous irons boire plus tard ailleurs, là où nous ne risquerons pas de nous faire trancher la gorge.

— Compris, acquiesça Farrell avant de désigner du menton le frère d'Helena. Quel est ton plan ?

— D'abord me joindre à la partie.

Farrell eut un haussement de sourcils.

— Vraiment ?

— Comme je te le dis.

Keir se dirigea sans plus attendre vers la table de jeu et y prit une chaise avant que les deux hommes n'aient le temps de s'interroger sur ce qui se passait. Comme Edmund reposait avec colère sa chope sur le plateau de bois, Keir jeta une bourse pleine de pièces devant lui. Le tintement de l'argent parut susciter beaucoup d'intérêt chez Ronchford.

— Vous n'êtes pas le bienvenu parmi nous... l'Écossais ! ricana le frère d'Helena avant de lever sa chope pour y boire une nouvelle goulée.

— Ah bon ? répliqua Keir en tapotant la bourse.

Les pièces s'y entrechoquèrent avec un bruit clair qui provoqua des sourires tout autour de la table, y compris de la part d'Edmund. L'aristocrate s'efforçait de garder un air fâché, mais son regard ne cessait d'être attiré par le sac en cuir et une lueur cupide brillait dans ses prunelles.

— Pour ce qui me concerne, il peut rester : j'accepte l'argent de tout le monde, déclara Ronchford avant de claquer des doigts.

Une serveuse vint se pencher vers Keir pour lui apporter une chope. Ses seins frottèrent presque le nez de l'Écossais, qui n'eut cependant guère de mal à ignorer ses charmes, tant elle sentait mauvais.

Helena était tellement plus attirante...

Il secoua la tête pour repousser cette idée aux frontières de son esprit : il avait besoin de toute sa concentration pour affronter les hommes en face de lui.

Edmund poussa un grognement dépité, sans toutefois quitter la bourse des yeux.

— Bon, soit, fit-il. Vous voulez perdre votre argent ? Je serai ravi de le prendre.

Ils avaient beau n'être que trois à jouer, leur partie était au centre de l'intérêt général. Keir observa Edmund et Ronchford tour à tour : seul ce dernier semblait aussi concentré que lui. Edmund ne lui prêtait déjà plus attention, manifestement certain de sa supériorité. Keir perdit la première manche pour le conforter dans ses certitudes. En fait, ce fut Ronchford qui ramassa les mises et Keir en fut presque désolé pour Edmund Knyvett, même si celui-ci n'était pas le premier noble à tomber entre les griffes de prédateurs qui, comme Ronchford, gagnaient leur vie en dépouillant de jeunes aristocrates ayant la naïveté de croire que leurs privilèges leur ouvriraient partout la porte du succès.

Cependant, le visage meurtri d'Helena ne tarda pas à revenir à la mémoire de Keir, et le peu de pitié que pouvait lui inspirer son frère disparut dans l'instant. Les cartes furent de nouveau distribuées.

Une heure plus tard, les sbires de Ronchford commençaient à gronder de mécontentement devant les pertes de leur chef, et les membres du clan McQuade à brûler d'impatience de leur faire ravaler leurs grommellements. Edmund, lui, n'avait plus que quelques piécettes en réserve.

— Suffit, je suis lassé, énonça-t-il avec un geste dédaigneux de la main.

— Allons, ne soyez pas mauvais joueur, mon garçon, répliqua Keir en tapotant le tas d'argent devant lui. Si vous voulez, je peux vous laisser une dernière chance de me reprendre ces gains.

Ronchford s'humecta les lèvres.

— Il est à sec, lâcha-t-il.

Edmund émit un reniflement hautain.

— Un Knyvett n'est jamais à court de fonds, déclara-t-il en claquant des doigts.

Un homme habillé avec soin répondit immédiatement à son appel. Aucune servilité ne se lisait toutefois dans son regard qui affichait plutôt une expression réfléchie, voire calculatrice. Keir l'étudia attentivement et nota la coupe élégante de son pourpoint. Sans arborer aucun des ornements d'or et de dentelle qu'affectionnait le frère d'Helena, le vêtement n'en comportait pas moins des passepoils et des brandebourgs qui dénotaient une qualité de confection équivalente. La seule différence résidait dans le choix des matériaux et des étoffes. L'inconnu avait donc de l'argent, et sa présence dans ce tripot semblait indiquer qu'il s'agissait d'un de ces banquiers qui faisaient fortune en accordant des prêts aux aristocrates.

Une grosse bourse atterrit sur la table devant Edmund. Avec un sourire suffisant, il adressa un haussement de sourcils à Ronchford.

— Et si nous passions aux choses sérieuses ? lança-t-il en déposant l'intégralité de la somme au milieu du plateau.

Ronchford l'imita, l'avidité suant par tous les pores de sa peau.

— Je suis, articula Keir en mettant son or sur la pile.

Tandis qu'il attendait ses cartes, une partie de lui aurait voulu quitter la table. Après tout, cet argent était celui des McQuade, et il n'était pas habitué à le considérer comme son dû. Néanmoins la fortune souriait aux audacieux, et par ailleurs cette somme, si élevée soit-elle, était loin d'épuiser la réserve qu'il devait aux mises avinées d'Edmund. Il pencha la tête de côté en plissant les paupières, comme s'il avait du mal à voir ses cartes. Ronchford sourit, avant de ramener son attention sur sa propre main. Le frère d'Helena ne put retenir un gloussement satisfait.

— Aimez-vous notre vin, l'Écossais ? Il paraît qu'il est difficile de s'en procurer par chez vous.

— C'est vrai, admit Keir. Cela doit d'ailleurs expliquer pourquoi j'en ai bu autant ce soir.

Tout en prononçant ces mots, il leva sa chope et avala une gorgée du breuvage. Edmund l'observait avec jubilation. Puis il baissa les yeux sur ses cartes, incapable de cacher ses émotions. Keir reposa la chope encore bien pleine tout au bord de la table. Farrell l'évacua prestement pour la remplacer par une autre, vide, ainsi qu'il l'avait fait à plusieurs reprises au cours de la soirée. Une des serveuses vint peu après remplir la chope vide, au ravissement de Ronchford qui devait croire son adversaire fin soûl.

Quels rapaces... Keir n'avait jamais rencontré d'hommes qui ressemblent à ce point à des bêtes de proie. Un seul désir paraissait les animer : dévorer leurs victimes, prendre du plaisir aux dépens d'autrui.

Naturellement, il cachait ses sentiments derrière un masque de jovialité éthylique. Au fond de lui, cependant, il était dégoûté. Ces canailles ne valaient pas mieux à ses yeux que des loups. Ils ne s'attaquaient qu'aux faibles.

Edmund abattit son jeu d'une torsion élégante du poignet. Ronchford sourit, avant de montrer sa main. Le bonhomme tendait déjà ses griffes vers les mises quand Keir déposa ses cartes sur la table. Le geste ne produisit qu'un petit son mat de carton sur le bois, mais il suffit à susciter le regard de tous ceux qui assistaient à la partie.

— On dirait bien que la chance est avec moi ce soir, lâcha-t-il en laissant sa voix déraper juste un peu, dans une imitation d'ivresse.

Ronchford jura et frappa le plateau du poing. Les pièces tressautèrent.

L'instant d'après, il se redressait en faisant crisser les pieds de sa chaise sur le plancher et rangeait le reste de sa réserve dans une bourse.

— Je me retire, lança-t-il. J'en ai ma claque, des Écossais.

— Oh, comme c'est dommage ! s'exclama Keir en ramenant ses gains vers lui, avant de porter sa chope à ses lèvres.

Edmund, lui, gardait le silence, les yeux rivés sur la pile d'argent amassée par son adversaire. Keir y plongea la main, qu'il tint ensuite en l'air avant de desserrer les doigts : les pièces coulèrent de sa paume dans un tintement clair.

— Ah, il n'est pas de plus belle musique au monde, n'est-ce pas ? dit-il au frère d'Helena.

Ce dernier consulta son banquier du regard. Celui-ci secoua la tête. Le visage congestionné par la rage, Edmund fixa le tas d'or et d'argent.

— Qu'allez-vous donc faire avec une pareille somme ? l'interrogea-t-il. Vous acheter des moutons ?

L'insulte n'était guère originale. Keir savait très bien que les courtisans londoniens considéraient son pays comme une contrée barbare, aussi inhospitalière qu'archaïque. Et les autres lairds ne cherchaient nullement à les détromper : cela maintenait les Anglais à l'écart de leurs terres ancestrales.

— Eh bien, répondit-il lentement, je ne crois pas. J'en ai déjà beaucoup, voyez-vous.

Sur ce, il renversa la tête en arrière et feignit une nouvelle fois de prendre une longue lampée de vin.

Le frère d'Helena se pencha vers lui.

— Vous devriez investir en Angleterre, suggéra-t-il. Nous avons de beaux domaines, par ici.

Keir écarquilla les yeux.

— Et qui serait prêt à me vendre des terrains, dans le coin ? Vous les gardez tous dans votre p-patrimoine, répliqua-t-il en prenant soin de bredouiller un peu.

Edmund glissa la main dans son pourpoint.

— La dot de ma sœur comprend une vaste propriété.

— Je pensais que vous ne m-m'aimiez pas b-beaucoup, mon garçon, rétorqua Keir, qui eut la satisfaction de voir le gandin tiquer en s'entendant appeler ainsi. Pourquoi me proposer d'entrer dans votre famille ?

— Votre argent me plaît.

— Ah… d'accord, acquiesça Keir en faisant de nouveau semblant de boire. Laissez-moi voir ça.

— Alors, marché conclu ? s'enquit Edmund en serrant le parchemin dans son poing.

— Pas avant que j'aie jeté un œil à ces papiers… mon garçon.

Edmund hésita un moment. Le parchemin crissa entre ses doigts. Il finit néanmoins par le tendre à Keir, qui se retint à grand-peine de le lui arracher des mains.

— Hmm, fit-il, voilà un bien joli document… qui naturellement ne vaut rien s'il ne comporte ni paraphe ni cachet.

— Vous trouverez les armes de mon père dessus.

— Ah ? Est-ce donc avec votre géniteur que je dois négocier, mon garçon ?

Edmund devint rubicond. Il se saisit d'une bougie.

— Mon père ne gère plus le domaine. C'est à moi qu'il revient de le diriger, désormais. Et je veux tous vos gains pour prix de ces terres. Vous aurez également Helena – mais sans un sou de plus. Il vous faudra vous contenter des propriétés pour dot.

— Voilà qui me semble plus tentant que des moutons, énonça Keir avec un ricanement niais. Pas vrai, les gars ?

Ses hommes ne le déçurent pas. Ils s'esclaffèrent en se frappant les cuisses et lancèrent quelques plaisanteries grivoises pour compléter le tableau. À la tête d'Edmund, il était clair que ce dernier voyait en eux ce qu'ils prétendaient être : une bande de paysans sans cervelle, faciles à duper. Le subterfuge n'était pas neuf non plus, les ancêtres de Keir ayant compris depuis des siècles qu'il n'était jamais aussi aisé de berner les Anglais qu'en flattant leur arrogance.

Edmund afficha un sourire suffisant.

— Vous n'avez plus qu'à signer ce papier et l'affaire est conclue, dit-il.

Sale petite fripouille sans cœur… songea Keir.

Quelle pitié que son père n'ait pas fait de lui un homme digne de ce nom…

Ayant versé un peu de cire fondue sur le parchemin, le frère d'Helena y apposa les armoiries de son propre anneau seigneurial. Keir réprima le haut-le-corps que lui inspirait la désinvolture avec laquelle ce gandin scellait le sort de sa sœur.

Son écœurement laissa cependant place à une intense satisfaction quand Edmund lui tendit le document.

La jeune femme était *sienne* !

Cette idée l'enivra plus sûrement que le peu de vin qu'il avait ingéré. Sa virilité en frémit sous son kilt.

— Mon laird, vint lui murmurer Farrell à l'oreille en tapotant son épaule, je crois qu'il est temps pour nous de rentrer.

— Déjà ? remarqua-t-il avec une mine faussement dépitée, tandis qu'Edmund s'absorbait dans la contemplation de la somme qu'il venait de racheter à son adversaire au prix de sa propre sœur.

— Eh oui, mon laird, confirma Farrell en peinant à retenir son hilarité.

Keir serra le parchemin sous son pourpoint alors que ses hommes le poussaient et le traînaient vers la porte. Ils ne cessèrent de rire et de plaisanter jusqu'à ce qu'ils se retrouvent sur le pavé de la rue. Dès l'instant où ils furent dehors, cependant, tous recouvrèrent leur sérieux et se hâtèrent d'aller récupérer leurs montures dans l'écurie de l'auberge.

Keir grimpa en selle, imité par ses compagnons.

— Dégageons d'ici, les gars, et vite.

Quand les sbires d'Edmund sortirent à leur tour de la taverne pour se lancer à leur poursuite, il n'y avait plus un seul kilt des McQuade en vue. Ils haussèrent les épaules et rentrèrent dans l'établissement retrouver leurs chopes et leurs catins.

Après tout, ce n'étaient que des Écossais, se dirent-ils. De simples Écossais…

Edmund Knyvett souriait. Il était content de lui et n'éprouva qu'un soupçon de contrariété lorsque ses hommes revinrent sans le parchemin. Ce document ne l'inquiétait pas outre mesure et ne l'engageait pas vraiment. Si jamais il se décidait à donner la main d'Helena, ce serait évidemment à l'un de ses pairs, pas à un Écossais pouilleux. Et pas avant de longues années. En attendant, tant qu'elle ne se serait pas agenouillée devant l'autel, sa dot et les fermages de ses terres continueraient à lui appartenir.

Quel naïf, ce barbare, tout de même... Décidément, il faudrait qu'il rejoue avec lui !

— Ce salaud t'a réellement vendu sa propre sœur ? demanda Farrell pour la troisième fois au moins.

Keir haussa les épaules.

— Si je te disais ce que j'en pense vraiment, je risquerais de prononcer des paroles qui jureraient avec la solennité du moment, alors je préfère te répondre que je suis satisfait de l'échange.

— Et la fille ? Tu crois qu'elle en sera heureuse ? Et puis, tu imagines une aristocrate anglaise installée à Red Stone ?

Keir se frotta le menton. La tension lui nouait le dos. Helena Knyvett était l'incarnation de l'épouse qu'il avait rêvé de ramener chez lui. Même si son frère le détestait, les nobles anglais n'oseraient prendre le risque d'offenser le mari de la jeune femme. Car après tout, si Edmund persistait à ne pas vouloir convoler lui-même, le titre de comte avait des chances, à sa mort, de revenir aux enfants d'Helena.

Oui, celle-ci était un parti idéal. Cette pensée, néanmoins, n'eut pas la vertu de le détendre. Jamais jusqu'alors il n'avait manqué de respect à aucune femme, et piéger ainsi Helena dans une union qui pouvait lui déplaire lui laissait un goût amer dans la bouche.

Il ne s'en présenta pas moins à la cour le lendemain, comme le lui prescrivaient ses responsabilités de laird.

Son devoir de chef des McQuade était de ramener à la maison une épouse dont la dot profiterait à son clan. Il était donc, en un sens, tout aussi contraint à cette alliance qu'Helena.

En tout cas, elle pouvait être sûre que, contrairement à son frère, il ne la battrait jamais – maigre consolation, sans doute, mais dont pour le moment il lui faudrait bien se contenter.

— Keir McQuade.

Keir ne fut pas vraiment surpris d'entendre le chambellan de Sa Majesté clamer son nom avant même les douze coups de midi. Dès son arrivée au palais, il avait pu constater que ses hommes avaient efficacement suivi l'ordre qu'il leur avait donné d'annoncer un peu partout son futur mariage : on ne parlait plus que de cela à la cour ! Edmund Knyvett avait lui-même été accueilli par la rumeur à son entrée dans la grande salle, comme en avait témoigné le regard courroucé qu'il avait lancé à Keir quand ses amis s'étaient empressés de lui chuchoter la nouvelle.

— Edmund Knyvett, ajouta le chambellan avant de frapper son bâton blanc sur les dalles du sol.

Le coup résonna longuement sous les voûtes anormalement silencieuses.

L'Écossais et le frère d'Helena lui emboîtèrent le pas pour gagner la salle d'audience. Le roi les y attendait, assis sur sa chaise sculptée, l'air impérieux et courroucé. Les sentinelles qui le flanquaient avaient beau regarder droit devant elles, il était clair qu'elles ne perdraient pas une miette de tout ce qui surviendrait dans la pièce.

— Alors, il semblerait que vous ayez trouvé de quoi vous occuper, la nuit dernière, lâcha Jacques Stuart d'une voix lourde d'irritation contenue, avant de foudroyer Edmund Knyvett du regard. Dites-moi que vous n'avez pas misé la dot de votre sœur lors d'une partie de cartes.

— Je doute que ce soit là un fait digne d'intéresser Votre Majesté, éluda l'interpellé. L'Écossais et moi-même nous sommes simplement trouvé des sujets d'intérêt commun.

— Attention, Knyvett, je suis écossais moi-même. Si vous continuez à utiliser ce terme comme une sorte d'injure, je risque de mal le prendre.

Edmund plissa les paupières.

— Madame votre mère était une princesse anglaise.

— Et mon père, un Écossais. Ce qui explique que je sois votre roi aujourd'hui ainsi que celui des McQuade. Allons, trêve de tergiversations. La moitié de mes nobles craint désormais que leurs filles deviennent l'enjeu de paris entre des bons à rien imbibés d'alcool, tandis que l'autre moitié a l'air de découvrir qu'une fille peut finalement être une monnaie d'échange envisageable. Bref, vous avez l'un et l'autre créé un très fâcheux précédent.

Edmund gloussa, paraissant tout aussi incapable de se maîtriser devant le souverain qu'ailleurs. Keir était plus prudent. Il avait compris que cet entretien n'avait rien d'informel, le roi leur imposant de rester debout devant lui pour souligner la prééminence de sa position sur la leur. En guise de réponse, il se contenta de sortir de son pourpoint le parchemin signé par le frère d'Helena.

Jacques Stuart frappa l'accoudoir de son trône.

— Et vous aspirez toujours à me jurer allégeance ? Mais quel homme êtes-vous pour accepter ce genre d'arrangement ?

— J'avais au départ traqué ce coquin pour le battre comme plâtre. J'ai finalement décidé de lui soutirer une fortune.

— Ce document ne vaut rien tant que je n'ai pas décidé que ma sœur était prête à se marier, intervint Edmund. Je suis son tuteur légal.

Jacques se leva. Ses gardes effectuèrent un demi-pas en avant pour accompagner son mouvement.

— Pourquoi désiriez-vous le molester, McQuade ?

— Parce qu'il a frappé sa sœur pour vous avoir dit la vérité l'autre jour, et qu'il l'a enfermée dans un grenier pour la punir de l'avoir empêché de ruiner la réputation d'une autre jeune femme. Parce qu'il l'y a laissée des jours durant sans nourriture pendant qu'il était parti jouer aux cartes. Parce que c'est un tuteur indigne. Si vous donnez votre bénédiction à cette union, demoiselle Helena sera autrement mieux traitée chez moi que dans sa propre famille.

— Et moi, je vous dis que vous n'êtes pas près de revoir ma sœur ! s'emporta Edmund. Même le roi ne peut sommer un noble de se marier, or vous êtes d'un rang inférieur à celui d'Helena ! Elle sera une vieillarde décrépite avant que je lui permette de s'agenouiller devant l'autel avec vous !

Le poing de Keir rencontra la mâchoire d'Edmund. Ce dernier chancela en arrière, avec une expression interloquée. Les sentinelles abaissèrent leurs lances. Keir se figea, les yeux rivés sur les pointes mortelles.

— Donnez-moi ce parchemin, McQuade, ordonna le monarque tout en écartant les gardes d'un geste de la main.

Il se rassit et consulta le document avec attention.

— Ce papier comporte à la fois votre sceau et celui de votre père, Knyvett. C'est une preuve indiscutable du bien-fondé de la prétention de McQuade à obtenir la main de votre sœur.

Edmund redressa orgueilleusement la tête, le regard luisant de haine.

— Et moi, je vous répète que je ne saurais, en tant que tuteur légal de ma sœur, donner mon accord à ce document.

— L'argument est spécieux.

— Je suis prêt à le défendre devant un juge.

— Et vous infligeriez cela à votre sœur ? demanda le roi. Vous la feriez languir durant des années et des années de procédures légales, jusqu'à ce qu'elle ait passé l'âge d'avoir des enfants ?

Edmund reprit une contenance de courtisan sur la réserve, un pied placé devant l'autre, l'air vaguement ennuyé.

— Les femmes sont destinées avant tout à servir leur famille. Il n'y a pas de raison qu'Helena se soustraie à cette responsabilité.

Jacques soupesa cette réponse un long moment.

— Les nobles sont aussi censés servir leur souverain, énonça-t-il en levant le doigt. Or il se trouve que nous manquons cruellement d'ambassadeurs en Écosse.

— Sans doute, mais... commença à balbutier Edmund.

— Mais quoi ? le coupa Jacques Stuart en empoignant les bras de son siège. Oseriez-vous aller contre la volonté de votre souverain ?

— McQuade n'est rien, alors que ma sœur est de la plus haute noblesse anglaise !

— Ce qui ne vous a pas retenu de la corriger comme la dernière des catins, objecta Keir à mi-voix entre ses dents serrées.

— Vous avez pénétré chez moi en mon absence. Je ne parle pas aux voleurs.

— Il n'empêche que vous devez obéir à votre monarque... mon garçon.

Edmund se raidit, les traits figés en un masque de dédain haineux.

Jacques leva la main.

— Vous serez mon représentant sur les terres des McQuade, Knyvett. Laird McQuade vous y accueillera en hôte de marque, et vous demeurerez chez lui jusqu'à ce que je vous convoque de nouveau ici même, vous et votre sœur. Un détachement de ma garde personnelle vous escortera là-bas.

Keir frappa du poing dans sa paume. Le choc sonore résonna contre les murs de la salle d'audience. Edmund pâlit, l'air apeuré.

— Évidemment, poursuivit le roi sur un ton doucereux, cette nomination serait à reconsidérer si d'aventure votre hôte venait à se marier : les jeunes couples ont besoin d'un minimum d'intimité.

— Mais c'est... c'est un roturier !

— Un roturier ? Et d'où tenez-vous ça ? Il est laird, Knyvett. En d'autres termes, il porte un titre aussi ancien et respectable que le vôtre – ou plutôt que celui que votre père vous léguera, répliqua Jacques Stuart avant de se lever. Si cet homme a effectué tout le trajet depuis son fief jusqu'ici, c'est pour présenter ses hommages à son roi, tandis que vous, vous passez votre temps dans cette cour à intriguer. J'en ai assez. Ouvrez les portes !

Les domestiques de Sa Majesté lui obéirent sur-le-champ, rétablissant ainsi la continuité entre la grande salle et la salle d'audience. Tous les courtisans qui attendaient derrière les battants s'abîmèrent aussitôt dans une révérence. Les hommes de Keir, qui étaient les plus proches, en profitèrent pour rejoindre leur laird.

Le roi se tourna vers ce dernier et le désigna d'une main impérieuse.

— Je suis prêt à entendre votre serment d'allégeance, McQuade. Car il est désormais clair pour moi que vous êtes le genre d'homme à toujours me dire la vérité, si désagréable soit-elle.

Keir s'agenouilla devant le souverain, aussitôt imité par ses hommes. Son cœur s'était mis à battre plus vite. Il était presque reconnaissant à Edmund de lui avoir ainsi donné une chance de gagner la faveur du roi. *Presque*, car l'envie le démangeait toujours, et peut-être plus que jamais, de faire payer à ce godelureau les cruautés qu'il avait infligées à Helena.

— Vous avez ma parole, mon épée et mon sang ! s'écria-t-il.

Puis il prit la main du monarque pour l'embrasser, geste de soumission appartenant à une tradition qui remontait au moins à la Rome antique.

— Levez-vous. Je vous transfère le titre qui vous revient de la troisième épouse de votre père et vous nomme baron Hurst. Votre sœur Bronwyn n'en a pas besoin, puisque son mari a déjà son propre titre de noblesse.

— Sire… protesta Edmund, furieux.

— Votre père me l'avait réclamé à plusieurs reprises, poursuivit le roi sans lui prêter la moindre attention. C'est à vous qu'il me plaît de l'octroyer. Levez-vous donc, baron Hurst, laird McQuade.

Keir se redressa. Son père devait hurler de dépit en enfer, songea-t-il. Il n'avait en effet pas épargné sa peine pour obtenir ce qui appartenait à sa troisième épouse. En vain.

Des applaudissements s'élevèrent de l'assistance, achevant de réduire au silence le frère d'Helena.

Keir se retourna vers celui-ci, voulant profiter de l'occasion pour pousser son avantage.

— Quand aura lieu le mariage ? demanda-t-il.

Edmund pinça les lèvres, muet de rage. Des murmures commencèrent à s'échanger dans la grande salle. Il serra les dents, le visage blême, comprenant qu'il ne pouvait différer sa réponse.

— Demain, lâcha-t-il.

6

Quand Edmund revint dans sa maison de ville, il n'avait toujours pas décoléré. L'entendant claquer violemment la porte d'entrée, Helena secoua la tête : si jamais son frère rentrait un jour avec le sourire aux lèvres, elle risquait d'en avoir une syncope !

— Tu te crois maligne, hein ? cracha-t-il en la rejoignant dans le salon du rez-de-chaussée.

— Qu'est-ce qui t'a encore mis dans un état pareil, mon très cher frère ? s'enquit-elle avec une ironie à peine dissimulée.

Elle refusait de subir une nouvelle fois sa fureur sans rien dire.

— Toi et ton petit point de vue sur le monde… N'as-tu donc pas compris que je te rendais service en essayant de déshonorer cette sorcière de McKorey ? répliqua-t-il avant de retourner vers le seuil de la pièce.

À la grande surprise de la jeune femme, au lieu de beugler pour avoir du vin, comme il en avait l'habitude, il ferma les battants de la porte et revint se planter devant elle.

— Au final, c'est toi qui vas souffrir de ta propre étroitesse d'esprit, continua-t-il. À moins que je t'aide. Ce dont je devrais à vrai dire m'abstenir.

Une peur sourde étreignit la nuque d'Helena de ses doigts froids. Edmund était visiblement sobre, ce qui conférait encore plus de poids à ses paroles.

— Le roi a décrété que je n'étais plus digne d'être ton tuteur légal.

— Je rentre à la maison ? s'exclama-t-elle.

C'était beaucoup demander au destin, elle en avait conscience, mais elle ne pouvait s'empêcher d'espérer.

Son frère accueillit sa question avec un sourire. Ou plutôt, avec un rictus qui acheva de lui glacer le cœur.

— Tu vas te marier.

Même si Helena s'y attendait un peu, cette nouvelle ne fut pas moins difficile à avaler. Elle en éprouva un choc aussi rude que si le poing d'Edmund s'était une nouvelle fois abattu sur sa pommette. Elle vit sa grimace s'élargir et un éclair de joie malsaine danser dans ses prunelles.

— Ton impertinence devant le roi t'aura seulement valu de changer de maître, c'est tout.

— Et qui le roi m'a-t-il désigné comme mari ? murmura-t-elle d'une voix blanche.

— Sir Ronchford.

La jeune femme ne put retenir un hoquet de consternation. Philip Ronchford avait beau porter un nom respectable, c'était un débauché. Il était aussi assez vieux pour être son père, voire son grand-père. Le visage de Keir lui revint en mémoire, et des larmes lui montèrent aux yeux.

— Demain soir, tu seras sa femme, articula Edmund en se penchant vers elle, les dents découvertes sur un ricanement cynique. Après tout, le bonhomme n'a plus de temps à perdre. Il veut un héritier et va devoir te déflorer sans attendre. J'ai cru comprendre qu'il avait encore beaucoup d'énergie, pour son âge.

— Ne sois pas horrible, Edmund.

— Moi, très chère sœur ? C'est le roi qui a ordonné cette alliance. J'ai juste voulu améliorer ton sort !

Helena se leva de sa chaise et se mit à arpenter le salon. Son cœur battait la chamade, de la sueur perlait à son front et ses pensées semblaient échapper à tout contrôle. Imaginer Ronchford en train de la reluquer dans son lit, le soir de leurs noces, sa bouche ouverte sur un rictus concupiscent qui révélerait des dents pourries, lui donnait par avance la nausée. Elle serra ses bras autour de son torse en s'efforçant de chasser de son esprit la suite probable de ce préambule : Ronchford tirant sur les couvertures pour la voir nue, offerte ; Ronchford se couchant à côté d'elle et...

— Ah, poursuivit son frère, ton ingratitude me blesse, tu sais. Et moi qui te proposais encore, à l'instant même, une possible échappatoire...

Helena s'immobilisa. Elle accueillait naturellement ces propos avec méfiance, mais la possibilité d'éviter une union avec Ronchford était trop tentante pour qu'elle l'ignore, même si elle soupçonnait son frère de chercher encore une fois à la manipuler.

— Quelle échappatoire ? demanda-t-elle.

Edmund la toisa avec un sourire fat, jouissant de la voir suspendue à ses lèvres. Elle sentit la colère la gagner. À cela se mêlait un sentiment d'horreur qui lui donnait envie de jeter le premier objet venu à la face de son frère. Car c'était à lui qu'elle devait ce sort pitoyable. Elle émit un grondement rauque. Il écarquilla les yeux, mais n'en prononça pas moins les paroles qu'elle avait désespérément besoin d'entendre.

— Enfuis-toi, répondit-il. Mais comme je ne peux être soupçonné de t'avoir aidée, il te faudra partir très discrètement.

Helena déglutit en s'efforçant de recouvrer son sang-froid.

La suggestion d'Edmund était pour elle comme une planche de salut – tout plutôt que d'avoir à écarter les cuisses devant Ronchford. Car le vieux noceur ne l'épargnerait pas. Elle ne serait pas la première à être ainsi livrée en pâture à un débauché notoire. Ronchford fondrait sur elle sans état d'âme. Il était aussi égoïste que son frère.

— Bon, je vais sortir comme à l'accoutumée, reprit celui-ci. Mon cocher est un homme de confiance. Il t'attendra près du marché et te conduira à Bride Dale.

Bride Dale, se répéta la jeune femme, là où habitait sa tante Celia, une dame vieillissante qui n'avait plus beaucoup de visites... Ce serait l'endroit idéal pour attendre tranquillement qu'on l'ait un peu oubliée. L'espoir scintillait devant elle comme une source sous les yeux d'un assoiffé. Une fois là-bas, elle serait sauvée !

— Je raconterai au roi que tu as laissé un message me prévenant que tu te retirais dans un couvent. On comprendra ta pudeur... Et d'ici un an, tu pourras rentrer et te faire pardonner tes effarouchements de demoiselle.

La jeune femme ne réfléchit pas plus avant. Elle avait le ventre toujours noué par la panique, et

Edmund lui promettait le salut. Peu importait que sa proposition ne soit pas dénuée d'arrière-pensées.

— Je vais chercher mon manteau, annonça-t-elle.

Edmund lui sourit. Un frisson d'appréhension lui chatouilla la nuque, qu'elle s'efforça aussitôt d'ignorer : pas question d'hésiter, d'autant qu'en fuyant ainsi elle avait l'impression de prendre enfin son destin en main. Mieux valait agir, plutôt que de rester dans cette maison à se morfondre en attendant l'aube d'un jour abhorré.

Entre dépérir et courir sa chance, elle avait choisi.

La nuit avait beau être tombée, les rues étaient loin d'être désertes. L'agitation qui y régnait était cependant moindre qu'en journée. Helena percevait chaque bruit avec une acuité redoublée : la chute de gouttes d'eau sur le pavé de la chaussée, le choc des sabots d'un attelage – la voiture de son frère partie l'attendre au marché, sans doute.

Ses propres pas résonnaient d'une façade à l'autre, alors même qu'elle s'attachait à marcher d'un pied léger. De la lumière filtrait de certains volets ; quelques portes d'entrée étaient éclairées par la lueur rassurante de lanternes.

Elle s'engagea dans la première rue après la maison d'Edmund. Celle-ci était bordée d'échoppes qui, à cette heure de la soirée, avaient toutes leurs devantures closes. Il faisait plus sombre dans cette venelle ; seul le clair de lune éclairait son chemin.

— Eh bien, eh bien ! Regardez qui voilà…

Helena ouvrit la bouche pour crier. Une main vint lui écraser les lèvres, la réduisant au silence. L'étreinte aussi brutale que rapide lui plaqua le dos contre une poitrine masculine. Elle se contorsionna et donna des coups de pied en arrière pour tenter de se libérer.

— Arrêtez de remuer ainsi, ça ne sert à rien.

Sa joue reçut un coup violent, qui alluma une gerbe d'étincelles dans son champ de vision. Elle se tourna à moitié sans cesser de se débattre et, tendant brusquement la main, sentit sa paume s'abattre sur un nez.

— Bon sang !

Elle éprouva un sentiment de triomphe, qui malheureusement fut bref. Une deuxième paire de bras vint la saisir et lui immobilisa les poignets dans le dos.

— Je vais t'apprendre le respect, moi !

Elle reçut une nouvelle gifle. La douleur fit tomber un voile sombre devant ses yeux. Elle inspira à fond pour lutter contre l'évanouissement. Des liens de cuir mordirent la chair de ses poignets : on la ligotait.

— C'est bien la bonne personne, au moins ? s'enquit l'homme derrière elle, avant de lui agripper les cheveux pour incliner son visage vers la lumière.

— Et qui d'autre pourrait s'aventurer dans cette rue, à cette heure-là ? Knyvett a tenu parole, on dirait, répondit son complice.

Il s'avança vers la jeune femme, lui soufflant en pleine face son haleine fétide. Le clair de lune dessina le faciès de Ronchford. Helena ne put réprimer une grimace de dégoût. La peur la quitta aussitôt, pour laisser place à une rage brûlante qui galvanisa son esprit de résistance.

— Lâchez-moi ! hurla-t-elle.

Il se contenta de lui rire au nez et de saisir son menton entre ses doigts. Puis sa main descendit le long de son cou pour s'attarder sur sa poitrine. Un haut-le-cœur souleva la jeune femme.

— J'ai payé grassement votre frère pour qu'il vous jette dans mes bras. Et je compte bien profiter de ce qui m'a coûté si cher, ma petite.

Helena comprit qu'Edmund l'avait trahie. Son frère s'était finalement vengé, comme il le lui avait promis, et la punition se trouvait devant elle, dans le regard triomphant du noceur qui l'outrageait de ses caresses.

Elle aurait dû s'en douter ; elle aurait dû se méfier de l'espoir qu'Edmund lui avait agité sous le nez. Jamais le roi n'aurait ordonné qu'elle épouse Ronchford pour qu'il lui serve de tuteur de remplacement. Pas Ronchford. Cet homme était encore pire que son frère. Elle aurait dû réfléchir un peu. Hélas, elle était alors en proie à une panique incontrôlable. Et maintenant elle était à la merci de la nuit, isolée, prise au piège.

Ronchford, lui, semblait parfaitement à son aise.

— Voilà des mamelons qui ont l'air moulés pour ma main, susurra-t-il en tirant sur les boutons de son épais manteau de laine pour découvrir la naissance de sa poitrine.

Helena en eut la chair de poule. L'estomac noué par la répulsion, elle recommença à se débattre, à lancer des coups au hasard, se tordant dans tous les sens pour échapper à ses deux agresseurs.

Ces derniers se mirent à jurer et à pousser des cris de douleur. Quoique ravie par cette réaction qui lui redonnait un peu de courage, la jeune femme fut quelque peu étonnée de leur causer autant de gêne. Néanmoins, elle était libre et ne perdit pas de temps à se demander comment elle avait pu parvenir à ce résultat : elle prit immédiatement la poudre d'escampette.

Comme elle avait encore les mains liées dans le dos, elle ne pouvait cependant courir, de peur de se prendre les pieds dans le bas de sa jupe. Elle se mit donc à trottiner aussi vite qu'elle put… jusqu'à ce qu'un troisième homme lui barre le passage. Il était immense. Levant la tête, elle essaya de distinguer ses traits plongés dans l'ombre.

— Vous avez décidément la manie de vous jeter dans les situations les moins recommandables, articula sévèrement une voix à l'accent écossais.

Un soulagement intense envahit Helena. Les jambes en coton, elle se figea, le souffle rauque et les poumons en feu.

— Dieu merci…

— Remerciez plutôt ma méfiance invétérée, jeune fille.

Le ton du guerrier exprimait un lourd soupçon. Le crissement d'une semelle sur le pavé s'éleva dans le dos d'Helena. La silhouette des hommes de Keir émergea de l'obscurité, le clair de lune soulignant le fil de la lame que l'un d'entre eux tenait au poing.

— Non, lança-t-il, laissez-la attachée.

— Quoi ? s'emporta-t-elle. Vous plaisantez ?

Il se rapprocha d'elle. Elle perçut vaguement son odeur et ne put s'empêcher de se dire qu'il sentait bien meilleur que Ronchford.

— Pas le moins du monde, répliqua-t-il. Ce sera plus pratique pour vous transporter.

Et, joignant le geste à la parole, il s'inclina devant elle jusqu'à avoir l'une de ses épaules au niveau de sa taille. L'instant d'après, il la jetait sur son dos tel un sac de grain. Elle se retrouva la tête en bas, le sang lui battant aux tempes.

— Keir…

Une bonne claque atterrit sur son postérieur exposé. Elle hoqueta d'indignation, mais dut fermer la bouche pour éviter de se mordre la langue sous les soubresauts que lui imposait la démarche rapide de l'Écossais. Son désarroi fut cependant remplacé par un regain de colère quand elle entendit les hommes du laird rire dans leur barbe.

Ah, les hommes, pensa-t-elle, courroucée. Pas un pour rattraper l'autre !

— Que faites-vous, Keir McQuade ?

Le guerrier avait déposé la jeune femme au centre d'un lit. C'était une couche luxueuse dont les couvertures cédaient moelleusement sous son poids.

— Je récupère ce qui m'appartient.

Il se tenait à l'autre bout de la pièce. Deux chandelles brûlaient sur une table à côté de lui. Leur clarté le nimbait d'un halo d'or. Il portait, fixée derrière lui, une claymore dont la poignée dépassait sur sa gauche. Elle considéra un peu stupidement le cuir épais de son fourreau qui l'avait protégée du tranchant de la lame pendant que le guerrier la portait. Il tendit le bras en arrière pour en dénouer les lanières et le fit passer par-dessus son épaule avant de le caler contre le mur.

— Comment ça ? s'enquit-elle.

Son cerveau tournait à toute allure et elle doutait sincèrement d'être capable de digérer d'autres nouvelles fracassantes, surtout si celles-ci devaient lui expliquer pourquoi l'Écossais la considérait comme sienne. Certes, une partie d'elle-même s'en réjouissait mais, en cet instant précis, elle n'était guère d'humeur à tolérer que quiconque prétende avoir un droit de possession sur elle. Elle se mit en position assise et bascula hors du lit. Même avec ses mains encore ligotées, elle se sentait moins vulnérable debout.

Keir pivota pour l'observer. Son regard s'assombrit et ses traits se durcirent. Le contraste était saisissant avec l'expression taquine qu'elle avait pu lui connaître jusqu'alors.

— Je ne vous savais pas insensée au point de vous risquer dehors à la nuit tombée, lança-t-il en se renfrognant de plus belle. Mais je ne regrette pas d'avoir mis des hommes en faction devant chez votre frère. En fait, je m'attendais plutôt qu'il vous fasse discrètement sortir de la ville.

Plus décontenancée que jamais, Helena le dévisagea sans un mot.

— Et dire que j'ai eu la bêtise de supposer que l'idée de mariage ne vous rebuterait pas au point de vous pousser à la fuite, reprit l'Écossais.

La jeune femme fut surtout sensible à son ton réprobateur, or elle en avait plus qu'assez qu'on se permette de la tancer ainsi.

— Je me rendais dans un couvent, dit-elle avec humeur.

Edmund aurait pris ombrage de cette repartie querelleuse. Keir se contenta de pencher la tête de côté et de croiser les bras sur sa poitrine. Cette posture accentuait sa carrure et le rendait encore plus imposant. Helena avait du mal à retenir ses yeux de dériver vers ses biceps saillants. Comme il avait déboutonné les manches de son pourpoint, seul le tissu de sa chemise lui couvrait les bras. Étant donné la fraîcheur nocturne, il aurait dû avoir froid. Il ne paraissait pourtant nullement affecté par la température ambiante. Tout son être semblait rayonner de puissance... La jeune femme ferma un instant les yeux pour s'arracher à la fascination qu'il exerçait sur elle.

— Un couvent ?

— Exactement. Même si n'importe quel autre endroit où j'aurais été libérée de l'emprise des hommes m'aurait convenu.

Elle vit l'un des coins de sa bouche se soulever en une ébauche de sourire. Il décroisa les bras, ce qui lui procura aussitôt des frissons. Elle s'en voulut de cette réaction incontrôlée. Il n'y avait aucune raison pour qu'elle soit aussi sensible au moindre geste de l'Écossais. Comment pouvait-elle se disputer avec lui dans ces conditions ?

— Ah oui ? fit-il en se rapprochant d'elle, sans cesser de la scruter.

La jeune femme eut soudain l'impression de comprendre ce qu'une biche aux abois pouvait ressentir.

— Si vous étiez nonne, poursuivit-il, vous seriez bien obligée d'obéir à un homme, en l'occurrence le pape, et cela de la manière la plus absolue.

Il la toucha. Ce n'était qu'une simple caresse du bout des doigts sur sa mâchoire, mais elle n'en tressaillit pas moins de la tête aux pieds. Un flot de sensations se propagea sous sa peau à la vitesse de l'éclair.

— Au moins serait-ce un homme chaste, rétorqua-t-elle.

Une lueur farouche s'alluma dans les prunelles de Keir. Elle lui avait déjà vu cette même expression lors de leur première rencontre, quand il l'avait prévenue qu'il n'était pas homme à se soustraire à un défi.

— Je doute que vous soyez faite pour passer votre existence à dormir seule dans un lit, vierge à jamais, dit-il tout en baissant les yeux sur ses lèvres.

Elle en eut la bouche subitement sèche et se demanda quel goût pouvaient avoir ses baisers... Elle secoua la tête pour chasser cette pensée de son esprit. Keir lui prit le menton afin de l'immobiliser.

— La vérité est que vous réagissez trop vivement à mon contact pour vous vouer au célibat.

Il passa le pouce sur la lèvre inférieure de la jeune femme, qui ne put réprimer un petit hoquet de saisissement.

Les battements du cœur d'Helena s'accélérèrent et sa respiration devint plus profonde. L'odeur de Keir ensorcelait ses sens. Elle lui semblait comme imprégnée d'un sombre mystère qui envoyait des flammes jusqu'au creux de son intimité.

Elle tourna la tête pour éviter les caresses troublantes du guerrier. Qu'ils soient tous les deux seuls dans la pièce heurtait soudain sa pudeur. Elle avait l'impression de perdre pied. Le brasier qui lui dévorait le ventre l'effrayait par son intensité.

— Je puis vous assurer que j'ai la volonté qu'il faut pour assumer mes choix jusqu'au bout. Et puis, dans un couvent, je serai à l'abri des tentations, ce qui me facilitera les choses.

— La vie mondaine comporte effectivement des tentations, je vous l'accorde, murmura-t-il en ramenant doucement son visage vers lui pour l'embrasser sur la bouche.

Sans être timide, son baiser n'eut pas l'âpreté qu'Helena attendait d'un homme aussi puissamment découplé. Elle voulut s'éloigner ; il accompagna son mouvement avec une aisance fluide et glissa un bras autour de sa taille pour la serrer contre lui.

Elle laissa échapper un gémissement sourd. Trop de sensations l'étreignaient en cet instant. Et ce n'était pas les années qu'elle avait passées à maîtriser ses humeurs qui allaient l'aider à dominer ces élans charnels. Ceux-ci étaient tout simplement trop impérieux. Elle était submergée par une vague de désir qui engloutissait toute velléité de résistance comme tout vestige d'éducation.

Keir continua à jouer avec ses lèvres, à les taquiner de la bouche, à en suivre le dessin de ses propres lèvres jusqu'à ce qu'elle entre à son tour dans la danse de ce baiser. Il prit alors l'arrière de son crâne dans le creux de sa paume et inclina son visage vers le sien pour profiter encore mieux de ces caresses. Le contact de sa bouche se fit plus exigeant, plus conquérant. Il força les lèvres de la jeune femme à s'ouvrir et l'embrassa...

Soudain Helena le trouva trop proche, son corps trop rude contre le sien, trop imposant. Une soif dévorante palpitait dans son sang, une ardeur qui lui faisait peur – peur de sa propre réaction face aux avances de l'Écossais.

Elle voulut s'écarter, mais ses mains étaient toujours liées dans son dos. La douleur qu'occasionnaient les lanières de cuir lui permit cependant de reprendre prise sur la réalité et de recouvrer ses esprits. À chaque mouvement, les liens lui entaillaient la peau.

— Libérez-moi, réclama-t-elle. Maintenant !

Il grommela quelque chose en gaélique. Helena n'eut pas besoin d'une traduction pour comprendre qu'il s'agissait d'un juron.

— Bien, acquiesça-t-il. Nous aurions dû commencer par là. Asseyez-vous.

La tenant par les épaules, il tenta de la pousser vers le lit. Elle ne put s'empêcher d'esquiver ses mains.

— Du calme, ma petite. Si vous ne restez pas en place, je risque de vous couper.

Il avait raison, bien sûr, mais c'était plus fort qu'elle : son corps fuyait maintenant le contact de Keir McQuade. Elle se força néanmoins à rester coite. Lâchant un soupir, il renonça à la faire asseoir et voulut la contourner pour avoir accès à ses poignets. Instinctivement, elle recula encore d'un pas.

Serrant les dents, elle somma ses pieds de ne plus bouger. Peu après, elle sentait la lame froide d'un couteau entre ses mains. Les lanières de cuir cédèrent.

Elle pivota sur elle-même pour s'éloigner du guerrier.

— Allons, jeune fille, articula Keir en se méprenant sur cette réaction, je ne suis pas du genre à battre les femmes qui me contrarient.

Non, mais les émotions qu'il lui inspirait étaient pires encore, parce qu'elle était impuissante à les juguler !

— J'aurais dû tuer ce gredin de Ronchford, reprit-il. Vos poignets saignent.

— Ce n'est rien.

Keir se renfrogna et rangea sa dague dans la gaine qui pendait à sa ceinture.

— Voilà un point sur lequel nous sommes de nouveau en désaccord.

Il considéra ses poignets un moment, une étincelle de colère dans les prunelles. Les liens en avaient seulement écorché la peau en deux ou trois endroits. Helena se contraignit à cesser de frictionner ses mains et à les laisser pendre le long de ses flancs.

— Je doute que nous soyons jamais d'accord sur quoi que ce soit.

Il lui adressa un sourire canaille et lui tendit les bras.

— Venez donc par ici, que je vous rappelle combien nous avons tous deux apprécié notre baiser.

— Non, merci, sans façon.

Il se rapprocha d'elle nonchalamment, un sourcil levé.

— Non ?

— Vous m'avez très bien entendue.

— Et pourquoi ? demanda-t-il d'une voix profonde. Vous m'avez rendu mon baiser.

Elle s'éloigna.

— Je ne le nie pas, mais cela ne veut pas dire que je désire...

— M'embrasser encore ?

— Arrêtez de jouer avec moi, répliqua-t-elle.

Elle avait besoin qu'il redevienne l'homme soupçonneux qui la scrutait tout à l'heure depuis l'autre bout de la pièce. Le Keir taquin qu'elle avait maintenant devant elle correspondait trop au personnage qui avait hanté ses rêves. Se laisser aller à ces songeries avait été décidément une énorme erreur.

— Je vous jure, Helena Knyvett, que je ne joue pas, assura-t-il avant de lui tendre la main, la paume en l'air. Venez près de moi.

— Non, répondit-elle, alors même que son corps la suppliait de céder. Ce serait inconvenant.

Dans le regard du guerrier passa un éclair qui fit frissonner la jeune femme.

— Justement, dit-il.

Il fut sur elle en une enjambée, réduisant à néant la distance qui les séparait avec une facilité déconcertante. En un clin d'œil, elle se retrouva dans la chaleur de son étreinte. Son odeur l'enivra une nouvelle fois, éveillant en elle une pulsion irrépressible. Elle ne songeait plus qu'à la proximité de leurs corps et au désir qui la taraudait de connaître avec lui une intimité plus grande encore.

— Keir, je vous en prie… *Je suis vierge.*

Elle détestait la faiblesse qui l'amollissait. Elle détestait aussi le tressaillement qui la secouait tout entière entre les bras du guerrier. Puis elle s'aperçut que les mains qu'elle avait posées contre la poitrine de ce dernier refusaient de le repousser, et des larmes de frustration lui montèrent aux yeux. Au contraire, la pulpe de ses doigts la démangeait de palper la peau de Keir. Son honneur lui commandait néanmoins de résister, de ne pas se laisser traiter comme une traînée.

— Je sais, ma petite. Je n'en ai jamais douté.

Il avait la voix si tendre à présent, si douce… Des larmes dévalèrent ses joues. Elle aspirait à se fondre contre lui, ici, tout de suite. Elle était tellement lasse de toujours devoir garder son sang-froid, de se conformer aux principes de la bienséance qu'on lui avait inculqués depuis l'enfance.

Keir jura de nouveau en gaélique. Cependant, il ne la relâcha pas. Lui prenant le menton dans le creux de sa paume, il leva vers lui le visage humide et tremblant de la jeune femme. Elle frémit et se mordit la lèvre inférieure pour réprimer un gémissement sourd.

— Vous n'avez pas pleuré quand ce coquin vous a frappée, énonça-t-il d'une voix rauque.

Elle n'aurait su nommer précisément le sentiment qui altérait ainsi l'élocution du guerrier, mais elle en percevait l'intensité et en était bouleversée. Deux nouvelles larmes roulèrent sur ses joues.

— Edmund est un monstre.

Les yeux de l'Écossais s'attardèrent sur le côté de sa face encore bleui par les hématomes.

— Mais c'est avec moi que vous pleurez, remarqua-t-il, avant de se pencher pour embrasser ses larmes.

Elle frissonna : ce simple baiser lui paraissait plus brûlant qu'un charbon ardent. Puis, d'un coup, elle fut libre. Le froid de la nuit l'environna.

— Je ne vous comprends pas vraiment, Helena, mais soyez sûre que je ne permettrai plus qu'on vous blesse. Mes hommes vont vous garder ici. N'allez pas nous en vouloir : c'est pour votre bien.

Sur ce, il tourna les talons et se dirigea vers la porte.

— Mais... pourquoi me retenir ici ?

Keir marqua une pause sur le seuil, le front plissé par une résolution farouche.

— Je ne suis pas idiot, Helena. Ne me croyez pas aisément manipulable simplement parce que vos larmes vous ont obtenu un répit. Je compte bien partager ce lit avec vous demain soir, comme il est normal entre promis.

Il claqua le battant derrière lui.

Helena considéra la porte stupidement. Entre *promis* ? Qu'avait-il pu vouloir dire par là ?

Tout autour d'elle n'était plus que déroute et confusion.

Edmund lui avait annoncé que Ronchford était censé l'épouser, or celui-ci avait tenté de l'enlever.

Et voilà que Keir, après l'avoir sauvée, la détenait prisonnière…

Cette succession d'incohérences la rendait malade, lui révélant, dans une prise de conscience nauséeuse, ce qu'elle était réellement aux yeux des hommes de son entourage : un objet à s'approprier, telle une paire de chandeliers en argent.

Les mâles cherchaient uniquement à la posséder. Et s'attendaient tous qu'elle cède à leur volonté. À leur concupiscence.

Sous son corset, la pointe de ses mamelons durcit jusqu'à en être douloureuse. À quoi bon nier le désir qui la tenaillait elle-même ? Il restait lové en permanence dans le creux de son ventre et dénouait ses anneaux brûlants dès que Keir se trouvait en sa compagnie. Elle regretta soudain de s'être crue supérieure aux femmes que les pulsions charnelles poussaient dans les bras d'un amant. Elle était si ignorante… Les émotions qu'elle ressentait étaient plus vives que toutes celles qu'elle avait pu connaître jusqu'alors. Leur rester indifférente était impossible. D'ailleurs, elle ne voulait même pas les réprimer.

Oh, non. Elle avait au contraire envie de déboutonner son corsage pour exposer sa peau à la fraîcheur nocturne. Ses vêtements lui pesaient, sa chair exigeait son émancipation du carcan des habits. Et pas seulement sa chair : tout son être réclamait d'être affranchi des entraves qu'on lui avait imposées depuis l'enfance. Elle aurait aimé que Keir revienne dans la pièce, alors même qu'elle l'avait repoussé.

C'étaient ses larmes qui l'avaient surtout éloigné d'elle. À ce souvenir, elle ne put se retenir de tressaillir : c'était si galant, si noble de sa part. Comment pourrait-elle continuer à réprimer son envie de lui s'il persistait, de son côté, à se montrer aussi prévenant ?

Peut-être serait-elle mieux inspirée d'y céder, après tout…

La tentation était cruelle. L'orgueil le disputait en elle au désir. Elle se sentait si seule face aux tourments de sa chair, de son âme. Keir avait parlé de promis… Qu'est-ce que cela signifiait ?

Avisant une petite méridienne dans un coin de la chambre, elle alla s'y asseoir et laissa sa tête reposer sur l'accoudoir satiné.

Elle avait beau mourir d'envie de coucher avec Keir, sa fierté le lui interdisait. Elle n'allait pas lui offrir sa virginité sous prétexte qu'il l'estimait sienne. C'était le genre de « raisonnement » que tenaient d'ordinaire les individus comme Ronchford. Ou comme son frère.

Elle voulait faire l'amour avec l'Écossais, non s'offrir à lui pour lui donner des héritiers. Elle refusait de se conformer à l'image de pondeuse de haut rang qu'on lui avait toujours présentée comme un idéal pour les femmes de sa condition.

Elle savait bien que le portrait qu'elle se faisait du guerrier écossais était sans doute une illusion, qui partirait en fumée dès le moment où elle ouvrirait les yeux sur la réalité. À cet instant, cependant, elle avait besoin de ce rêve pour la soulager des souffrances de son corps et des blessures de son âme. Elle avait besoin de se concentrer sur le désir et ses promesses, si fausses soient-elles, et de bercer sa peine au souvenir de la chaleur des bras de Keir McQuade...

— Ta victoire n'a pas l'air de te réjouir tant que ça, constata Farrell en promenant son regard sur la cuisine. Moi, en tout cas, je suis impressionné par notre nouveau logement. Voilà au moins qui console d'avoir à s'acquitter de droits de succession.

Keir ne pouvait qu'en convenir. Même si peu de biens étaient attachés à la baronnie de Hurst et si la plupart des terres étaient revenues à sa sœur Bronwyn, elle comportait néanmoins cette résidence que le roi avait eu la générosité de lui restituer avec le titre. Certes, la transmission de ce dernier impliquait le règlement d'une taxe et, par ailleurs, il y aurait les gages du personnel à payer, mais grâce à la générosité royale il détenait désormais une maison de ville, où il avait pu accueillir sa promise sans rougir.

Il examina la pièce à son tour. Rien n'y paraissait délabré. La longue table où se préparaient les repas ne présentait pas plus de traces d'usure que celles des cuisines du château de Red Stone. Il préféra ne pas se demander pourquoi la demeure était si bien entretenue, alors que le titre auquel elle était attachée n'était plus attribué depuis plus de trente ans. Elle lui appartenait, dorénavant, et c'était tout ce qui comptait à ses yeux.

— Il va falloir que les hommes surveillent les issues cette nuit. Ma fiancée ne doit pas sortir d'ici, ni envoyer de lettre à quiconque.

Il serra les dents, les mâchoires crispées par la tension. Farrell quitta sa posture nonchalante.

— Elle ne veut pas t'épouser ?

Elle avait pleuré…

Keir étouffa un juron et alla se verser un verre de whisky. Farrell l'observa un moment, avant de tourner les talons sans un mot pour aller organiser les tours de garde ordonnés par son chef.

Le feu de l'alcool ne réussit pas à consumer le goût amer que Keir avait dans la bouche.

Elle avait pleuré…

Pourquoi ?

Le whisky avait beau lui brûler les entrailles, la morsure de cette question était plus vive encore. Il avait besoin d'en connaître la réponse.

Les pleurs de la jeune femme l'avaient blessé plus douloureusement qu'une lame. Il ne comprenait pas cette réaction de la part d'Helena. Elle avait manifestement apprécié leur baiser. Il savait distinguer les caresses rendues sous l'impulsion d'un désir partagé, des simulations destinées uniquement à flatter sa vanité de mâle. En tant que fils de laird, il avait eu son lot de conquêtes faciles qui feignaient l'affection dans l'espoir de s'assurer un avenir à ses côtés.

Helena avait frémi dans ses bras et lui avait offert des petits bécots qui avaient suffi à anéantir le peu de sang-froid qui lui restait… Et elle avait pleuré.

Que devait-il faire, maintenant, sinon retourner la voir pour l'embrasser de nouveau et tenter de lui arracher cette fois-ci des soupirs plutôt que des larmes ?

Il s'empressa de remonter à l'étage et, arrivé devant la chambre, en ouvrit la porte avec lenteur pour éviter que les gonds ne grincent. La pièce était plongée dans la pénombre ; les bougies posées sur la table avaient complètement fondu. C'était une belle chambre, aux fenêtres tendues de velours et au lit surmonté d'un baldaquin de riche brocart. Elle comportait également une cheminée mais aucun feu n'avait été allumé dans l'âtre, le personnel de maison n'ayant pas été prévenu de l'arrivée du nouveau maître des lieux.

Le lit était vide.

Keir parcourut la pièce des yeux avant d'aviser, allongée sur la méridienne, la cause de ses tourments. La peau satinée de ses joues portait encore la trace de ses pleurs. Elle affichait néanmoins un air si doux que le guerrier ne put se retenir de sourire.

Sans doute était-il fou de se soucier à ce point d'une femme. Nombre d'hommes le lui auraient certainement reproché. Mais il n'en était pas moins heureux d'avoir recueilli celle-ci.

La voir aussi tranquillement endormie le rassurait singulièrement. Il finirait bien par découvrir la raison de ses larmes. Il avait tout le temps pour ça. Après tout, ils ne seraient pas le premier couple à convoler sans trop se connaître.

Il prit une couverture sur le lit pour la couvrir. Il n'osait pas la déplacer, et son désir d'elle était trop intense pour qu'il prenne le risque de la porter jusqu'au lit : il n'était pas certain d'avoir suffisamment de contrôle sur ses pulsions pour la laisser tranquille ensuite.

L'ayant protégée du froid, il se retira sur la pointe des pieds.

— Espèce d'imbécile !

Edmund Knyvett, héritier du comté de Kenton, sentit la peur s'insinuer dans son cœur pour la première fois depuis très longtemps. Il n'était pourtant pas homme à s'effaroucher facilement. En fait, il n'avait pratiquement jamais aucun sujet de préoccupation. La position sociale qu'il avait acquise à sa naissance était des plus solides.

— Ce n'était quand même pas un plan bien compliqué ! s'emporta-t-il. Je te la livrais sur un plateau. Tu n'avais qu'à te servir !

— Sauf qu'il y avait l'Écossais en embuscade, répliqua rageusement Ronchford, avant de se remettre à tâter précautionneusement la grosse bosse qu'il avait sur l'occiput. Rends-moi mon argent.

— Pas question. J'ai rempli ma part du contrat. Ce n'est pas ma faute si tu as échoué de ton côté.

— Eh, attends un peu !

Edmund frappa du poing sur la table. Ses hommes se penchèrent vers Ronchford, l'air menaçant.

— J'ai tenu ma promesse.

— Mais elle n'est toujours pas ma femme, protesta Ronchford, les yeux luisants de rage.

Il s'inclina vers Edmund et poursuivit à voix basse, afin de ne pas être entendu des autres clients de la taverne :

— Ne me provoque pas, ou tu le regretteras. Je le jure sur les mamelles de ma mère.

Edmund le toisa avec hauteur.

— Je te répète que j'ai suivi mon propre rôle à la lettre. Pour moi, l'affaire est close.

Sur ce, il se releva et quitta l'établissement sans un regard en arrière. Il était pair, après tout.

Il n'allait pas s'abaisser jusqu'à mener Helena devant l'autel à la place de Ronchford ! Il était parvenu à la convaincre de sortir en pleine nuit dans les rues de la capitale, ce qui était déjà beaucoup.

Il eut un sourire suffisant en songeant que la sale peste lui avait au bout du compte rapporté un joli pécule dans cette histoire. Quel dommage que le roi la veuille mariée le lendemain matin… S'il avait eu quelques mois devant lui, il lui aurait suffi d'autres parchemins portant le sceau paternel pour la revendre à plusieurs reprises et amasser ainsi une fortune.

Enfin, en attendant, elle avait su finalement se révéler utile. Et il n'était d'ailleurs pas exclu qu'elle le redevienne. D'ici quelques années, en effet, quand elle aurait été engrossée par son barbare d'Écossais, il pourrait aller lui rappeler la position éminente qu'il occupait à la cour et les services qu'il était par là même en mesure d'y rendre à ses futurs neveux et nièces. Même McQuade finirait par comprendre l'intérêt qu'il avait à écouter son beau-frère et se plierait à ses volontés. Aucun homme, si fruste soit-il, n'était insensible au sort des siens.

Oui, une fois mère, Helena serait à coup sûr un fameux filon.

7

— Maîtresse ?

Helena fronça les sourcils : jamais personne ne l'appelait ainsi.

— Maîtresse ? Excusez-moi, mais il faut vous lever.

La jeune femme ouvrit les yeux. Une domestique se tenait devant elle. Elle portait un joli uniforme de laine fine dont chaque bouton luisait de propreté. Un tablier repassé de frais et une coiffe de lin amidonnée complétaient sa tenue impeccable de soubrette.

— La reine vous a dépêché un carrosse, maîtresse. Les gardes de Sa Majesté vous attendent.

Elle rêvait encore, sans doute. Pourtant, la chambre qui se révélait à ses yeux encore endormis était la même que celle de la veille : une pièce coquettement aménagée qu'éclairait un semblant de clarté provenant de la fenêtre ouverte. Le soleil n'était pas encore haut dans le ciel.

La servante se mit à tripoter son tablier, visiblement nerveuse.

— Helena.

C'était la voix de Keir, et elle retentissait avec trop de clarté pour appartenir à un songe. Quand elle l'entendait dans ses rêves, elle avait des accents tendres, et non ce ton comminatoire.

Se redressant, elle tourna la tête vers la porte. Debout sur le seuil, l'Écossais la considérait avec une mine renfrognée. Il y avait toutefois quelque chose dans son expression qui suscita sa curiosité et acheva de la réveiller.

Quel que soit ce sentiment, cependant, il le dissimula derrière un air sévère avant qu'elle ait pu l'identifier.

Keir avait revêtu son kilt, mais n'avait pas enfilé le pourpoint de grosse laine dont elle l'avait toujours vu affublé jusqu'alors. Son buste était recouvert d'une simple chemise dont il avait retroussé les manches sur ses avant-bras, révélant des muscles vigoureusement dessinés.

— La reine vous envoie une escorte.

— Pourquoi cela ? s'étonna-t-elle.

Elle se leva et se frotta le front. Elle était percluse de courbatures pour s'être assoupie dans son corset et sa jupe à vertugadin. Le creux de ses reins l'élançait à chaque mouvement.

— Parce que nous sommes censés nous marier en présence de Leurs Majestés.

— Nous marier ? Vous étiez donc sincère en parlant de « promis » ?

La question était insultante, quoique involontairement. Keir accueillit l'affront avec un nouveau froncement de sourcils. La domestique baissa les yeux, faisant manifestement tout son possible pour devenir invisible.

L'Écossais rejoignit la jeune femme en deux pas. Celle-ci sentit aussitôt son ventre se tendre, réaction spontanée à sa proximité.

— Jamais je ne vous ai menti.

Il ne semblait guère apprécier qu'on puisse douter de son honneur. Helena percevait son honnêteté non seulement dans le ton de sa voix, mais aussi dans le fond de son propre cœur. Une petite bulle de joie vint détendre quelque peu ses muscles noués par sa nuit inconfortable sur la méridienne.

— Mais Edmund m'a dit... commença-t-elle, avant de secouer la tête. C'est lui qui m'a menti, bien sûr. Encore une de ses manigances.

— Votre frère vous a dit quoi ? s'enquit Keir sans se départir de son air neutre.

— Je ne crois pas que ce soit très important, désormais.

Il se rapprocha encore.

— J'apprécierais, au contraire, d'apprendre ce que votre frère a pu vous raconter qui vous a incitée à vous échapper au beau milieu de la nuit, si ce n'était la perspective de nos noces.

Relevant la tête vers lui, Helena eut la surprise de discerner de la souffrance dans son regard.

Il prit son menton dans le creux de sa paume.

— Qu'est-ce qui vous a poussée à fuir, Helena ?

— Edmund a prétendu que c'était Ronchford que je devais épouser.

Cet aveu suffisait à lui arracher un frisson d'horreur rétrospectif. Keir l'accueillit tout autrement : son regard s'alluma d'un plaisir qui ne tarda pas à détendre tous ses traits.

Rejetant la tête en arrière, elle s'éloigna de quelques pas dans la pièce. La soubrette en profita pour s'éclipser. Un tressaillement parcourut la jeune femme quand elle se rendit compte que le guerrier et elle étaient seuls, encore une fois. Ce sursaut même l'atterra. Pourquoi fallait-il qu'elle perde ainsi tout empire sur ses pulsions lorsqu'elle était en présence de l'Écossais ?

— Ce qui ne veut pas dire que c'était vers vous que je courais chercher refuge, crut-elle bon de préciser.

C'était la fierté qui lui avait dicté ces mots – la fierté et le besoin de recouvrer un tant soit peu la maîtrise de son propre destin : elle se sentait opprimée par toutes ces volontés extérieures qui désiraient l'asservir à leurs propres fins.

— Ah oui ? fit-il en croisant les bras sur sa poitrine, son visage reprenant un air indéchiffrable. En tout cas, vous pouvez vous estimer heureuse que je me sois méfié de la capacité de votre frère à tenir sa parole, car si j'avais été plus naïf, vous seriez en ce moment même étalée sur la couche de Ronchford.

C'était un fait – mais sa formulation n'en était pas moins abrupte. Helena redressa le menton pour se donner une contenance, sans néanmoins pouvoir se retenir de rougir.

— Au lieu de quoi, c'est dans votre chambre que j'ai fini par échouer, répliqua-t-elle.

Une promesse muette passa dans les prunelles sombres de l'Écossais. La jeune femme sentit son ventre se nouer en réponse. Le désir qu'elle avait passé la nuit à combattre renaissait de ses braises, lui léchant les entrailles de ses flammes liquides.

— En effet, admit-il en avançant de nouveau vers elle.

S'apercevant qu'elle était sur le point de reculer, Helena se raidit et s'obligea à rester immobile. Keir parut apprécier son courage : ses yeux brillaient d'approbation quand il la rejoignit. Elle courba la nuque en arrière pour que leurs regards demeurent soudés l'un à l'autre.

— Je doute cependant que vous soyez aussi malheureuse à l'idée de partager ma couche que vous le laissez entendre.

Comme pour souligner son propos, il lui caressa la joue. Elle frémit de la tête aux pieds.

— Je ne crois pas avoir jamais été témoin d'un rougissement aussi remarquable que les vôtres, enchaîna-t-il en la dévisageant avec une avidité qui flatta Helena et lui donna l'impression d'être jolie. Et celui-ci me dit que vous pensez à moi tout comme moi, je pense à vous.

— Cela n'implique pas pour autant que nous devrions nous marier.

Il croisa une nouvelle fois les bras sur son torse.

— Au contraire, le parchemin que j'ai gagné auprès de votre vaurien de frère me donne votre main en bonne et due forme, et je compte bien concrétiser cet engagement.

— Vous m'avez *gagnée* ? s'exclama-t-elle avec incrédulité.

— Eh oui : aux cartes, confirma-t-il.

Son regard s'adoucit en la voyant écarquiller les yeux d'effarement.

— Peu importe, Helena. Ce qui compte, c'est que vous échappiez pour de bon à l'emprise de votre frère et que vous ne soyez plus obligée de prendre le risque de traverser Londres à la nuit tombée.

— Tout ça parce que je vous aurai épousé ?

Il se crispa.

— L'Écosse n'est pas une terre aussi horrible que la dépeint la rumeur.

Il s'imaginait donc que c'était son pays qui lui inspirait de la répugnance ? Helena se demandait plutôt comment empêcher son cœur de tomber en sa possession. C'était l'unique bien qui n'appartenait qu'à elle. Et il était le seul homme qui semblait capable de le lui voler. Voilà ce qui l'emplissait d'appréhension – de terreur, même.

— Allons, Helena, ne m'obligez pas à vous porter jusqu'à ce carrosse. Même si j'étais opposé à cette alliance, je serais contraint d'obéir à mon roi. Tout comme vous.

— Comment pourriez-vous être opposé à un dénouement que vous vous êtes visiblement acharné à provoquer ?

Elle n'attendit pas sa réponse et sortit. Dehors l'attendaient des sentinelles appartenant à la garde rapprochée du couple royal. Leur uniforme en attestait.

La jeune femme soupira. Elle n'avait d'autre choix que de se soumettre. Prenant la main qu'on lui tendait, elle monta à l'intérieur du carrosse. Ce genre de voiture était d'un grand luxe. Les portières étaient occultées par des rideaux. Et ses banquettes moelleuses étaient très confortables. Elle s'y laissa couler, les doigts posés sur le tissu velouté du siège.

Le carrosse vacilla. Reportant son attention vers la portière, Helena vit Keir y introduire non sans peine son imposante carrure. Après avoir jeté un regard irrité vers le plafond qui lui touchait le crâne, il prit place sur la banquette opposée.

— Vous vous rendez au palais sans pourpoint ?

Il lui lança un sourire et adressa un hochement de tête au laquais pour l'inviter à refermer la portière.

— Je me rends en effet au palais avec vous, ma mie.

La jeune femme frémit d'entendre sa voix retrouver ses accents tendres et taquins. Keir redevenait l'amant de ses rêves, et son corps n'était que trop disposé à s'en féliciter.

— Parce que je trouve dommage que nous n'ayons pas eu l'occasion de nous fréquenter un peu plus.

Un frisson d'excitation courut sous la peau d'Helena. La promesse tapie dans le regard de l'Écossais l'ébranlait trop fortement.

— Je ne vois pas de quoi vous voulez parler.

Le carrosse s'ébranla. Keir profita de la secousse du départ pour saisir la jeune femme par les bras, juste en dessous des épaules. Un léger couinement franchit les lèvres de cette dernière quand il la souleva de sa banquette pour la presser contre lui.

— Je me doute bien que cela ne doit pas vous dire grand-chose. C'est pour cela que j'ai estimé nécessaire de vous initier un peu aux délices des préliminaires.

— Préliminaires de quoi ? demanda-t-elle naïvement.

La bouche de Keir vint mettre un terme à ses interrogations, d'autant que ce baiser se révéla tout de suite plus vorace que celui qu'ils avaient partagé la veille au soir. Helena avait les mains posées à plat sur sa poitrine, et la chemise légère du guerrier ne masquait guère la chaleur qui émanait de sa peau. Ni son odeur. Elle n'avait jamais remarqué combien les hommes pouvaient sentir bon. Du moins était-ce le cas de l'Écossais. Sa senteur particulière enivrait ses sens et hantait ses pensées.

Mais ce furent ses lèvres qui achevèrent de l'égarer, ses lèvres si exigeantes et si douces à la fois. Elle se rétracta un peu, ne sachant trop comment gérer les sensations qui l'assiégeaient. Au lieu de la retenir par la nuque, comme la veille, il se contenta d'accompagner son mouvement pour garder sa bouche en contact avec la sienne. Les battements du cœur de la jeune femme s'accélérèrent et son souffle devint court. Elle redressa le menton pour interrompre leur baiser.

— Keir...

Il continua à l'embrasser, le long du cou cette fois. Un éclair de plaisir transperça Helena. Les lèvres du guerrier étaient si chaudes contre sa chair... Et comment donc avait-elle pu ne pas remarquer auparavant combien sa peau était sensible à cet endroit ?

— Vivement que nous soyons à la maison, à Red Stone. Là-bas, je pourrai vous enlever quand je le voudrai pour aller rouler dans les prés avec vous et vous apprendre tous les plaisirs que partagent les amants dans la tiédeur des herbes hautes.

Il saisit l'arrière de sa tête dans le creux de sa paume pour l'immobiliser et se mit à lui mordiller délicatement le cou. Elle trembla. Un sourd grondement monta de la poitrine de l'Écossais. Elle riva ses yeux aux siens et vit la passion altérer son regard. Une passion ardente et sauvage, reflet de la tension qui s'accumulait dans son propre ventre. Jamais elle n'avait été aussi consciente de ses seins, ni de la contrainte que son corset exerçait sur cette partie de son anatomie. Ses rondeurs lui semblaient piégées dans ses habits, qui devenaient soudain inconfortables. Chaque parcelle de sa chair suppliait d'être libérée.

Être nue, offerte à ses mains, à ses caresses…

— Keir… Vous ne devriez pas…

— Vous toucher ? Et pourquoi donc, Helena ? C'est ce à quoi nous n'avons cessé d'aspirer l'un et l'autre, dès l'instant où nous nous sommes rencontrés pour la première fois, dans la grande salle du palais.

Il la maintint fermement contre lui d'un bras glissé sous ses genoux. Puis il l'inclina sur le côté pour la coucher sur la banquette à côté de lui, les jambes de la jeune femme en travers de ses cuisses.

— Ce genre d'attirance est peu commune, vous savez, ajouta-t-il.

— C'est pourquoi nous devrions redoubler de prudence, Keir. La lascivité mène à la luxure, et la luxure est un péché capital.

Il entreprit de défaire les premiers boutons de son manteau.

— Un tel langage n'a guère de sens quand il s'adresse à de futurs mariés.

— Vous trouvez que je dis n'importe quoi ?

Il écarta les pans de l'habit. La fraîcheur matinale enveloppa la chair d'Helena, qui poussa un soupir de contentement. Elle n'avait qu'une envie : replonger dans le flot de sensations que le guerrier suscitait en elle et ne plus s'encombrer de paroles inutiles. Le désir l'appelait, enserrant son âme de ses volutes entêtantes.

— Oh non, répondit-il, mais je pense que vous passez trop de temps à contrecarrer votre propre nature. Vous voulez que je vous touche. Je le lis dans vos yeux. Et comme il serait scandaleux que j'en profite comme la première canaille venue, je vous épouse afin de pouvoir vous satisfaire sans offenser la bienséance.

Il laissa courir ses doigts sur la naissance de sa poitrine. Elle sursauta et serra les plis de sa jupe entre ses poings, submergée par un flot de sensations indescriptibles. Un petit hoquet s'échappa de ses lèvres, auquel Keir répliqua par un gloussement étouffé.

— Il n'y a rien de compliqué ni de pervers là-dedans, ma petite. C'est juste de la passion pure et simple. Et je vais vous montrer comment s'y laisser aller.

Se penchant vers elle, il déposa un baiser sur le renflement de sa poitrine. C'en fut trop pour la jeune femme qui arqua les reins, incapable de maîtriser la volupté qui l'assaillait. Une ardeur dévastatrice la déchirait de l'intérieur. Les lèvres de son promis étaient comme un étalon de feu qui se mit à dévaler la colline d'un sein, pour aller caracoler dans son décolleté. Du bout de la langue, il suivit le sillon qui séparait sa poitrine, s'y glissant de plus en plus profondément. Bientôt, Helena eut l'impression qu'un grand vide se creusait entre ses jambes. C'était une faim dévorante, à laquelle elle ne pouvait se soustraire. Elle savait que, cachée sous le kilt de Keir, se trouvait la hampe de chair ferme qui saurait combler ce vide.

— Ce soir, je découvrirai la couleur de vos mamelons, ma douce.

— Keir ! Vous ne pouvez pas dire des choses pareilles !

Il redressa la tête, un sourire provocant aux lèvres.

— Pourquoi pas ? N'aurons-nous pas bientôt la bénédiction de l'Église pour nous livrer à ce genre d'exploration ?

— Sans doute, mais en parler ainsi est inconvenant.

Il pouffa, d'un rire grave et mâle.

— Votre père vous a-t-il donc élevée dans la morale puritaine ? Pour faire de vous une de ces croyantes austères qui refusent de goûter au moindre plaisir de la vie ?

Elle s'esclaffa à son tour.

— À l'évidence, vous ne connaissez pas très bien cette religion. Elle proscrit notamment le maquillage et les robes de soie, ainsi que tout ce qui relève de la vanité terrestre.

Il lui effleura la joue, pour suivre tendrement la ligne de sa mâchoire du bout des doigts.

— Il se peut alors que je me convertisse à cette croyance : j'ai hâte de pouvoir vous admirer sans ces oripeaux.

Il tapota un des coussinets sur lesquels étaient enroulées les mèches de sa chevelure.

— La perspective de voir vos cheveux flottant librement sur vos épaules m'obsède.

De la concupiscence s'entendait bien sûr dans sa voix, mais ses yeux exprimaient par ailleurs une telle admiration qu'Helena en fut touchée au cœur. Elle se sentait belle sous ce regard-là… Elle tendit le bras vers lui et, d'une main hésitante, se mit à lui caresser la joue à son tour, émue de percevoir sous ses doigts la texture de sa peau.

Il plissa les paupières avec une satisfaction évidente.

— Touchez-moi, murmura-t-il.

La jeune femme en éprouva de la reconnaissance, car Keir lui donnait ainsi la possibilité de s'affirmer dans leur relation.

— Je ne sais pas trop comment… chuchota-t-elle.

Elle en mourait d'envie néanmoins et, après avoir lentement promené ses mains sur son menton et sur son cou, elle laissa ses doigts errer plus bas, sur la tiédeur virile de sa peau, jusqu'au col de sa chemise. Elle se figea en le sentant caresser sa cuisse. Malgré l'épaisseur du tissu de sa robe, ce simple contact suffit à déclencher chez elle un nouvel élan de volupté dont les ondes se concentrèrent au bas de son ventre, en un petit point niché au creux de son intimité.

— Je vais me faire une joie de vous l'apprendre, Helena.

— Vous voulez que je sois… une épouse impudique ?

L'inconvenance de cette idée alluma en elle un brasier de désirs informulés.

— Exactement, acquiesça-t-il.

Il s'empara de ses lèvres avec une voracité qui coupa le souffle à la jeune femme. Il n'y avait rien de taquin dans ce baiser-là. Sa bouche prenait possession de la sienne tandis que sa langue s'insinuait en elle et lui enseignait l'art de cette caresse intime et douce mêlant l'haleine des amants. Il lui maintint la nuque pour prolonger leur baiser. Une chaleur torride se diffusait dans le corps d'Helena qui lui fit détester sa robe, détester cette jupe qui la privait du contact de la peau de son promis. Elle lui agrippait les épaules, éperdue, quand un bruit de déchirure la fit sursauter.

Keir gloussa et, relevant la tête, lui adressa un grand sourire arrogant.

Elle tapa sur son large poitrail.

— Vous vous jouez de moi !

— Pas du tout. Mais j'avoue espérer vous avoir suffisamment échauffé les sens pour que vous partagiez au moins ma frustration.

Il la redressa en position assise, sur ses genoux. La facilité avec laquelle il la manipulait ainsi, comme si elle ne pesait pas plus lourd qu'une plume, ne laissait pas de l'impressionner. Elle ne put réprimer un frisson d'admiration craintive.

Il lui caressa le dos, se méprenant sur la raison de ce tremblement.

— Avez-vous donc si peur de partager ma couche ?

Elle en mourait d'envie, au contraire !

Elle se mordit les lèvres, à la fois scandalisée et excitée par ses propres pensées. Il émit un grondement sourd, visiblement agacé par son silence. Puis il enfouit la tête contre son cou, qu'il se mit à bécoter tendrement.

Ce fut à ce moment que le carrosse s'arrêta.

Il émit un juron en gaélique.

— Je suppose que vous allez me laisser dans l'ignorance de la cause de ce brusque frisson ? insista-t-il.

— Est-ce si important que cela ? Vous êtes désormais certain de faire de moi votre femme.

Il s'assit sur la banquette opposée, son visage ayant repris une expression impénétrable.

— C'est important pour moi. Et je finirai aussi par savoir pourquoi vous avez pleuré hier soir, vous pouvez me croire.

La portière s'ouvrit. Helena était désolée de décevoir son promis, mais elle ne pouvait lui ouvrir son cœur. C'était la seule peur qu'elle avait : la peur de perdre ce qui n'appartenait qu'à elle.

Keir se renfrogna en voyant les traits de la jeune femme se refermer. Cependant, ses yeux brillèrent d'une lueur de défi.

— Très bien, Helena, dit-il. Continuez à vouloir me repousser si ça vous chante, mais je vous préviens que je tiendrai bon. Vous êtes mienne, désormais.

Les appartements de la reine

— Eh bien, te voilà sur le point d'épouser l'homme qui te faisait rougir, finalement, dit Raelin McKorey en souriant.

Helena devinait cependant que sa gaieté était forcée. Cela se voyait à son regard tendu. Comme l'Écossaise s'apprêtait à lui appliquer de nouveau un peu de poudre sur les joues, elle leva la main pour l'en empêcher.

— À moins que tu veuilles que je sois peinturlurée comme lors de notre première rencontre, écarte cette brosse, s'il te plaît.

Raelin hocha la tête, les yeux fixés sur les hématomes que sa tentative de maquillage n'avait guère réussi à masquer.

— Ton frère est un odieux personnage.

Elle n'avait pas cherché à baisser la voix. Catriona McAlister opina du chef.

— Peu m'importe que ce monsieur soit un futur comte. Plus jamais je ne lui accorderai la moindre danse, déclara-t-elle, avant de prendre un linge dont elle drapa les épaules de la jeune femme. Venez. Il faut vous habiller pour la cérémonie.

Helena n'avait cessé, depuis son enfance, d'entendre parler du mariage comme d'un événement prodigieux dans la vie d'une femme, si bien que se préparer au sien lui paraissait irréel, tant ces préliminaires étaient somme toute des plus prosaïques. Ainsi, après le maquillage, l'aida-t-on à ôter ses habits de ville, puis à enfiler une robe de soie bleue qui, en soi, n'avait rien d'extraordinaire. Modérément pourvue de dentelle et de plissés, elle était surtout remarquable par sa sobriété, et la jeune femme l'aurait volontiers portée en dehors de ces circonstances exceptionnelles. Mais c'était un cadeau de la reine, l'une des toilettes de Sa Majesté elle-même.

— Vous n'avez besoin de rien d'autre, Helena, lui certifia la souveraine qui suivait avec bienveillance tous ces préparatifs. Une promise ne devrait se prévaloir que de ses propres charmes. Et la nature vous a dotée d'un physique qui se suffit à lui-même.

— Merci, Votre Majesté.

Anne du Danemark, reine d'Écosse et d'Angleterre, lui sourit, avant de saisir une brosse en argent qu'elle apporta elle-même à Helena, ignorant les mains tendues de ses suivantes.

— Il faut détacher vos cheveux.

— Ah oui, fit Raelin en s'empressant d'ôter les épingles qui retenaient les boucles de la jeune femme.

La reine se mit à brosser lentement les cheveux d'Helena, les démêlant avec douceur. Cette dernière était un peu décontenancée d'être l'objet de l'attention des plus prestigieuses dames du royaume. Le temps passa ainsi à toute allure, et bientôt l'heure de la cérémonie arriva.

Le moment n'était plus aux doutes ni aux tergiversations. Non que la jeune femme souhaitât temporiser : comme toujours, elle n'avait d'autre choix que de suivre le cours d'une existence qui l'entraînait dans son mouvement.

Une partie d'elle-même, néanmoins, n'était pas fâchée de retrouver Keir devant l'autel. Le souvenir des caresses répugnantes que Ronchford lui avait imposées était comme une plaie brûlante dans sa mémoire, et elle se réjouissait de savoir que Keir la protégerait de telles humiliations.

Malheureusement, le guerrier avait aussi l'arrogance de la considérer comme sienne.

C'est ce sentiment d'orgueil qu'elle vit briller dans ses yeux quand elle pénétra dans la chapelle ordinairement réservée à la famille royale. Dès que le regard du farouche Écossais se posa sur elle, elle éprouva une sorte de choc dans tout son être, exactement comme lors de leur première rencontre dans la grande salle du palais.

Dans son pourpoint noir et son kilt, il avait fière allure. Il n'y avait aucun courtisan chamarré de brocart ou de soie damassée qui lui soit comparable. Et cela tenait à la noblesse intérieure de Keir, à sa grandeur d'âme.

Edmund l'attendait également près de l'autel, les traits composés en un masque inexpressif. La petite chapelle était pleine à craquer des hommes de son promis et de ceux de son frère, ainsi que d'un escadron de gardes royaux qui tenaient tout ce beau monde à l'œil. Une tension palpable imprégnait l'atmosphère. Celle-ci monta encore d'un cran quand Helena marcha vers son promis.

L'évêque qui devait diriger la cérémonie, et qui portait une chasuble blanche sur une aube noire, jetait des regards nerveux sur l'assistance. Le roi l'invita du geste à commencer. Il expédia les prières d'introduction dans un marmottement à peine audible, avant de convier les fiancés à prononcer leurs vœux de fidélité mutuelle.

Et, plus rapidement qu'elle ne l'aurait cru, Helena se retrouva mariée devant Dieu, le roi et les hommes.

La jeune femme soupira et prit une profonde inspiration, savourant ce moment d'intimité. S'éclipser de sa propre réception s'était révélé plus facile qu'elle ne l'avait craint. En réalité, ce mariage n'était pour les courtisans qu'une occasion de plus de jouer aux chassés-croisés des œillades et des flirts qui constituaient leur ordinaire. Peu leur importait le prétexte, du moment qu'il y avait de quoi danser, de quoi boire et la présence du couple royal. Helena parvint donc assez aisément à se faufiler dans une des galeries qui longeaient la grande salle pour y jouir de quelques minutes de tranquillité.

— Rien de bon ne sortira de cette alliance.

Edmund émergea d'une des alcôves. Il se déplaçait en silence, d'un pas souple et calculé.

— Suffit, Edmund. Les dés sont jetés.

Il secoua la tête en ricanant. Si habituée soit la jeune femme à ce rire rentré, il la mit une nouvelle fois mal à l'aise.

— J'ai dit que cela suffisait, Edmund. Cesse donc tes manigances ou choisis-toi une autre victime. Je suis mariée, désormais.

— Tu n'es rien du tout tant que l'union n'aura pas été consommée, lui rappela-t-il avant de claquer de la langue. Tss-tss... Tu as encore bien des choses à apprendre, ma chère sœurette.

Il se figea soudain, l'air sombre.

— À moins que l'Écossais t'ait troussée hier soir ?

Helena se sentit rougir.

— S'il l'avait fait, tu n'aurais à t'en prendre qu'à toi-même, Edmund. Ronchford est un animal. Comment as-tu pu me livrer à ce débauché ?

Elle ne put s'empêcher de laisser percer dans son ton la souffrance que cette trahison lui avait occasionnée. Elle n'avait pourtant pas ménagé ses efforts pour plaire à son frère.

— C'est un homme riche, qui tient dans sa main nombre de personnages influents qui lui doivent de l'argent ou des faveurs, répliqua Edmund avec un rictus hautain. Le mariage se résume à une question de pouvoir ; ce n'est pas une affaire de sentiments.

— M'as-tu vendue à Ronchford ? Comme tu m'as cédée à Keir McQuade lors d'une partie de cartes ?

Elle voulait le forcer à le dire tout haut, pour se délivrer des derniers vestiges d'affection qu'il pouvait encore lui inspirer.

— Évidemment, répondit-il sans ciller. J'avoue que j'ai été d'ailleurs quelque peu étonné que tu me permettes de conclure deux transactions aussi lucratives coup sur coup. Finalement, tu es plus intéressante que je ne l'avais supposé.

— Tu es un monstre, Edmund. Jamais plus je ne te considérerai comme mon frère.

— Et pourtant, c'est ce que je suis, sœurette, et tu serais malavisée de l'oublier, rétorqua-t-il, avant de jeter un coup d'œil autour de lui pour vérifier qu'ils étaient bien seuls. Pense à tes enfants. Quand ils viendront se présenter devant leur roi, ils auront besoin de leur oncle titré pour éviter les chausse-trappes de leurs rivaux.

La jeune femme eut un frémissement d'horreur. Elle n'aurait pu prétendre que le sujet ne la touchait pas. Sans appuis familiaux, il était impossible de réussir à la cour. C'était injuste, mais ainsi allait la vie.

— Bien, ronronna Edmund. Je vois que tu commences à te rendre compte qu'il n'est pas superflu de m'écouter.

Il se rapprocha d'elle.

— Refuse de consommer ton union, murmura-t-il.

— Avec l'homme que le roi m'a choisi ?

— Avec un barbare nanti d'un titre de théâtre qui ne cherche qu'à se servir de vos rejetons pour obtenir le rang qu'il n'a pas. Rejette-le, et je disposerai d'un argument de poids pour réclamer l'annulation. Le roi est un homme pragmatique ; il finira bien par entendre la voix de la raison. Et puis, ce ne sera pas la première union qu'il invalidera. Il faut que ta virginité puisse être constatée par la sage-femme.

Les bénéfices escomptés de cette machination faisaient briller les yeux de son frère. Son faciès déformé par la cupidité lui donnait la nausée.

— Je ne suis plus ta chose, Edmund, rétorqua-t-elle en redressant le menton. Tu m'as déjà vendue. Et par deux fois, qui plus est.

Il secoua la tête.

— Si tu te laisses obnubiler par ce qui te démange entre les cuisses, tu le regretteras jusqu'à la fin de tes jours, Helena. Tu es une aristocrate anglaise. Je peux te donner un mari bien plus haut placé que cet Écossais de malheur. Pense à tes enfants. Comment peux-tu accepter de gâcher ton sang bleu avec cet étalon de piètre lignage ?

Le cynisme de ces propos sidéra la jeune femme. La considérait-il donc, elle aussi, comme une jument reproductrice ?

— Je suis mariée, Edmund, répéta-t-elle, et je ne veux plus rien avoir à faire avec toi.

Sa main partit comme la tête d'un serpent pour se refermer sur le bras d'Helena. Mais à peine eut-elle le temps de sentir sa poigne qu'il était projeté comme un pantin sur le sol dallé.

— Ma femme a été suffisamment claire, me semble-t-il. Ne vous avisez plus de la toucher. Plus jamais.

Keir avait lancé cet avertissement sur un ton sans appel. Helena se tourna vers lui. Elle le savait puissant, elle avait perçu sa force, mais c'était seulement maintenant qu'elle mesurait à quel point il était redoutable.

— Vous croyez vraiment me faire peur, l'Écossais ? railla Edmund en se relevant. Je suis le comte de Kenton.

— Pas encore. Et s'il y a une justice en ce bas monde, vous ne le serez jamais. Je l'espère bien, en tout cas.

Un hoquet de stupeur s'échappa du seuil de la grande salle. C'était Catriona McAlister qui, à en juger par l'air effaré avec lequel elle se couvrait la bouche, avait clairement entendu les derniers mots de Keir. Et il était vrai que, sortis de leur contexte, ceux-ci sonnaient avec une violence indéniable.

— Vous avez du toupet pour me menacer de la sorte, l'Écossais, lança Edmund. Il existe des lois en Angleterre. Ne comptez pas me soutirer mon titre en épousant ma sœur.

Un garde royal se porta à la hauteur de Catriona en fronçant les sourcils. À voir la méfiance qui se lisait sur son visage quand il posa le regard sur Keir, Helena sentit son estomac se nouer. Edmund détenait beaucoup de pouvoir.

Beaucoup trop.

Keir ne monta pas dans le carrosse avec elle pour le trajet de retour. Il était néanmoins si proche de la voiture qu'elle avait l'impression de percevoir le poids de son regard à travers la vitre de la portière. En écartant le rideau, elle pouvait le voir chevaucher au milieu de ses hommes qu'il avait placés en formation défensive tout autour du carrosse. En d'autres circonstances, elle aurait été honorée de jouir d'une pareille escorte. Ce soir-là, cette précaution lui donnait seulement le sentiment d'être gardée comme un trésor.

Helena laissa échapper un reniflement maussade, bruit peu élégant qu'elle se moquait d'émettre dans la solitude du carrosse.

Avoue que la situation ne te déplaît pas tant que ça, au fond…

Elle eut un grognement presque amusé à cette pensée. La pointe de ses seins se mit à la chatouiller, sensation délicate qui se diffusa peu à peu le long de ses nerfs. Était-ce de la luxure ? Peut-être. Peu lui importait. Ses mamelons l'élançaient, à force d'être tendus contre les baleines de son corset. Elle passa un doigt dans une boucle de ses cheveux. Ceux-ci pendaient librement sur son épaule. Ne plus avoir d'épingles ni de coussinets dans sa coiffure lui procurait un sentiment de liberté qui la ravissait. Elle était persuadée de n'avoir jamais été aussi féminine.

La voiture s'arrêta et oscilla lentement sur ses suspensions, avant de s'immobiliser tout à fait. Le laquais vint ouvrir la portière, mais ce fut son mari qui lui offrit sa main pour l'aider à descendre du carrosse. Elle la prit, un peu intimidée par les hommes de son clan qui les observaient. Ceux-ci formaient le début d'une haie d'honneur qui partait de la voiture et que le personnel de la résidence de Keir poursuivait jusqu'au perron. Tous bombaient le torse avec fierté et s'inclinèrent profondément sur leur passage.

Elle fit honneur à l'éducation qu'elle avait reçue en passant devant eux sans commettre le moindre faux pas, la tête haute et le dos droit, malgré la sueur qui lui coulait dans le creux des reins et la tension qui lui nouait les entrailles.

La proximité physique de Keir l'aidait dans cette épreuve. En dépit de toutes les mauvaises raisons pour lesquelles il se trouvait aujourd'hui à la ramener chez lui, elle ne pouvait s'empêcher d'être heureuse d'avoir un tel homme à ses côtés.

Ce constat la troublait néanmoins. Car enfin, comment pouvait-elle éprouver la moindre joie d'avoir été gagnée à l'issue d'une partie de cartes ?

Elle jeta un coup d'œil discret à son époux.

Il semblait pour sa part comblé.

Il n'y avait pas d'autre mot pour décrire le sentiment qui se lisait sur son visage et qui semblait allumer comme une flamme dans ses prunelles sombres. Une étincelle jaillit en réponse au plus secret de la chair de la jeune femme, qui se transforma en onde de chaleur.

— Maîtresse...

— Voici Terri. Et, rassurez-vous, elle ne va pas vous conduire sous les combles, déclara Keir avec fierté.

Helena rougit : même si c'était Edmund qui s'était rendu coupable de l'indignité à laquelle son mari faisait allusion, l'ignominie de cet acte l'accablait.

— Par ici, maîtresse. Nous vous avons préparé un bain.

Keir ne relâcha pas sa main immédiatement. Il resserra au contraire les doigts, incitant la jeune femme à reporter son attention sur lui. Une promesse palpitait dans ses yeux.

Elle retira sa main, désireuse de se soustraire à ces nouvelles exigences auxquelles elle se trouvait soumise.

Ayant salué son époux d'une révérence, elle suivit la domestique, les yeux rivés au sol. Sans doute était-ce un peu lâche de sa part, mais elle n'en avait cure. Elle était trop lasse pour montrer plus de courage.

Cette lassitude n'avait pas de rapport avec la fatigue qui appelle le sommeil. Quoique consciente que ces noces mettaient un terme aux marchandages dont elle avait été l'objet, le processus la laissait vaguement écœurée.

8

— Voilà longtemps que je rêve de vous voir ainsi.

Helena s'immobilisa devant la coiffeuse, sa brosse à la main. La voix d'un homme n'aurait pas dû être capable de déclencher chez elle une telle excitation, se sermonna-t-elle. Il aurait mieux valu, pour son propre bien, qu'elle ne trouve pas le timbre rauque et viril de Keir aussi délectable ni, surtout, aussi *réconfortant*.

Il avait également pris un bain, comme en attestaient les reflets du feu de cheminée qui dansaient sur ses cheveux luisants. Il s'avança vers elle d'une démarche silencieuse. On n'entendait dans la chambre que le craquement des bûches et le hululement ténu du vent passant à travers la jointure des volets. C'était une pièce luxueuse, assurément, mais Helena n'avait d'yeux que pour l'homme qui allait la partager avec elle.

Le regard de Keir se posa sur ses cheveux. Secs et longuement brossés, ils retombaient sur l'une de ses épaules en buisson soyeux. Elle ne les avait jamais trouvés particulièrement remarquables. Les chevelures blondes ou rousses attiraient plus l'attention des hommes, habituellement. En fait, elle avait toujours estimé la couleur de la sienne trop sombre. Keir, toutefois, semblait l'apprécier. Le plaisir se lisait sur son visage. Il tendit la main pour enrouler une de ses boucles autour de son index.

— J'espère que vous avez renoncé pour de bon à tous les artifices qui déparaient votre beauté. Vous êtes bien plus jolie au naturel, sans toute cette poudre et cette peinture sur la figure. Ce qui m'attire chez vous, c'est ce que vous êtes, et non quelque image idéale inventée par la société.

C'était de loin le compliment le plus touchant qu'elle ait jamais reçu. Il ne comportait ni vers, ni comparaison aux déesses de la Grèce antique. Il était simple et Helena y crut – ce qui acheva de l'alarmer.

— Je suppose qu'il n'est pas plus mal que vous appréciiez la personne que vous avez épousée, releva-t-elle avec un brin d'ironie.

Il fronça les sourcils, mais ne répondit pas immédiatement. Sans piper mot, il se dirigea vers le lit pour aller déposer son épée contre le mur, la poignée en cuivre à portée de main depuis la couche. La jeune femme remarqua qu'il avait choisi le côté le plus proche de la porte, et en fut de nouveau émue. Personne, jusqu'alors, ne s'était interposé entre elle et le monde extérieur, du moins sans avoir auparavant été payé pour cela par son père.

Si Keir avait pris cette initiative, c'était de son propre chef, parce qu'il était ainsi.

Il avait remis sa chemise alors que sa peau était encore humide, si bien que le tissu était plaqué par endroits contre son dos, révélant le dessin de ses muscles. À ce spectacle, Helena fut parcourue d'une vague ardente qui ne devait rien à la chaleur dispensée par le feu de cheminée.

Comme Keir se retournait, il surprit son regard. Les doigts soudain gourds, elle préféra reposer la brosse pour ne pas risquer d'accroître son embarras en la laissant tomber.

— Je ne saurais vous reprocher cette réserve, même si je préférerais que vous m'accordiez enfin votre confiance.

— Ma confiance ? répéta-t-elle dans un souffle vibrant d'émotion contenue.

Elle aurait tellement aimé la lui accorder. Malheureusement, si elle s'y risquait, elle craignait de s'en repentir le jour où il la délaisserait pour entretenir une maîtresse. Car elle ne doutait pas qu'il finirait par la tromper. Il l'avait gagnée aux cartes, et sa valeur se résumait aux biens qu'elle lui rapporterait. Une fois qu'elle aurait donné un descendant au laird McQuade, elle ne représenterait plus grand-chose à ses yeux. Tel était le sort le plus courant des mariages conclus dans la noblesse…

Elle n'en souffrait pas moins en l'observant, debout près du lit où elle allait perdre sa virginité. Comme elle aurait aimé garder de lui l'image d'un preux chevalier ! La réalité anéantirait d'ici peu ce songe creux.

— Oui, ma chérie : fiez-vous à moi.

Il s'approcha en tendant la main vers elle. Elle l'esquiva avant qu'il ait pu la toucher. Il cilla de contrariété. Helena en conçut de l'agacement et se servit de sa colère pour réprimer les pulsions de sa chair.

— Je n'ai pas à vous accorder ma confiance, répliqua-t-elle en serrant les bras contre ses seins pour en cacher les pointes.

Désir et irritation se livraient un tel combat dans son esprit qu'elle craignait de devenir folle.

— La confiance est tout ce qu'il me reste, enchaîna-t-elle. Tout le monde me rappelle sans cesse à l'ordre et veut me dicter ma conduite. Mais la confiance, ça ne se donne pas sur commande, mon cher *mari*.

Elle prit une inspiration frémissante et refoula les larmes qui lui piquaient les paupières.

— Même si le roi m'a livrée à vous, ma confiance ne vous est pas acquise pour autant.

Elle força ensuite ses bras à retomber le long de son corps puis, saisissant le bas de sa chemise, la fit passer par-dessus sa tête. Elle sentit l'air nocturne la rafraîchir tandis que les flammes du foyer lui chauffaient le dos.

— La servante qui flirte avec le garçon d'étable est plus fortunée qu'elle ne saurait l'imaginer, car elle, au moins, a le choix, conclut-elle.

Les traits de Keir se tendirent. Un muscle se mit à tressaillir à l'angle de sa mâchoire.

La jeune femme redressa le menton. Elle n'avait pas peur de lui. Elle en avait simplement assez de se plier aux exigences des uns et des autres.

Les yeux de l'Écossais se rivèrent aux siens. Elle vit alors dans son regard qu'il se moquait de sa soumission et que, en fait, il voulait bien plus.

— Nous voici une nouvelle fois en désaccord, dit-il. La confiance, cela se donne bel et bien. C'est un don de soi.

— Une reddition, en un mot ?

Il s'efforçait manifestement de ne pas contempler son corps nu – en vain. La jeune femme était fascinée de le voir incapable de résister à ses propres pulsions. En un sens, cela indiquait l'existence d'un pouvoir qu'elle ignorait détenir. Une possibilité ténue mais réelle de réduire un tant soit peu le guerrier à sa merci.

— Une reddition, peut-être, mais pas une défaite. Au départ, ce n'était pas dans l'intention de vous gagner au jeu que je suis allé débusquer votre frère dans le tripot où il avait ses quartiers. Je désirais plutôt lui faire passer le goût de vous molester. Et puis, l'occasion s'est présentée non pas tant de vous gagner, Helena, que d'obtenir notre union. Cette victoire nous est commune et c'est bien son enjeu que nous avons poursuivi ensemble depuis le début, sans oser nous le dire. Et maintenant nous voici enfin ensemble, animés l'un et l'autre du même désir – car je vois dans vos yeux un feu semblable à celui qui court dans mes veines.

Après tous les subterfuges et les tromperies de la cour, la sincérité de Keir ranimait en effet dans le cœur de la jeune femme l'élan qui, indéniablement, l'avait portée vers lui dès leur première rencontre. Elle s'en voulut aussitôt de l'âpreté qu'elle lui avait opposée depuis son entrée dans la chambre. Elle avait envie de lui, et pouvait désormais satisfaire cette envie : à quoi bon s'embarrasser de scrupules, au risque de les blesser tous deux ?

Keir la scrutait d'un œil ombrageux où se devinaient non seulement de la déception mais aussi une peine qui touchait Helena et l'attristait en retour.

— Je ne voulais pas vous vexer, Keir. Ni vous repousser.

Le muscle sur la mâchoire de l'Écossais se remit à tressauter. Les yeux fixés sur ce petit point palpitant, Helena recouvrit d'un bras sa poitrine nue. Elle se sentait vulnérable, maintenant qu'elle avait plus ou moins avoué que l'attirance de Keir envers elle était réciproque.

Il lui prit sa main libre et la serra dans sa paume massive.

— Non, grommela-t-il, c'est moi qui m'y prends très mal. Je me comporte avec vous comme un jeunot, au lieu de vous montrer la voie.

Il porta la main de la jeune femme à ses lèvres et, la retournant, déposa un baiser sur l'intérieur délicat de son poignet, qu'il se mit ensuite à mordiller doucement.

Helena laissa échapper un petit hoquet de stupeur étranglé et secoua le bras, mue par un réflexe qui n'avait rien à voir avec le besoin de se libérer, mais provenait de l'excès de sensations que cette simple caresse provoquait chez elle.

Keir émit un rire bas qui résonna profondément dans sa poitrine.

— Je constate en effet que je ne vous suis pas indifférent, murmura-t-il tout en frottant du pouce l'endroit qu'il venait d'embrasser. Je vous sens encore un peu mal à l'aise, bien sûr, mais ce trouble même me ravit car il témoigne de votre pureté. C'est là un cadeau précieux devant lequel je m'incline, Helena, n'en doutez pas un instant.

Il était sincère. Son ton aussi tendre que déterminé le prouvait. Elle se laissa bercer par cette voix aux inflexions si douces et si fermes à la fois : c'était celle qu'elle prêtait au chevalier de ses rêves.

— Je vous promets de passer plus de temps à vous courtiser, Helena.

Il la souleva de terre, lui arrachant un nouveau hoquet de surprise.

— Pourquoi me portez-vous ? Je ne tente pas de me soustraire à mon devoir.

— Parce que j'aime vous avoir dans mes bras, répondit-il en la déposant au centre du lit, le regard pétillant. Mais l'idée de vous courir après est intéressante aussi, je l'avoue. Je crois en fait que j'adorerais vous pourchasser.

On aurait cru un petit garçon – un petit garçon espiègle et malicieux.

— Je suis rapide, le prévint-elle.

— Moi aussi, mais je dois reconnaître que j'aurais sans doute tendance à ralentir, juste assez pour avoir le plaisir de rester derrière vous… si du moins vous comptiez vous enfuir dans cette tenue, répliqua-t-il en reluquant sans vergogne ses formes dénudées.

— Cessez de vous moquer.

Elle voulut tirer à elle les couvertures repoussées sur le côté du matelas mais son mari, par jeu, s'étendit dessus de tout son long. Se sentant exposée, elle replia les genoux pour masquer sa poitrine.

— Non, Helena, je vous en prie. Vous êtes trop belle pour vous cacher.

S'étant rassis, il glissa les doigts dans l'encolure de sa chemise qui était à moitié délacée et fit passer le vêtement par-dessus sa tête d'un mouvement fluide.

Découvrir son torse fit oublier à la jeune femme sa propre pudeur. Le guerrier était littéralement bardé de muscles. Ses pectoraux saillaient sur sa large poitrine, que recouvrait une toison de poils bruns descendant jusqu'à la limite de son kilt. Il avait débouclé la ceinture de ce dernier, mais elle lui ceignait encore la taille. Il l'avait gardé pour ne pas l'effaroucher, devina-t-elle.

Qu'il éprouve ainsi le besoin de la ménager l'agaçait. Elle se rendit compte qu'en fait elle n'avait pas envie de se laisser posséder sans réagir. Des fantasmes tournaient dans son esprit, éveillant des pulsions sourdes. Keir l'observait en silence de ses prunelles sombres. Il semblait calme, mais serrait dans son poing les couvertures près de lui.

— Continuez, souffla-t-elle d'une voix rauque.

Il eut un haussement de sourcils. La jeune femme s'assit à son tour en prenant appui sur ses mains, exposant ainsi ses seins.

— Je ne suis pas peureuse.

— Je n'ai jamais pensé que vous l'étiez, assura-t-il, les traits durs. Mais il n'y a aucune raison de nous presser non plus.

— Si vous êtes si détendu, pourquoi étreignez-vous ainsi les couvertures ? s'enquit-elle.

Il resserra encore plus sa prise sur celles-ci.

— Je préfère rentrer mes griffes… pour l'instant.

Helena s'esclaffa.

Keir ne parut pas prendre ombrage de cette réaction. Il avait juste l'air étonné – étonné et perplexe.

Elle haussa les épaules.

— Vous êtes un homme, pas un fauve.

— Je suis écossais, ma belle, rétorqua-t-il.

Son timbre était devenu plus grave, et son accent plus marqué. Ce fut le seul avertissement auquel eut droit la jeune femme. Une montagne de muscles bondit aussitôt sur elle et la plaqua contre le matelas.

— Nous autres, Écossais, sommes un peu plus… physiques que les Anglais.

— Je… vois… ça.

Elle tournait la tête d'un côté et de l'autre, effarée par le contact de leurs peaux nues. La poitrine de Keir pesait sur la sienne. Il supportait cependant la majeure partie de sa propre masse sur ses coudes, ne lui imposant que la pression suffisante pour affoler ses sens.

— J'espérais être capable de prendre le temps de vous le démontrer. Pas à pas, chuchota-t-il tout en lui bécotant le cou.

Elle frémit.

— Mais je suis un être égoïste, reprit-il. Et impatient, qui plus est.

— Comment ça ?

Les propos de son mari la désorientaient. À vrai dire, elle aurait préféré ne pas parler du tout. Elle riva son regard au sien.

— Je veux que vous me touchiez, dit-il. Je patienterai la nuit durant s'il le faut, mais j'aimerais que vous posiez la main sur moi, comme dans le carrosse.

Aussitôt, les bras d'Helena se levèrent. Ce ne fut pas vraiment elle qui leur commanda ce mouvement : son corps semblait agir comme s'il était mû d'une volonté propre. Keir plissa les yeux de contentement et, tandis qu'elle lui caressait les épaules, elle vit un plaisir sans mélange se peindre sur son visage.

— Vous m'aviez embrassée auparavant, ne put-elle s'empêcher de lui rappeler.

— Certes, mais cela aurait été trop facile, répliqua-t-il sur le ton de la plaisanterie.

Son regard démentait toutefois la légèreté de ses propos. Helena y lisait une passion brûlante, à laquelle répondait dans son ventre une faim tout aussi ardente.

— En effet, admit-elle, la bouche sèche.

Elle s'humecta les lèvres et suspendit son geste en voyant les yeux de son mari suivre le mouvement de sa langue.

— Recommencez, demanda-t-il d'une voix frémissante, comme si son sang-froid était mis à rude épreuve. Ou plutôt, non : laissez-moi faire.

Il se pencha, et la jeune femme eut alors l'impression d'avoir attendu ce baiser depuis toujours – depuis le moment, en fait, où le carrosse s'était arrêté devant le palais royal.

Il ne la déçut pas.

Les lèvres de Keir taquinèrent les siennes, la pointe de sa langue effleurant sa lèvre inférieure. Une onde délectable parcourut le corps de la jeune femme, achevant de rallumer le désir qui couvait en elle. Un élan irrépressible faisait écho dans sa chair à la caresse de son époux. Les poils de son torse chatouillaient délicieusement sa poitrine, et elle ne put s'empêcher de remarquer combien ses pectoraux étaient durs contre ses rondeurs moelleuses qu'ils comprimaient légèrement. La sensation était si stimulante qu'elle se mit à se frotter doucement contre le torse de Keir.

Un long grondement monta de la gorge de ce dernier, et leur baiser se fit plus intense, plus profond, la langue de Keir s'insinuant entre ses lèvres à la rencontre de la sienne. À ce contact intime, un frisson secoua la jeune femme qui émit un râle sourd.

La peau de son mari rayonnait de chaleur, et la sienne aussi. Alors même que la cheminée se trouvait à l'autre bout de la pièce, Helena était indifférente à la fraîcheur nocturne. Son épiderme crépitait de tout un brasier de sensations d'une intensité extraordinaire. La laine du kilt se froissait entre leurs cuisses. Le tissu du vêtement lui faisait l'effet d'une râpe. Elle leva une jambe pour s'en libérer. Keir la saisit pour la hisser encore plus haut, et écarta les cuisses de la jeune femme afin d'y insérer la largeur de ses hanches. Cette dernière accueillit contre elle sa silhouette massive.

Il ne s'empressa pas de la pénétrer pour autant. Il entreprit de caresser lentement de la paume l'intérieur de ses jambes, de plus en plus près des plis de son intimité. Juste sous son mont de Vénus, un point commença à palpiter, à l'élancer de désir, à réclamer le contact de ses doigts.

— Vous avez des seins magnifiques, dit-il, avant de déposer de tendres baisers sur son cou ainsi qu'à la naissance de sa poitrine. Je suis franchement ravi que nous soyons mariés, car j'ai déjà passé bien trop de temps à rêver de sucer ces adorables mamelons.

Il souffla doucement sur la pointe d'un sein, et Helena se raidit. Puis il prit la rondeur dans le creux de sa main et en flatta le galbe. Quand enfin ses lèvres se fermèrent sur son extrémité, la jeune femme ne put contenir un gémissement de volupté. La bouche de Keir la brûlait… ce qui ne l'empêchait pas d'arquer les reins pour presser sa poitrine contre ses lèvres !

Il ne se fit pas prier pour prendre le mamelon encore plus profondément en bouche. Comme il le suçait goulûment, la chaleur qui dévorait Helena de l'intérieur s'attisa. Une soif torride s'accumulait au creux de son intimité, lui donnant conscience du vide quasi insoutenable qui se creusait en elle. Le besoin d'être comblée allait la rendre folle ! Le tissu du kilt, qui la séparait de l'objet de sa convoitise, ne laissait pas de l'irriter. Elle gigotait pour l'écarter. À la fin, elle glissa une main impatiente entre leurs ventres et se mit à tirer sur la laine du vêtement avec férocité.

— Je vois que nous nous comprenons, constata son mari. Et cela ne fait que commencer...

Sa voix était lourde de promesses. Se redressant au-dessus d'Helena, il se débarrassa de son kilt d'un geste sec et, sans laisser le temps à la jeune femme d'apercevoir sa nudité, la couvrit de nouveau pour s'installer entre ses jambes ouvertes.

Avide de son contact, elle fit courir des doigts fébriles sur ses bras et sur les méplats musculeux dont seuls ses yeux s'étaient régalés jusqu'alors. Pouvoir les palper était mille fois plus agréable. En réalité, il n'était pas un instant de cette rencontre charnelle qui ne soit une fête pour les sens d'Helena. Ses pensées se retiraient pour céder les commandes au toucher, à l'odorat, aux émotions. Levant la tête, elle embrassa à son tour le cou de Keir, pressant sa bouche contre la colonne soyeuse pour mieux en absorber la tiédeur et le parfum si singulièrement viril.

Un soupir bas résonna dans la poitrine du guerrier. Enhardie par cette réaction, elle s'arc-bouta pour lui bécoter le menton. Poussée par le besoin effréné de l'embrasser, elle ne voulait plus rester passive sous ses caresses. Elle ne voulait plus seulement recevoir du plaisir, mais également en donner.

Keir demeura immobile tandis qu'elle orientait ses lèvres vers les siennes. Il ne prit pas non plus l'initiative du baiser, se contentant d'accompagner les mouvements de sa bouche.

Comme Helena agrippait le haut de ses épaules pour prolonger cette caresse, il roula sur le côté, l'entraînant avec lui. Le lit était assez large pour qu'il opère un renversement complet de situation et qu'elle se retrouve juchée sur lui.

Il plongea la main dans sa chevelure dont il écarta les mèches entre ses doigts, avant de refermer le poing dessus. De petites étincelles de douleur fusèrent dans le cuir chevelu de la jeune femme et se mélangèrent au désir qui pulsait dans ses veines, accroissant encore l'intensité de ses sensations.

— Embrassez-moi, Helena.

Bien que ce soit un ordre, dans les yeux de Keir se lisait également une supplique. C'était un homme fier, mais pas un homme arrogant.

— Embrassez-moi parce que c'est ce que vous voulez aussi.

Elle posa un doigt sur ses lèvres. Il tressaillit, le frémissement se propageant le long de son corps jusque dans celui de la jeune femme. Sa main gauche quitta alors la taille de cette dernière pour se poser sur ses fesses. Un éclair de contentement viril étincela dans ses prunelles.

Personne n'avait jamais touché Helena à cet endroit.

Son époux resserra sa prise sur son derrière avant de flatter lentement chacune de ses fesses, sans la quitter des yeux. Son expression n'avait cependant rien de possessif, comme elle aurait pu le craindre. Le regard dont il la couvait semblait plutôt interrogateur, et la question informulée qu'il posait entre ses paupières mi-closes lui fit monter le rouge aux joues.

Il pouffa en voyant cette réaction et plaqua un baiser sur l'index qu'elle pressait toujours contre sa bouche. Il arborait maintenant un air entendu qui irrita la jeune femme : elle était tellement ignorante de son propre corps.

Mais il n'était pas trop tard pour apprendre.

Se penchant vers son mari, elle l'embrassa à son tour, mais d'un baiser qui n'avait rien d'hésitant. La tête de Keir serrée entre ses mains, elle positionna son visage de sorte que leurs bouches s'accolent l'une à l'autre. Le guerrier, toutefois, en avait également terminé d'être docile et, portant ses lèvres à la rencontre de celles de la jeune femme, en força le passage pour y insérer la langue. Helena frissonna, et le point brûlant entre ses cuisses se mit à palpiter plus fort encore. Comme sa bouche, il demandait à être comblé, mais par une chair autrement plus ferme.

Keir la fit basculer une nouvelle fois et se réinstalla entre ses jambes. La jeune femme était extrêmement consciente de son intimité, mais elle n'éprouvait aucune humiliation à être ainsi offerte, ni même la moindre pudeur : seulement le besoin d'être au plus proche de son époux.

Celui-ci passa la paume sur l'intérieur de ses cuisses, achevant de les ouvrir pour permettre à ses doigts de remonter jusqu'au centre moite de sa féminité.

Elle poussa un cri inarticulé, incapable de traduire en mots l'afflux de sensations qui la submergeait. Son cœur battait à tout rompre et sa respiration s'accélérait pour suivre le rythme de son sang. Le premier contact des doigts de Keir lui fit creuser le dos et s'arc-bouter au-dessus du matelas. Elle agrippa ses épaules.

Mais il n'en avait pas terminé avec elle, loin de là. Ses doigts se remirent à taquiner son ouverture de petits effleurements qui déclenchèrent en elle des spasmes de volupté. Elle ferma les paupières pour mieux se concentrer sur les caresses que lui prodiguait son mari. Le bruit de son pouls affolé lui emplissait les oreilles. La peau de Keir irradiait d'une chaleur intense.

Il découvrit le noyau de désir qui vibrait sous son mont de Vénus. Elle écarquilla les yeux en sentant l'un de ses larges doigts se poser sur ce bouton sensible. La tension altérait les traits du guerrier, lui donnant un air vorace qui fascinait et impressionnait Helena tout à la fois.

— Hmm, vous mettez ma résistance à rude épreuve, ma douce. Mais je vous promets de ne pas vous faire de mal en voulant précipiter le mouvement.

— Je suis vierge, lui rappela-t-elle. Je vais de toute façon avoir mal. Je n'ai pas peur.

Oh non, elle n'avait pas peur. Elle tremblait au contraire d'un désir bouillonnant et presque douloureux, qui l'incita à presser son ventre contre la main de Keir. Il répondit en accentuant la pression de son doigt. Le plaisir fusa dans la chair de la jeune femme, si vif qu'elle en eut le vertige.

— Soit, mais je tiens à gagner votre confiance, et ce n'est pas en m'appropriant d'emblée ce que l'Église m'a accordé que je la mériterai, répliqua-t-il tout en massant son clitoris, en une caresse lente et circulaire qui l'amena au bord de la folie. Je vais d'abord vous montrer les délices que le mariage peut apporter.

— Je ne comprends pas…

Elle s'interrompit en fermant de nouveau les paupières : le plaisir que lui procuraient les doigts de Keir accaparait toute son attention. Ses hanches bondissaient à la rencontre de cette volupté, en des sursauts presque incontrôlables.

Elle essayait d'attirer son époux contre elle, dans un effort désespéré pour être au plus proche de lui, pour se fondre dans l'extase qui la torturait quand soudain, la tension accumulée en elle se libéra en une explosion qui la prit par surprise et lui arracha un cri, encore plus fort que le précédent. La déflagration se transforma en un maelström de jouissance qui remonta de son intimité pour se déployer dans son ventre. Elle eut l'impression que le temps s'arrêtait, comme suspendu au-dessus d'un gouffre de plaisir.

— Maintenant, vous comprenez, chuchota Keir en déposant un tendre baiser sur ses lèvres.

Helena en eut les yeux mouillés de larmes. Puis elle perçut la chaleur rude de la main de son mari sur ses seins, dont il prit les rondeurs dans ses paumes avant d'en pincer doucement la pointe entre ses doigts.

Elle sentait aussi sa virilité qui frémissait à l'entrée de son intimité, sa tête dure déjà à moitié insérée entre ses plis gonflés. Comme elle était tout humide de volupté, il n'eut pas à forcer le passage. Mais l'intérieur de la jeune femme était étroit, et ses parois resserrées. Elle était cependant détendue, ce qui permit à son époux de s'enfoncer un peu plus en elle. Alors une sensation de brûlure la transperça. Elle s'agrippa une nouvelle fois aux épaules de Keir tandis que, malgré elle, ses reins tentaient de la soustraire à l'invasion.

Son mari la tint fermement contre lui. Elle aspira une goulée d'air quand il se retira et émit un soupir entre ses dents quand il se réintroduisit précautionneusement en elle. Cette fois-ci, il poussa un peu plus profond encore. Pendant un moment, elle n'éprouva que douleur – une souffrance aiguë, qui lui donna envie de fuir.

— Du calme, chut…

Ce n'était qu'un murmure contre son oreille, un chuchotis mêlé aux baisers que Keir déposait sur ses tempes. Et la douleur disparut aussi vite qu'elle était venue. Elle hoqueta pour reprendre sa respiration.

Des larmes coulèrent sur son visage. Elle releva les paupières et vit l'expression inquiète de son mari. Une émotion indicible hantait son regard. Puis elle se rendit compte qu'elle lui avait planté les ongles dans les épaules et les retira avec horreur : il saignait.

— Je suis désolée.

— Moi pas, répondit-il d'une voix vacillante. Griffez-moi encore, si vous voulez.

Il creusa le ventre et se retira un instant de la jeune femme.

— Ne craignez rien. N'ayez honte de rien. Nous sommes ensemble.

Les yeux étincelants, il s'enfonça en elle avec vigueur. Elle l'accueillit avec une simple sensation d'irritation passagère. Se conformant à son souhait, elle replanta ses ongles dans les muscles épais de ses épaules. Trop d'émotions l'agitaient pour qu'elle puisse rester tranquille, si bien qu'elle cambra encore une fois le dos pour presser plus étroitement son ventre contre celui de Keir.

Il gronda sourdement.

— Ne me cédez jamais, Helena. Jamais.

Elle répondit en accentuant d'un coup de reins sa poussée suivante. Sa lance de chair, dure et grosse, comblait le manque qui la taraudait depuis l'instant où ils s'étaient rencontrés. Cela n'avait peut-être rien d'élevé ni de délicat, mais c'était la vérité. C'était ainsi et pas autrement qu'elle désirait Keir : au fond d'elle-même. Elle avait le souffle court et rauque ; lui aussi. Elle le serra contre elle pour essayer de garder prise sur lui et le retenir en elle. Tout ce qu'elle désirait, c'était s'immerger dans ce sentiment de plénitude, dans le contentement de son corps, dans le doux glissement de leurs intimités l'une en l'autre, l'une contre l'autre.

Le plaisir la ravit de nouveau. Cette fois-ci, il diffusait depuis tout l'intérieur de sa féminité. Elle se raidit pour mieux s'empaler sur le membre de Keir. Un gémissement s'échappa de ses lèvres, puis un autre. La jouissance jaillit, se propulsant jusque dans les moindres parcelles de son corps avec une puissance qui l'effara. Elle se tortilla sous cette vague de sensations comme si le feu avait été soudain mis au matelas.

Au-dessus d'elle, Keir étouffa un cri avant de s'immobiliser brusquement. Une saccade brûlante pulsa alors en elle, achevant de la combler. Un contentement inouï la submergea. Elle s'effondra, les membres rompus.

La volupté la quitta lentement, telle une marée descendante, tandis que Keir se redressait sur les coudes pour la soulager de son poids. La poitrine du guerrier était soulevée de lourdes inspirations qui sifflaient entre ses dents.

Il releva la tête, révélant une expression qui toucha Helena au cœur, tant elle était pétrie d'admiration et de reconnaissance à la fois. Puis ses yeux tombèrent sur les larmes de la jeune femme, et une ride soucieuse lui barra le front.

— Tes pleurs me mettent à genoux, ma chérie. Arrête, je t'en prie. Tu auras moins mal la prochaine fois, je te le jure.

Il roula sur le côté. Elle frissonna, malheureuse d'être privée de sa présence en elle.

— Je comprends... balbutia-t-elle.

En fait, elle ne saisissait pas la raison pour laquelle elle éprouvait un tel sentiment d'abandon.

Mais Keir ne lui permit pas de s'appesantir sur cette singulière émotion. Il sortit du lit. Le feu de la cheminée, qui n'était plus que braises, le nimbait d'une aura rougeoyante. Il ramassa son kilt tandis que la jeune femme séchait ses larmes.

Et voilà, songea-t-elle, il en a terminé avec moi...

Il revint néanmoins se coucher près d'elle, du côté où il avait posé son épée contre le mur. Allongé sur le dos, il glissa un bras sous la taille d'Helena et, la rapprochant de lui, se mit à embrasser la trace des larmes sur son visage.

— C'est toujours moi qui dormirai le plus près de la porte, la prévint-il, avant d'appuyer la joue de la jeune femme contre son torse.

La rumeur de son cœur résonna aux oreilles d'Helena. Elle soupira. Le parfum de la peau de son époux lui apportait une sérénité qui se mua tranquillement en un sommeil aussi profond qu'insouciant. Il n'y avait plus qu'une réalité perceptible : son étreinte.

Plus rien d'autre ne comptait.

Keir ne s'endormit pas tout de suite. Il était trop fasciné par la femme qu'il tenait dans ses bras, par le doux friselis de son haleine sur son torse, le battement calme et régulier de son cœur – par une myriade de petits détails prosaïques qu'il n'avait jamais remarqués en compagnie de ses précédentes partenaires.

Tout en caressant l'épaule soyeuse de son épouse, il ferma peu à peu les paupières. Et, la nuit durant, il ne cessa de la suivre d'un bord du lit à l'autre. Chaque fois qu'elle cherchait à se libérer de son étreinte, il la ramenait tendrement contre lui. Si bien qu'à l'aube, quoique fatigué, il n'en éprouva pas moins une forme de paix qu'il n'avait plus ressentie depuis la disparition de sa mère.

Et encore était-ce mal définir cette sensation, car il aurait été prêt à tuer quiconque aurait essayé de lui prendre Helena.

Elle était sienne.

9

Helena se réveilla courbaturée.

Elle leva les yeux vers le baldaquin du lit, désorientée par le contraste qu'offrait son riche brocart avec le souvenir qu'elle avait gardé du plafond mansardé de son ancienne chambre sous les combles.

Elle se redressa, et les couvertures tombèrent autour de sa taille. La fraîcheur matinale lui mordit la poitrine et la pointe de ses seins se tendit aussitôt. Elle baissa les yeux, éberluée par la vision de ses mamelons que les premières lueurs du jour teintaient de nuances corallines.

— Ah, ce n'est pas une très bonne idée, ça, Helena…

Le lit bougea, et deux bras masculins vinrent remonter les couvertures sur son buste.

Elle retrouva aussitôt la mémoire… avant de se figer en voyant les volets, jusqu'alors entrebâillés, s'ouvrir en grand. La jeune chambrière acheva de repousser les panneaux de bois et les fixa de part et d'autre de l'embrasure. Se retournant vers le couple, elle remarqua qu'Helena ne dormait plus et lui adressa une révérence.

Mais le pire était encore à venir : tournant la tête vers la porte, elle avisa plusieurs des hommes de Keir sur le seuil de la pièce.

— Je suppose que tu n'es pas habituée à te réveiller dans le plus simple appareil, commenta son époux que sa propre nudité ne semblait nullement gêner.

La soulevant dans ses bras avec les couvertures, il la porta hors du lit tandis que ses hommes s'approchaient pour inspecter le drap.

Évidemment…

C'était une tradition si ancienne que son origine se perdait dans la nuit des temps.

Des traces sombres maculaient l'étendue crème du tissu. La jeune femme se sentit rougir, même si ces taches étaient exactement ce qu'elle souhaitait voir ce matin-là sur sa couche.

La bonne retira le drap, qu'un des guerriers de Keir lui prit aussitôt des mains.

— Laissez-moi ça, ma petite, lui dit-il. On va le rapporter à la maison, à Red Stone. Sa place est à la fenêtre de la chambre des maîtres.

À la maison… À Red Stone…

Helena n'avait pas vraiment songé à cela non plus. Elle eut la chair de poule. Très bientôt, elle serait complètement dépendante de son mari. Il était laird ; nul n'oserait lui tenir tête là-bas.

Exactement comme Edmund…

Ce rapprochement spontané entre son frère et Keir lui déplut. Néanmoins, elle ne pouvait nier que les similitudes étaient frappantes.

— Le roi s'attend que nous chassions avec lui aujourd'hui, lui annonça son époux.

Les hommes de ce dernier affichaient un large sourire. Plusieurs paraissaient également soulagés. Ils tirèrent sur leur béret, avant de quitter la chambre.

Dès qu'ils furent sortis, Helena repoussa le torse de Keir. Ce dernier ramena son attention vers elle et la considéra avec une lueur dans le regard indiquant qu'il n'avait aucun désir de la relâcher.

Il ne l'en reposa pas moins sur le plancher.

— Tu n'as pas à te formaliser de cette inspection, lui dit-il.

— Je ne m'en formalise pas, répliqua-t-elle avec peut-être un peu trop de vivacité.

Ne souhaitant pas entamer une discussion avec lui, elle alla récupérer sa chemise devant la cheminée et l'enfila par-dessus sa tête.

— Cela ne te dérange pas trop qu'aucun membre de ta famille n'ait été présent ce matin ? De toute façon, ton frère ne serait sans doute pas venu, même si j'avais permis à mes hommes de le laisser entrer – ce que, pour être franc avec toi, je n'ai pas fait.

— Tu as ordonné qu'on interdise à Edmund d'entrer ?

— Oui.

Et son ton laissait clairement entendre qu'il n'en concevait aucun remords.

Même si elle ne pouvait le lui reprocher, cela lui donnait le sentiment d'être soudain très seule – et très vulnérable aussi. Certes, le drap était taché, ce qui prouvait sa virginité ainsi que la consommation de leur union, mais les seuls à en avoir été témoins étaient les fidèles guerriers de son mari. Et quoique, jusqu'alors, celui-ci ne lui ait donné aucune raison de se méfier de lui, le sentiment de solitude qui l'accablait n'en était pas allégé pour autant.

— Cela te chagrine vraiment ? Je te rappelle que je l'ai envoyé au tapis hier, reprit Keir, qui, entre-temps, s'était complètement rhabillé.

La taille prise dans l'épais ceinturon de cuir qui retenait les plis impeccables de son kilt, il offrait un spectacle impressionnant, le manque de raffinement de sa tenue – selon les normes de la cour, en tout cas – achevant de lui conférer une aura de force imposante.

Il s'avança vers la jeune femme, qui sentit immédiatement son ventre se nouer. C'était un pur réflexe de son corps à la proximité de Keir, un élan de sa chair qu'elle ne pouvait maîtriser, après la nuit de plaisir qu'ils venaient de partager.

— Peut-être cela lui apprendra-t-il à avoir la main plus légère, maintenant qu'il sait ce qu'il en coûte d'affronter plus fort que soi, ajouta-t-il en caressant doucement la joue de la jeune femme, qui portait encore les traces des coups de son frère.

— J'en doute, répliqua-t-elle. Edmund n'écoute que lui-même. Et j'ai même l'impression qu'il est devenu encore plus arrogant depuis que notre père est malade. Plus personne n'est là pour le rappeler à un peu d'humilité.

— Sauf le roi.

Helena s'éloigna. Sa robe était étendue sur une table mais, comme son corset se laçait dans le dos, elle était incapable de s'en revêtir toute seule.

— Le roi cherche avant tout à maintenir la paix parmi sa cour, lui rappela-t-elle.

— Toi, en tout cas, tu n'auras plus à te soumettre à ton frère.

En effet, puisqu'elle serait en Écosse…

Non que ce pays lui déplût. Elle était même assez curieuse de le découvrir. Elle ne pouvait toutefois se défaire du sentiment de solitude qui persistait à lui étreindre le cœur. Sa vie entière avait été jusqu'à présent consacrée à la cour. Maintenant qu'elle s'apprêtait à la quitter, elle ne savait plus trop que faire de son existence.

La porte s'ouvrit de nouveau, livrant passage à la domestique que suivaient deux hommes de Keir portant une malle. Helena reconnut celle-ci dans l'instant et ne put s'empêcher de sourire à la vue de ce meuble familier.

— Edmund vous a confié mes affaires ?

Elle alla passer la main sur le couvercle en bois du coffre. L'un des deux guerriers écossais tira sur son béret, avant de lui adresser un grand sourire ironique.

— Sa gouvernante, corrigea-t-il. J'ignore ce que votre frère a pu en penser, étant donné que nous ne le lui avons pas demandé.

Un léger bruit ramena l'attention de la jeune femme vers leur chef qui, d'un bref signe de tête, leur signifia leur congé. Ils saluèrent et ressortirent de la pièce, la bonne sur leurs talons, laissant Helena de nouveau seule avec son mari.

— J'espère que tu es contente de retrouver tes biens, lui dit-il. S'il te manque quoi que ce soit, je me ferai un plaisir de te l'acheter.

De l'incertitude se lisait dans ses yeux. La jeune femme le dévisagea. Le coffre était une forme de cadeau et, en un sens, une réponse à son propre désir de nouer avec son époux une relation au moins amicale.

Elle pencha la tête de côté et soupira.

— Eh bien, répondit-elle sur un ton faussement candide, j'aurais bien envie de ces très gros rouleaux capillaires qui font fureur en ce moment au palais royal…

Il fronça d'abord les sourcils puis, comprenant la plaisanterie, afficha un air espiègle.

— Tout bien réfléchi, énonça-t-il, je crois que je te préfère telle que tu es : en simple chemise.

— Tu voudrais que je me présente devant le roi en vêtement de nuit ? rétorqua-t-elle en ouvrant de grands yeux. Je dois certes obéissance à mon mari, mais…

Keir se rembrunit. Il ne s'était pas rasé et son menton était couvert d'une ombre brune qui lui donnait l'air encore plus dur.

Il attrapa la chemise d'Helena dans son poing et la tira vers lui. La jeune femme tomba en avant et rétablit son équilibre en posant les mains sur le torse du guerrier. Un frisson d'excitation la parcourut quand elle huma l'odeur de sa peau tiède. Tout en lui respirait la force et la virilité. Sa proximité suffisait à lui rappeler qu'elle était femme, conçue par la nature pour l'accueillir en elle. Une telle pensée lui jetait du feu dans les veines.

— Je serais curieux de savoir jusqu'à quel point tu te montrerais obéissante envers moi… en privé.

— Je croyais que tu me préférais hardie plutôt que soumise.

Tout en prononçant ces mots, elle se mit à palper les pectoraux de son époux et à presser son ventre contre le sien. Cela ne lui était pas encore très aisé : son éducation ne l'avait pas préparée à cette danse de la séduction, et ses reins avaient spontanément tendance à s'arquer pour éviter tout contact. Elle obligea néanmoins son corps à rester tranquille.

Keir passa la main dans ses cheveux dénoués.

— Il est indéniable que tu apprends vite à me plaire, admit-il avant de plaquer ses lèvres contre les siennes.

Ce fut un baiser âpre et vibrant de désir. Le guerrier chercha d'emblée à franchir le barrage de ses lèvres en lui maintenant la tête à deux mains. Elle répondit à son assaut en ouvrant la bouche. Dans son mouvement, elle se frotta à sa barbe dont le picotement rêche la fit tressaillir.

— Il va falloir que je me rase à l'aube, désormais, constata-t-il.

Devant son air étonné, il gloussa doucement avant de la relâcher.

— Crois-tu donc qu'un couple ne peut s'aimer qu'à la nuit tombée ?

— Eh bien... Je croyais... commença-t-elle, un peu vexée par son ton moqueur. Disons que je n'avais pas beaucoup réfléchi à la vie qui m'attendait avec un homme. J'ai été jusqu'ici tenue à la chasteté pour préserver ma réputation, même si je trouve outrageusement injuste que seules les jeunes filles soient soumises à cette contrainte.

Tout en lançant cette repartie, elle avait conscience d'aller sans doute un peu loin. Les hommes ne toléraient guère, d'ordinaire, qu'une femme conteste leur autorité. Ni qu'on leur rappelle que la société exigeait plus du sexe dit « faible » que d'eux-mêmes. Plus d'une épouse avait reçu une correction de la part de son conjoint pour avoir osé exprimer tout haut de telles vérités. Et même si Keir lui avait pour l'instant témoigné la plus parfaite considération, rien ne prouvait qu'il soit différent de ses congénères. Après tout, ne l'avait-il pas gagnée aux cartes ?

— Je suis désolée, ajouta-t-elle. C'était impudent de ma part.

— Arrête.

Elle se mordit la lèvre pour s'empêcher de répliquer. Irriter Keir ne lui vaudrait certainement que des ennuis. Ils se connaissaient encore très mal, l'Écossais était son mari et la loi lui donnait la haute main sur sa femme. Elle faisait partie de ses biens.

— Ne me cache pas tes humeurs, Helena.

Il plissa les paupières et soupira.

— Bon, mieux vaut nous habiller, ou nous risquons de contrarier Sa Majesté en manquant sa partie de chasse, car si nous continuons à nous chamailler ainsi, je vais finir par régler cette dispute au lit. Apparemment, nous nous entendons beaucoup mieux à l'horizontale…

Sur ce, il tourna les talons et quitta la chambre dans une envolée de kilt. Un frisson de désir chatouilla la peau d'Helena, mais un reste d'irritation continuait à la travailler.

Cet homme était bien trop sûr de ses capacités à… à… eh bien, à faire de son corps ce qu'il voulait. Et c'était ulcérant, à la fin !

Mais excitant, aussi, avoue-le…

Elle accueillit cette pensée avec un reniflement méprisant et se dirigea vers sa malle. Le pas qu'elle effectua tira sur son entrejambe, lui révélant la pulsion sourde qui émanait de son clitoris.

Avec un soupir, elle balaya la pièce du regard pour enregistrer tous les détails qu'elle n'avait pas encore pris soin de noter. Elle était en proie à des émotions mêlées. Des larmes lui montèrent aux yeux, qu'elle refoula en cillant.

Elle était mariée, désormais. Des années durant, on lui avait expliqué à quoi elle devait s'attendre dans ce nouveau statut, et si Keir était gentil avec elle, il n'en était pas moins homme. Il lui faudrait apprendre à vivre sous sa férule. Et aussi à tolérer sa maîtresse.

Deux larmes dévalèrent ses joues. L'imaginer avec d'autres femmes la blessait.

Elle n'aurait pourtant pas dû être aussi susceptible. Aucune épouse de son rang ne pouvait prétendre à la fidélité absolue de son conjoint. Elle le regrettait, néanmoins. D'autres larmes perlèrent à ses paupières. Elle voulait son chevalier servant ; elle voulait la réalisation de ses rêves d'enfance ; elle le voulait à en avoir mal à l'âme…

Malheureusement, ce n'était pas dans le mariage qu'elle avait des chances de voir ce vœu exaucé. Ce genre de songerie éclatait en mille morceaux face à la réalité. L'amour ne résistait pas à l'appel de la luxure. L'un ne pouvait cohabiter avec l'autre.

Pourtant elle aurait pu aimer Keir, et cette perte lui transperçait le cœur.

La colère était une force. Une force pure, concentrée.

Edmund Charles Knyvett, héritier du comté de Kenton, prit une profonde inspiration et s'offrit à la rage qui brûlait en lui. Il en sentit les flammes lui lécher le corps et brûler tout autre sentiment. Même ses pensées en furent comme consumées, jusqu'à ce que ne reste plus en son cœur qu'un brasier ténébreux. Ses émotions atteignirent alors un paroxysme de perfection dont l'intensité était comme un alcool divin.

Ce chien d'Écossais avait sans nul doute passé la nuit entre les cuisses de sa sœur. Les imaginer en train de forniquer le mettait dans tous ses états. Cette garce sans cervelle avait très certainement offert son corps à cet étalon de bas étage, et sa matrice devait maintenant être poisseuse de semence roturière. Dans l'esprit d'Edmund, c'était comme une maladie, une vermine qui aurait rongé les entrailles nobles d'Helena. Il en avait la nausée.

Il prit le gobelet de vin posé sur sa table de chevet et le vida d'un trait. Un rictus déforma ses traits.

— Encore ! hurla-t-il en lançant le verre contre la porte avec une puissance décuplée par la rage.

Il sourit en le voyant se briser au sol. Le fracas résonna d'un bout à l'autre de la chambre.

Tous ses sens étaient en alerte. Sa perception était considérablement accrue quand il se laissait ainsi aller à la colère. La maîtrise de soi était une vertu surfaite. Elle avait pour seul effet de masquer la véritable nature des sentiments qui l'étreignaient.

— Voici votre vin, milord, murmura la jeune Avis en pénétrant dans la pièce.

Elle s'immobilisa au milieu de sa révérence en remarquant, les yeux ronds, le membre turgescent de son maître. Il avait en effet lacéré sa chemise de nuit pour le libérer. Il s'esclaffa devant la mine horrifiée de la servante. Il pouvait sentir la peur suinter de son épiderme.

Elle tourna la tête vers la porte, avant de la ramener lentement vers son maître, consciente de ne pouvoir se soustraire à son devoir.

— Eh bien, qu'attends-tu ? articula Edmund avec un ricanement salace.

Elle s'avança d'une démarche hésitante en portant devant elle le plateau sur lequel était disposé un nouveau gobelet rempli d'alcool.

Edmund la trouva pathétique : une pleutre, comme toutes les femelles. Leurs pleurnicheries l'écœuraient. Ce qui n'empêchait pas son sexe de flairer en elle une proie facile et de palpiter d'impatience entre ses cuisses.

Ayant attrapé le gobelet d'une main, il saisit de l'autre la domestique par la nuque.

— Milord ! Pitié !

Elle geignait comme s'il l'avait frappée. L'imbécile ! Sa rage monta encore d'un cran. Ayant vidé le deuxième gobelet, il le jeta par-dessus son épaule.

— Par ici, chienne, rugit-il en l'empoignant.

L'ayant plaquée à plat ventre sur une table, il entreprit de trousser ses jupons.

Mais un jet d'eau glacée lui aspergea soudain la figure. Il recula avec un sursaut hébété.

Avis en profita pour se redresser et courir vers la porte où se tenait Margery, un broc vide à la main.

— File, ma fille ! lança cette dernière. Le maître est devenu fou.

Puis elle la suivit dans le couloir et claqua le battant derrière elle.

— Je ne suis pas fou ! hurla-t-il.

Non, il n'était pas fou… Il ne l'était pas… Il ne l'était pas…

Se tirant les cheveux, il alla heurter la porte du poing. La colère le possédait tout entier. Il lui fallait se venger de Keir McQuade !

En bas, Margery récupéra son manteau ainsi que celui d'Avis et poussa celle-ci dans la rue.

— Viens, mon enfant. Nous ne devons pas rester ici. Le Malin a élu domicile dans cette maison.

Sitôt dehors, elles prirent leurs jambes à leur cou de peur d'être rattrapées par leur maître.

— Cours, Avis ! Cours !

— Ah, cette robe est beaucoup plus jolie !

Le mari d'Helena semblait satisfait. Ses hommes eux-mêmes paraissaient approuver la toilette de la jeune femme qui venait de les rejoindre dehors. Celle-ci en éprouva un petit sursaut de joie.

— Je dois avouer que je n'aime pas trop non plus les robes de cour.

— Ravi de l'entendre, car elles ne seraient pas vraiment adaptées à Red Stone, rétorqua son mari avant de s'interrompre soudain. Mais tu pourrais les porter quand même, si tu le souhaitais…

À son ton, néanmoins, il était clair que ce serait une mauvaise idée.

Et, de fait, la tenue de chasse de la jeune femme, confectionnée dans une étoffe de laine légère, permettait une plus grande liberté de mouvement. La jupe n'était doublée que d'un seul jupon et, au lieu des vertugadins renforcés de baleines qui garnissaient les toilettes des courtisanes, ne comportait qu'un coussin au-dessus du fessier. Une même sobriété prévalait au niveau du corsage, dont les manches ne possédaient qu'une épaisseur, ce qui évitait à Helena de maintenir ses bras rigides de part et d'autre de son buste. Quoique d'un modèle peu commun, ces manches étaient conçues pour suivre les courbes du corps.

Du coup, la jeune femme jouissait dans cette tenue d'un sentiment de liberté qu'elle n'avait plus éprouvé depuis longtemps, sa mère l'ayant obligée, un an avant qu'elle se rende à Londres, à ne s'habiller que de toilettes de cour, afin qu'elle apprenne à porter avec grâce et aisance ces incommodes uniformes.

Mais tout cela semblait d'un coup relégué dans un passé révolu, uniquement parce que Keir la trouvait à son goût dans son ensemble de chasse. Elle ne put s'empêcher de se réjouir du petit sourire qu'il lui adressa en prenant sa main. Cela faisait partie de ces signes d'admiration sincère qu'elle aimait tant chez lui.

Aucune voiture ne les attendait devant la maison ce jour-là. Les hommes de Keir avaient rassemblé leurs montures dans la petite cour qui séparait la résidence de la rue. Les bêtes puissantes s'ébrouaient dans l'air matinal. Keir l'entraîna vers son propre cheval, un énorme étalon à la robe louvette qui agita la tête avant de permettre à son maître de lui flatter le museau. À voir les regards qu'échangeaient l'homme et l'animal, il était évident qu'ils partageaient un vrai moment de complicité. Helena remarqua la tendresse avec laquelle son mari caressait sa monture.

Elle en fut jalouse.

Cette réaction la prit de court. Elle détourna les yeux pour essayer de se redonner une contenance. Ce fut un échec. Elle se mordait encore la lèvre inférieure quand Keir se retourna vers elle.

— Sais-tu monter ?

Il avait posé cette question avec une certaine lenteur, comme s'il craignait un peu la réponse de la jeune femme. Ses hommes scrutaient également cette dernière avec une appréhension visible – la peur d'avoir à ramener jusqu'en Écosse une femme incapable de se débrouiller toute seule en dehors de la cour, qui leur serait un fardeau.

Comme Helena gardait le silence, leur chef déglutit bruyamment et pinça les lèvres.

— Bien sûr que je sais monter, articula-t-elle.

Plus d'un soupir s'éleva autour d'elle. Son époux, toutefois, la dévisagea d'un œil soupçonneux.

Elle pencha légèrement la tête de côté.

— Si tu continues à croire tout ce qui se raconte sur les dames anglaises, tant pis pour toi. Si j'avais moi-même prêté foi à seulement la moitié des rumeurs qui courent par chez nous sur les Écossais, je me serais évanouie dès notre première rencontre.

Les hommes de Keir s'esclaffèrent. Celui-ci afficha un grand sourire.

— Tu étais trop occupée à me regarder pour ça, répliqua-t-il.

Ses guerriers gloussèrent, et la jeune femme se sentit rougir. Comme pour mettre un comble à son embarras, elle vit les yeux de son mari se porter immédiatement sur ses joues colorées.

— Allons, reprit-il enfin. Le roi n'invite pas n'importe qui à ses chasses ; il serait malséant de le faire attendre.

La bonne humeur générale retomba – au grand regret d'Helena.

— Farrell t'a choisi une belle jument pour ce matin, annonça Keir.

L'un de ses hommes fit avancer l'animal.

— Elle est jeune et vigoureuse, bâtie pour l'endurance, déclara Farrell en tirant sur la bride de la jument pour amener sa tête à portée de main.

Les yeux de la monture luisaient d'intelligence.

— Elle est magnifique, s'extasia Helena. Vous avez l'œil pour sélectionner les bêtes.

La jument était d'un brun plus clair que l'étalon de Keir. Sa robe soyeuse miroitait au soleil. La jeune femme lui flatta l'encolure en souriant.

— C'est vraiment gentil de m'avoir acheté un aussi beau cheval, murmura-t-elle, peu habituée à recevoir des cadeaux, surtout de cette valeur.

Toutes les affaires de prix qu'elle possédait avaient été acquises dans le seul but de conforter sa position à la cour. Sa malle ne contenait rien auquel elle fût sentimentalement attachée ou qu'elle gardât par pur plaisir.

— J'aurais préféré que tu montes avec moi, dit son époux avec un sourire canaille. Mais bon, je doute que nous participions beaucoup à la chasse si je t'ai constamment collée à mon dos.

Elle rougit de nouveau. Cette fois-ci, cependant, elle tendit le bras pour taper la main du coquin. C'était un geste impulsif, le genre de réaction que son éducation était justement censée interdire. Un frisson d'horreur l'étreignit quand elle prit conscience que tous les guerriers du clan avaient été témoins de ce mouvement spontané.

Keir rejeta la tête en arrière et se mit à rire à gorge déployée. Ses hommes l'imitèrent. Ce spectacle offrait un contraste pour le moins saisissant avec les mœurs de cour que la jeune femme avait appris à respecter.

Un grand sourire aux lèvres et les yeux pétillants de joie, Keir profita de sa surprise pour la saisir par la taille et la propulser sur le dos de la jument. Sa puissance physique ne laissait pas d'impressionner Helena : il l'avait soulevée dans les airs comme si elle ne pesait pas plus qu'une enfant.

— J'ai comme l'impression que nous sommes plus faits pour nous entendre que tu ne le penses, ma douce.

Il ponctua sa déclaration d'un clin d'œil. Elle cilla pour refouler une brusque crise de larmes. Ce petit signe l'avait profondément émue. Autrefois, c'étaient les valets de ses parents qui lui adressaient des clins d'œil pour égayer son humeur quand elle était morose. Venant de Keir, cependant, ce geste avait une tout autre portée.

Elle resserra sa prise sur la bride de sa monture et passa un genou autour de la fourche de sa selle d'amazone. Ses joues la chauffaient toujours un peu, et elle se rendit compte qu'elle était flattée par l'approbation de Keir. Elle pouvait être fière d'avoir réussi à l'amuser : il n'était pas homme à rire avec ses ennemis.

Les cils à demi baissés, elle le regarda monter sur son cheval d'un bond souple et fluide. La brûlure de ses joues descendit le long de son échine pour se loger au creux de son ventre. Keir était splendide sur son étalon, dont la force semblait comme un reflet de la sienne.

Un chevalier…

Son époux incarnait cet idéal de chevalerie à la perfection, depuis ses cheveux sombres dont les boucles venaient effleurer ses épaules jusqu'à sa manière de porter son pourpoint, avec les manches attachées dans le dos. Seul le tissu de sa chemise lui protégeait les bras. Redressant la tête, il lui décocha un regard passionné.

— En avant, ma belle.

Il talonna sa monture avec un grand sourire. Helena fit de même. Cette promenade lui procurait un sentiment de liberté auquel elle n'avait plus goûté depuis des mois. Keir prit la tête de leur petite troupe. La jeune femme le suivit dans la rue.

La chaussée était encombrée de charrettes et d'attelages, mais leurs chevaux fendirent avec aisance la foule des commerçants et des passants, la plupart s'écartant de leur chemin dès qu'ils avisaient les fiers Écossais juchés sur leurs montures.

Non, se reprit Helena, Keir n'était pas un chevalier.

C'était un noble personnage, dans tous les sens du terme.

— La pauvre : épouser un Écossais... énonça lady Philipa Fitzgerald en regardant la jeune femme.

Sa voix, qu'elle n'avait pas vraiment cherché à baisser, fut portée par le vent jusqu'à Helena.

— Quel gâchis de sang bleu ! conclut la courtisane.

C'était une persifleuse notoire. Helena en avait été prévenue dès son arrivée à la cour.

Lady Philipa était habillée ce jour-là à la dernière mode, apparemment insouciante des promesses de pluie que semblait apporter le ciel nuageux. Sa robe de soie surchargée de dentelles et de broderies allait être gâchée par l'humidité, et pourtant l'aristocrate continuait à deviser tranquillement avec ses amies.

Toutes toisaient la jeune femme, certaines en fronçant le nez. Helena leur opposa une expression sereine, refusant de se laisser affecter par leurs médisances. C'était également une des leçons qu'elle avait apprises très rapidement au palais royal. Si elle avait cru les rumeurs qui couraient sur son compte, elle en aurait pleuré tous les soirs.

Le roi surgit dans une fanfare de trompettes et balaya l'assistance d'un œil inquisiteur.

— McQuade, mon ami ! Ravi de vous voir, vous et votre épouse.

Helena sentit peser sur elle plus de regards qu'elle n'aurait pu en compter. La variété de sentiments qu'ils exprimaient la sidéra : certains trahissaient de la curiosité, d'autres du mépris, d'autres encore la simple joie que peut procurer l'idée du mariage. Lady Fitzgerald considéra ses amies avec un petit sourire suffisant et secoua la tête.

Jacques Stuart ne laissa pas l'épreuve se prolonger. Il leva bientôt le poing, déclenchant une nouvelle sonnerie de trompettes. L'attention de la cour se reporta aussitôt sur sa personne. Si la plupart d'entre eux n'appréciaient guère la chasse, ce n'était pas son cas.

Les piqueurs, après avoir encouragé leurs bêtes, ôtèrent leur laisse. Les chiens se mirent à renifler le sol avec des couinements et des aboiements de plus en plus excités. Puis la meute fila d'un coup vers les bois.

Jacques leur emboîta le pas, penché sur l'encolure de son cheval pour l'inciter à presser l'allure. Helena galopait en tenant fermement la bride de sa monture, sans toutefois chercher à la ralentir. Le vent lui caressait les joues de gifles fraîches et stimulantes. La cour suivit le monarque vers la lisière des futaies qui entouraient le palais royal et qui constituaient le parc privé de Sa Majesté. Le peuple des oiseaux s'éparpilla vers le faîte des arbres quand la cavalcade pénétra dans le sous-bois. Les trompettes s'étaient tues pour laisser Jacques traquer en silence le gibier qui hantait ces lieux et lui permettre de repérer un chevreuil, voire un ours.

Les lords se bousculaient pour rester à la hauteur du monarque. Helena et les autres courtisanes se laissèrent distancer tandis que le cortège royal s'enfonçait plus avant dans la futaie. La jeune femme parcourut du regard la troupe de ces dames, et fut déçue ne pas y reconnaître les couleurs des suivantes de la reine. Que celle-ci n'ait pas accompagné son mari à la chasse, dans l'état où elle se trouvait, n'était guère étonnant, mais Helena n'en avait pas moins espéré revoir son amie Raelin.

— Je suis vraiment désolée d'avoir appris votre mariage, Helena. J'ai connu votre mère quand elle servait Sa Majesté Élisabeth, articula lady Fitzgerald avec un reniflement hautain, avant de toiser la jeune femme.

— Le roi a béni notre union, lui rappela cette dernière, qui dut convoquer toute sa maîtrise d'elle-même pour répondre d'une voix égale.

La persifleuse laissa échapper un ricanement sourd.

— Vous êtes très jeune et très naïve, ma chère. Le roi est écossais lui-même et se sent manifestement obligé de satisfaire ses compatriotes. Cela ne rend pas votre alliance enviable pour autant.

Jacques Stuart et sa suite avaient disparu dans les sous-bois. Nombre des courtisans venus là uniquement pour se montrer étaient, eux aussi, restés en arrière et s'étaient rassemblés par petits groupes pour passer le temps en discutant, pendant que Sa Majesté courait après son trophée.

D'autres dames se joignirent à lady Fitzgerald, une moue dédaigneuse aux lèvres.

— Quel dommage que votre frère n'ait pas su mieux tenir son rang ! J'ai été franchement scandalisée de découvrir qu'un Knyvett s'était abaissé à jouer sa propre sœur aux cartes. C'est tellement... commun.

Toutes secouèrent la tête à l'unisson avec le même air faussement navré. Lady Fitzgerald eut un sourire triste.

— Je ne veux pas être un oiseau de mauvais augure, mais j'estime qu'il est de mon devoir de vous prévenir de ce qui vous attend en Écosse, ajouta-t-elle avec un tressaillement d'horreur, la bouche tordue par un rictus de dégoût. J'ai été forcée d'y suivre mon père par deux fois et, croyez-moi, c'est un pays peu recommandable. Ses habitants sont des barbares incultes aux mœurs primitives. Leurs clans sont constamment en guerre et, de nos jours encore, ils ont la détestable manie de se voler leurs femmes. Pouvez-vous imaginer ça ? À notre époque ? Des barbares, vous dis-je ! Je ne prends aucun plaisir à vous rapporter ces faits, soyez-en assurée, mais il me fallait vous en avertir, surtout après avoir vu la longue épée que votre époux porte en travers du dos.

— Eh bien... merci beaucoup, lady Fitzgerald.

La commère parut étonnée de cette réaction. Ses amies eurent un haussement de sourcils. Helena n'en avait cure. Elle refusait d'entrer dans leur jeu et préféra s'éloigner, sans un mot, du groupe des médisantes.

Cette claymore, elle l'adorait pour sa part.

Aucune lame ne l'avait jusqu'alors autant impressionnée. Cela tenait surtout à la manière que Keir avait de la porter – de façon aussi peu ostentatoire que ses hommes, mais sans chercher non plus à la cacher. Ce n'était pas une arme d'apparat surchargée d'ornements. Elle ne lui servait pas à marquer sa supériorité sur ses gens, et Helena trouvait cette simplicité bien reposante, n'y voyant pour sa part rien de « barbare ».

Le ciel s'était encore obscurci sans qu'elle s'en aperçoive, annonçant l'arrivée imminente d'un orage. Le premier coup de tonnerre résonna dans le lointain alors qu'elle pénétrait dans une clairière à l'écart de la partie de chasse. Les nuages n'étaient plus qu'une masse sombre et bouillonnante au-dessus de sa tête. Les quelques rares courtisans encore en vue se hâtaient de gagner un abri. Helena reconnut de loin lady Fitzgerald et sa bande de commères qui rebroussaient chemin vers le palais.

La jeune femme rabattit la capuche de son manteau pour se protéger des bourrasques. Elle s'abstint toutefois de diriger à son tour sa jument vers la résidence royale.

Le hasard venait de la gratifier d'un moment de solitude qui convenait parfaitement à son humeur.

Rejetant la tête en arrière, elle ferma les paupières et se laissa bercer par la rumeur des bois. Il fut un temps où l'après-midi, quand elle avait terminé ses devoirs, elle était autorisée à sortir dans le parc de la demeure familiale. Même si c'était puéril de sa part, elle aspirait à retrouver, au moins pour quelques minutes, un peu de cette insouciance de l'enfance, loin de la surveillance incessante de ses pairs, à jouir de la morsure du vent sur ses joues et du bruissement des feuilles.

Le tonnerre retentit de nouveau, plus proche cette fois-ci. Les bourrasques fraîchirent, charriant les prémices de la pluie – sa moiteur, son odeur particulières. La jument se mit à piaffer nerveusement.

— Du calme, ma fille, ce n'est qu'un grain.

Elle se pencha pour tapoter son encolure. L'animal se calma un instant, avant de souffler bruyamment par les naseaux et de recommencer à piaffer. Un hennissement lui répondit, qui fit reculer la jument de la lisière du sous-bois. Keir et son étalon s'y découpèrent bientôt. Le mari de la jeune femme fronça les sourcils en la voyant s'éloigner.

— Tu y crois donc aussi ? s'enquit-il sur un ton vaguement agacé.

Son cheval refusa de rester tranquille et se mit à tourner autour de la jument.

— À quoi ? demanda Helena.

— Aux rumeurs qui prétendent que les Écossais sont des barbares incultes ?

Un éclair illumina le ciel. La monture de la jeune femme se cabra. Keir descendit aussitôt de selle pour aller saisir la bride de la jument dans son poing. L'animal en prit ombrage et s'ébroua, tout en frappant le sol de ses sabots.

L'averse éclata en gouttes épaisses qui frappèrent les branchages au-dessus du couple, dans un bruit assourdissant de feuillage martelé. Un deuxième éclair zébra le ciel, presque aussitôt suivi par le fracas de la foudre.

Helena sauta à terre à son tour : il n'était pas prudent de rester en selle par un temps pareil, la plus disciplinée des montures étant capable de céder à la panique et de désarçonner son cavalier. Mieux valait se chercher un abri et y demeurer jusqu'à la fin de l'orage. Jetant un bref regard autour d'elle, la jeune femme ne repéra aucun courtisan alentour. Elle était seule avec son époux.

Keir alla attacher la jument à un arbre, puis y mena son étalon dont il noua solidement la bride autour du tronc.

— Sois franche, Helena. Je ne veux pas que tu aies peur d'aller en Écosse avec moi. Red Stone est un endroit merveilleux.

Et il en était manifestement fier. Elle l'entendait dans sa voix, en dépit du fracas de la tempête.

— Eh bien, non, je n'ai pas peur. Je me dis que, comme ça, je pourrai au moins vérifier si la rumeur est fondée.

Elle ne pouvait s'empêcher de le taquiner. Comme elle s'y attendait, il plissa les paupières d'un air suspicieux.

— Serais-tu en train de te moquer de moi, Helena ?

Elle poussa un soupir.

— C'est possible. Je ne sais pas pourquoi, mais tu ne cesses de m'en donner envie depuis ce matin.

Les lèvres du guerrier frémirent, avant de se fendre d'un large sourire qui découvrit ses dents.

— À moins, enchaîna-t-elle, que tu me montres combien lady Fitzgerald peut se tromper, en me rappelant à un peu plus de dignité – car il n'y a pas la moindre trace de barbarie en toi, pas une once. À tel point, ajouta-t-elle pensivement en levant les yeux au ciel, que je me demande si tu es vraiment écossais…

Il s'esclaffa.

— Je suis intégralement et purement écossais, ma chérie, n'en doute pas un instant.

Ses prunelles brillaient d'un feu sombre, qui hypnotisa Helena et réveilla en elle un désir sourd. Le tonnerre explosa au-dessus de leurs têtes. L'orage se déchaînait. La furie des éléments intensifiait les sensations, le parfum de la pluie rappelant à la jeune femme l'odeur de Keir lorsqu'il l'avait aimée cette nuit-là, peau contre peau.

À ce souvenir, elle s'humecta la lèvre inférieure ; les yeux de son époux se rivèrent aussitôt sur la pointe de sa langue. Un regain d'excitation lui tendit le ventre. Elle répéta le geste, délibérément, avec plus de lenteur. La peau était hypersensible à cet endroit, et de petites ondes de volupté lui coulèrent le long de l'échine.

— Ne va pas croire que je prête crédit à tout ce qui se dit à la cour, Keir. En toutes circonstances, je préfère réserver mon jugement et faire mes propres expériences avant de me forger une opinion.

Cet aveu était hardi de sa part. Elle sentit son assurance monter encore d'un cran en voyant l'effet de ces paroles sur le visage de son mari. Il pinça les lèvres.

— Vraiment ? s'enquit-il.

— C'est encore le mieux, non ? répliqua-t-elle, le cœur battant la chamade.

Elle se sentait d'un seul coup débordante d'énergie, comme si la vivacité des éclairs infusait directement dans ses veines.

— Tu ne me préférerais quand même pas naïve ?

Il rit de nouveau, d'un rire profond et rauque, incroyablement viril.

— Non, c'est certain, admit-il. Mieux vaut en effet que tu juges par toi-même.

Il se mit à tirer sur ses gants, libérant ses doigts l'un après l'autre de leur protection de cuir. Il alla déposer le premier gant sur sa selle, puis se dépouilla du second. Voir ses mains nues jeta un trouble délicieux chez Helena.

Elle se rappelait avec intensité le contact de ces mains sur sa peau. Sous son habit, la pointe de ses seins se tendit.

Keir agita les doigts, et la bouche de la jeune femme devint sèche.

— Cours.

Il s'était exprimé à mi-voix, mais avec un regard brillant de convoitise. Il semblait l'incarnation du mythe de l'homme des bois que ces dames se chuchotaient parfois à la cour, derrière leurs éventails. Ployant les genoux, il prit appui par terre sur ses poings.

— Je ne peux pas te pourchasser si tu ne t'enfuis pas, expliqua-t-il dans un grondement avant de racler le sol du pied, tel un taureau s'apprêtant à charger.

Helena tordait le tissu de sa jupe entre ses mains, ne sachant trop quelle conduite adopter.

— Keir...

— Je vais compter jusqu'à cinq et après, je me lancerai à ta poursuite.

Il s'avança à quatre pattes, l'air menaçant. Il n'en fallut pas plus à la jeune femme, qui tourna les talons et partit comme une flèche sous l'averse. Son pouls battait à ses oreilles telle la scansion d'un compte à rebours.

Quatre... trois... deux... un...

Elle n'osait regarder derrière elle. Retroussant jupe et jupon au-dessus de ses genoux, elle pressa encore l'allure. La pluie rafraîchissait sa peau rendue brûlante par le désir. Sa nuque la picotait comme si elle pouvait percevoir l'approche de Keir. Cette impression devint si aiguë qu'à la fin, n'y tenant plus, elle jeta un coup d'œil par-dessus son épaule.

Un petit cri effarouché lui échappa : le guerrier était presque sur elle ! Ses jambes puissantes réduisaient la maigre distance qui les séparait à grandes foulées silencieuses. Parvenu à sa hauteur, il la prit rudement par la taille et, sans cesser de courir, la jucha sur son épaule.

Avec un ricanement de triomphe, il obliqua ensuite vers un bosquet touffu. Helena commençait tout juste à se débattre, animée par une tempête de sensations et d'émotions mêlées, quand il la déposa à terre. Au lieu de la remettre sur ses pieds, cependant, il la prit dans ses bras et, dégrafant son manteau, laissa ce dernier tomber par terre avant de l'étaler de la pointe du pied.

— Mon trophée, murmura-t-il en allongeant la jeune femme sur ce matelas improvisé.

Il enfonça son visage dans son cou. Helena tressaillit, les membres tremblants de désir. Jamais elle n'avait eu autant besoin de le toucher. Elle savait maintenant ce qu'il fallait pour combler le vide qui se creusait dans son bas-ventre, et cela la rendait audacieuse.

— Mon conquérant, répondit-elle sur le même ton.

Il redressa la tête et la dévisagea. Elle en profita pour lever les mains vers son cou humide de pluie et les fit glisser jusqu'au col de sa chemise, dont elle entreprit de dénouer les lacets. Sans lui laisser le temps de caresser les étendues de peau qu'elle révélait ainsi, il chercha sa bouche pour réclamer un baiser fiévreux qu'elle lui rendit avec la même ardeur, en lui prenant la tête à deux mains, ses lèvres se montrant aussi exigeantes et voraces que les siennes.

Il ouvrit bientôt son corsage, dans un bruit de tissu sur le point de se rompre. Sans y prêter la moindre attention, elle arqua les reins pour tendre sa poitrine vers son mari. Les lacets cédèrent sous les doigts du guerrier.

— Je vais te dévorer toute crue ! rugit-il en abaissant l'encolure du sous-vêtement.

— Oh, oui !

Elle agrippa ses épaules et poussa un cri en sentant la langue de Keir sur le renflement d'un de ses seins. Puis sa bouche se referma sur un mamelon libéré, y déclenchant un feu qui lui embrasa tout le buste. Elle cambra le dos pour mieux s'offrir à lui. Un nouvel éclair déchira les futaies, dont elle perçut le choc sur sa peau mouillée.

Keir la repoussa contre le sol, l'emprisonnant de son corps vigoureux. Sa langue ne cessait de taquiner la pointe du sein, qu'il finit par avaler pour la sucer à pleine bouche.

— Oh, oui ! Oui ! répéta-t-elle.

Il n'y avait plus rien d'autre dans son esprit que cet acquiescement sans limites au plaisir que lui prodiguait son guerrier écossais. Elle se mit à lui marteler les épaules, sans cesser de grommeler son approbation.

Il releva la tête ; le mamelon s'échappa de sa bouche.

— Oui ? fit-il.

Mais elle ne l'écoutait plus. Elle avait juste besoin de lui, besoin de sentir sa force, sur elle, en elle. Il participait de la tempête qui faisait rage autour d'eux, et elle voulait que les bourrasques l'emportent vers le ciel.

— Vite et fort, Helena ? C'est comme ça que tu veux que nous procédions ?

Lui saisissant les poignets, il les immobilisa au-dessus de sa tête. Le vent caressa la poitrine de la jeune femme, attisant une flambée de désir comme elle n'en avait jamais ressentie jusqu'alors. La silhouette massive de Keir la surplombait, et la fermeté avec laquelle il lui maintenait les poignets avait quelque chose de sauvage. En même temps, le souvenir de la sollicitude qu'il lui avait témoignée la veille au soir l'incitait à lui faire entièrement confiance, à s'abandonner aux délices d'être ainsi rudoyée avec tendresse.

— Je vais te trousser et te prendre d'un coup…

— Oui ! s'exclama-t-elle, vibrant d'anticipation. Vas-y !

Il lui relâcha les mains. Elle les plongea aussitôt dans sa chevelure et serra les poings. Il émit un soupir sifflé, les yeux étincelants de joie. Puis il troussa sa jupe, comme promis. Elle écarta avidement les cuisses et plia les genoux. Il leva ces derniers plus haut encore et les maintint dans cette position. Ensuite, il pesa sur elle de tout son corps, pour la plaquer au sol. Le ciel tonna une nouvelle fois, juste au-dessus d'eux.

L'éclair illumina les traits farouches de Keir, ses dents révélées par un sourire de triomphe et ses yeux aimants, tandis que, lentement, son sexe sorti des plis de son kilt se frayait un passage à l'orée de celui d'Helena. Il se retint cependant de la pénétrer immédiatement – bien que cela lui coûtât, comme en témoignait le tressautement du muscle à l'angle de sa mâchoire.

— Keir…

— Non ! lâcha-t-il dans un grognement. Tu es encore irritée de la nuit dernière.

Elle voulut se cabrer mais il ne lui permit pas de bouger, son regard de braise rivé à ses yeux suppliants.

— Je suis ton maître et quand je dis non, c'est non.

Elle gronda, révoltée. Son membre continuait néanmoins à progresser dans son intimité, avec une lenteur qui lui donnait envie de gémir de frustration. Cependant, il avait raison : ses muqueuses gonflées ne tardèrent pas à protester devant cette intrusion, et la douleur se fit un peu plus forte à mesure qu'il s'enfonçait en elle.

Elle attendit pendant une éternité qu'il la comble. Une éternité de désir affolé, qui estompa rapidement la désagréable sensation de frottement. Quand enfin il eut achevé de s'introduire en elle, elle le sentit frémir de la tête aux pieds.

— Doux Jésus…

Il ajouta quelque chose en gaélique, une sorte de feulement guttural. Elle comprit le message au fond d'elle-même, là où les émotions se passaient de mots pour être partagées. L'instant d'après, il la chevauchait avec l'énergie et la rapidité d'une tornade. Comme il relâchait ses jambes, elle en profita pour les nouer autour de sa taille et arqua les reins pour mieux l'accueillir. Des gouttes filtraient des feuillages et venaient lui frapper la figure.

Elle absorbait ces multiples sensations comme un tout unique, une expérience exceptionnelle. Keir la dominait de sa masse imposante, accélérant encore la cadence. À chacun de ses coups de boutoir, le plaisir qu'éprouvait Helena gagnait en intensité, en férocité, jusqu'à ce qu'il la transperce de part en part, la soulevant du sol dans une déflagration qui la fit hurler de bonheur.

Peu après, Keir l'imitait. Sa semence jaillit dans le ventre de la jeune femme. Un regain de plaisir la secoua. Sa chair enserra la virilité de Keir sur toute sa longueur, lui soutirant jusqu'à la dernière goutte de sève.

Le tonnerre, entre-temps, s'était éloigné. Helena se laissa retomber sur le manteau. Keir se tenait au-dessus d'elle, le souffle court.

— Ma douce Helena... Comme j'ai hâte de te ramener à la maison, à Red Stone, loin de cet endroit et de tous ces faux-semblants.

Se penchant vers elle, il déposa une série de baisers tendres sur sa joue, son cou.

— N'empêche que tu viens de me prouver à quel point tu es réellement un barbare, rétorqua-t-elle avec un sourire lascif.

Il lui sourit en retour.

— Oui, mais j'ai l'impression que cela ne t'a pas déplu. Je te promets qu'en Écosse je t'infligerai ma « barbarie » aussi souvent que possible.

— Je l'espère bien.

L'orage n'était plus qu'une rumeur lointaine, la pluie une simple bruine. Un cor sonna du côté des bois ; un autre lui répondit.

Keir grommela, passa le bras sous la taille de la jeune femme et l'aida à se remettre debout. La jupe d'Helena retomba sur ses jambes, dissimulant les traces de leurs ébats.

De petites trémulations de volupté parcouraient encore ses membres. Ses jambes étaient en coton. Keir l'aida à relacer son corsage, avant de ramasser son manteau par terre et de lui donner une secousse pour en détacher les feuilles qui s'y étaient collées. Il en drapa les épaules de la jeune femme, puis lui prit le menton dans le creux de sa paume.

— Je t'ai fait mal ? s'enquit-il, les yeux rivés aux siens.

Son regard exprimait une inquiétude qui agaça un peu Helena.

— Il faut vraiment que tu arrêtes de croire tout ce qu'on raconte sur les Anglaises, Keir. Certaines d'entre nous sont plus solides que des bibelots.

Il sourit.

— Tant mieux... car il le faut pour endurer notre barbarie !

— Vous êtes fou.

Edmund frappa du poing sur la table, mais contint l'emportement qui menaçait de l'embraser. Pas maintenant, se dit-il. Ce n'était ni le moment ni le lieu pour laisser les flammes de la colère prendre possession de lui. Il avait au contraire besoin de toute sa lucidité pour mener à bien l'affaire présente.

— Si vous n'êtes pas capable d'effectuer ce travail, reconnaissez-le tout de suite et cessez de me faire perdre mon temps.

L'homme en face de lui tiqua. Mais ce ne fut qu'une contraction infime de la joue, rien de plus. Ses yeux ne trahirent aucune émotion. En réalité, son regard froid fascinait Edmund. Le bonhomme montrait un contrôle de lui-même proprement captivant.

— J'en suis parfaitement capable. Je sais très bien où frapper sans tuer. J'entretiens soigneusement mes couteaux qui ont toujours leur lame propre et bien affûtée. Leur acier est par ailleurs irréprochable.

— Tant mieux.

— Mais je n'ai pas dit que j'acceptais cette mission. Vous êtes pair du royaume. Je serai torturé pour vous avoir agressé, si jamais vous vous moquez de moi. Et mon exécution sera nettement moins charitable qu'une simple décapitation.

Edmund sentit son assurance monter d'un cran : il avait choisi la bonne personne, et son plan ne pouvait échouer.

— C'est à cause de ma sœur, expliqua-t-il. Il faut que je l'éloigne d'un certain Écossais avant qu'elle lui donne un rejeton.

L'assassin eut un haussement de sourcils.

— Comment a-t-il réussi à l'épouser ?

— Le roi a un faible pour lui et lui a permis de la prendre pour femme.

L'argument eut l'air de porter. Le type plissa les paupières et se pencha en avant.

— Même un roi devrait montrait plus d'équité. J'ai vu trop d'hommes mourir à la guerre sous le commandement de favoris de la reine. Des hommes de valeur. Des amis.

Edmund sourit.

— Alors, marché conclu ?

L'assassin passa un doigt sur la longue balafre qui lui barrait le côté du visage.

— Doublez la mise, et je vous promets que vous ne sentirez rien.

Edmund poussa vers lui un parchemin plié, ainsi qu'un morceau de tissu arraché à un tartan du clan McQuade.

— N'oubliez pas de déposer ceci sur moi ou à proximité quand vous m'aurez frappé. Et rappelez-vous que je vous ai engagé pour me blesser, pas pour mettre fin à mes jours. À ce propos, je tiens à vous signaler qu'une relation de confiance détient une lettre signée de ma main qui détaille notre arrangement, au cas où…

— Je suis un homme d'affaires. Vous aurez ce que vous avez payé : une blessure qui donnera à tout le monde l'impression que vous avez échappé de justesse à une tentative de meurtre.

— Bien. Mettez ce parchemin et ce bout de plaid bien en évidence à côté de moi. Cela devrait suffire à incriminer l'Écossais. Il se retrouvera à la Tour et ma sœur sera veuve avant le printemps prochain. Une fois que je l'aurai reconnu formellement comme mon agresseur, le roi n'aura d'autre choix que d'ordonner son exécution.

Edmund promena son regard sur la taverne. Même si c'était le genre d'endroit où chaque client tenait à l'œil quiconque s'approchait d'un peu trop près, tout le monde s'efforçait d'ignorer son voisin et attendait la même discrétion en retour. Nul n'avait de nom ici, et personne n'était censé se souvenir de votre passage.

Certes, c'étaient là des avantages qui avaient un prix, et celui qui était exigé n'était pas négligeable. Mais Edmund n'en avait cure.

En quittant l'établissement, il déposa une livre sur le comptoir et sortit dans la rue sans un regard en arrière : il avait confiance dans le pouvoir de l'argent.

L'assassin regarda le pair du royaume quitter la taverne et se mit à tambouriner des doigts sur le plateau de la table, tout en songeant à la tâche qu'on venait de lui confier. Oh, ce n'était qu'une mission de plus pour lui, même si celle-ci devait lui rapporter plus que ce qu'il gagnait habituellement en un an.

Ce n'était pas son rôle de faire la morale à ses clients. Il n'était qu'un instrument à leur service. C'étaient eux qui portaient la responsabilité des assassinats dont il s'était fait une spécialité. D'ailleurs, il était connu pour la propreté de son travail. Il tuait rapidement, et sans douleur. La plupart du temps, la cible ne s'apercevait de rien. Elle n'avait même pas le temps d'avoir peur.

Dieu l'avait pourvu d'une main sûre et d'un esprit pragmatique. Soit on le réglait d'avance, soit il ne travaillait pas. À lui ensuite de mettre en pratique les talents que lui avait donnés le Seigneur pour satisfaire son commanditaire.

Comme dans n'importe quel autre emploi.

10

— Helena ? murmura Raelin en agitant la main.

La cour d'honneur du palais était bondée de nobles et de domestiques, auxquels se mêlaient les gardes de Sa Majesté. Tous entouraient le roi qui exhibait fièrement le chevreuil qu'il avait rapporté de la chasse. Des garçons d'écurie couraient en tous sens afin de récupérer les chevaux que les courtisans avaient abandonnés pour se précipiter auprès de leur monarque.

Keir n'était pas du genre à négliger ainsi sa monture. Il prenait au contraire grand soin de son étalon. Sitôt qu'ils furent arrivés dans la cour, il chargea ses hommes de se frayer un chemin à travers la cohue pour aller mener leurs bêtes à l'écurie. La pluie tombait encore, et la noirceur des nuages ne laissait guère présager d'éclaircie dans un proche avenir.

— Helena ?

La jeune femme avisa l'Écossaise sous l'une des portes cintrées de la galerie. Raelin indiqua le ciel du regard, avant de désigner du doigt sa robe de soie mordorée, exprimant par là sa crainte de la tacher en s'aventurant sous le crachin.

Ravie de revoir son amie, Helena courut la rejoindre et lui prit les mains pour la saluer, tout en veillant à ne pas toucher sa toilette de demoiselle d'honneur avec son manteau trempé.

— J'ai tellement pensé à toi, tu sais, avoua Raelin, avant de se renfrogner soudain en remarquant les hématomes qui déparaient encore le visage de l'Anglaise.

— C'est moins grave qu'il n'y paraît, voulut la rassurer cette dernière.

Raelin entraîna la jeune femme dans la galerie pour mettre quelque distance entre elles et les autres courtisans.

— Edmund est un monstre.

Helena pressa la main de son amie.

— Cela n'a plus d'importance, maintenant.

— Parce que tu es mariée ? demanda Raelin.

Elle se mordit la lèvre inférieure.

— Je suppose que tu as raison, enchaîna-t-elle. En tout cas, je suis certaine que Keir McQuade sera plus gentil avec toi.

Helena comprit à demi-mot la question que l'Écossaise brûlait de poser : elle lui adressa un sourire radieux. Raelin se détendit visiblement.

— Ah, je suis bien heureuse pour toi. C'est moi qui l'ai averti de ton absence à la cour. J'espère qu'il continuera à ne pas te décevoir.

Tout en devisant ainsi, elles s'étaient sensiblement éloignées de la cour d'honneur. Un martèlement de bottes sur le sol dallé attira soudain leur attention. Redressant la tête, Helena vit son mari fondre sur elles.

Keir semblait furieux.

C'était si inattendu que la jeune femme le dévisagea avec des yeux ronds.

— Ne me quittez jamais plus, madame.

Son ton à la fois distant et comminatoire irrita Helena.

— Excuse-moi, Raelin. Je crois que mon époux et moi avons quelques mots à nous dire.

Loin d'en paraître choquée, l'Écossaise accueillit cette interruption avec un demi-sourire de connivence.

— Bien sûr. Il a manifestement besoin qu'on lui explique deux ou trois choses.

Keir croisa les bras sur sa poitrine. En réponse à son air sévère, Raelin le gratifia d'une révérence exagérée.

— Mademoiselle McKorey, je croyais que l'incident dont je vous ai permis de réchapper vous avait au moins appris à ne plus vous aventurer dans des lieux isolés. Je vous saurais gré de ne pas encourager ma femme à commettre cette même erreur.

— Sauf que là, nous sommes en plein jour, rétorqua l'Écossaise sans paraître le moins du monde impressionnée par la remontrance du guerrier.

Puis, se tournant vers Helena :

— Rejoins-nous tout à l'heure dans les appartements de la reine, veux-tu ? Sa Majesté souhaite te voir.

Sur ce, elle passa devant Keir et ses hommes, la tête haute. Helena lui envia son aplomb.

— Nous ne pouvons te perdre de vue, reprit le guerrier à son adresse. C'est trop dangereux.

Il la toisait d'un œil inquisiteur, les bras toujours croisés sur la poitrine.

— Tu savais pourtant que tu ne pouvais te soustraire ainsi à notre protection.

Elle prit une profonde inspiration et scruta les traits tendus de l'homme qui lui faisait face pour essayer d'y retrouver la tendre sollicitude de son amant.

— Quand tu m'en as prévenue, c'était la veille de notre mariage.

— Je ne vois pas en quoi notre passage devant l'autel a pu rendre cette précaution superflue.

La jeune femme se sentit blessée. Qu'était donc devenu l'homme avec lequel elle avait connu tant de plaisir ? Il semblait s'être complètement effacé derrière l'autoritarisme du laird, et ce revirement d'attitude la peinait.

— Vous avez raison, mon époux, rétorqua-t-elle sur le même ton compassé dont il avait usé avec elle. Rien n'a changé entre nous, depuis ce moment.

Elle le salua d'une révérence. Keir la considéra d'un œil courroucé.

— Helena…

— Je dois aller présenter mes hommages à la reine.

— Non : tu restes avec moi.

Elle se redressa et le foudroya du regard.

— Tout comme j'ai dû obéir au roi en me mariant avec toi, tu dois obéir à la reine en me laissant répondre à sa convocation. Elle m'a fait mander auprès d'elle, et je ne puis que me soumettre à sa volonté.

Keir fronça les sourcils.

— Dans ce cas, je t'accompagne.

Ses prunelles dures et fixes ressemblaient à deux billes d'obsidienne.

Elle tourna les talons et commença à s'éloigner. Elle sentait les poils de sa nuque se hérisser et un nœud de tension s'installer entre ses omoplates, tant elle avait conscience de la méfiance de son mari.

Ces sensations désagréables la replongèrent dans les affres du sentiment de solitude qui l'avait assaillie ce matin-là. L'allégresse que lui avaient procurée les étreintes partagées sous l'orage avec Keir s'en trouvait irrémédiablement gâchée.

Mais elle aurait dû s'y attendre. Leur mariage risquait d'être annulé si elle ne donnait pas un enfant au laird McQuade et baron Hurst. Le divorce n'était pas rare parmi les aristocrates, même si on n'en parlait qu'à mots couverts et même si l'Église ne le considérait pas d'un très bon œil : quand des questions d'héritage et de titre entraient en jeu, les alliances contractées devant Dieu révélaient leur fragilité. Keir serait avisé de l'honorer le plus souvent possible afin de s'assurer une descendance, l'existence d'une progéniture en bonne santé rendant beaucoup plus improbable l'annulation de leur union.

Voilà la seule raison pour laquelle il lui faisait l'amour.

La jeune femme aurait aimé ne pas nourrir de telles pensées. L'Écossais cherchait peut-être simplement à la protéger, comme il le prétendait. Hélas, le cœur entendait rarement la voix de la raison.

Pas étonnant que les sentiments soient considérés comme une folie. Ses propres émotions jetaient le trouble dans son esprit ; elle avait l'impression d'être totalement perdue.

— Tu n'es pas obligée de partir, Helena.

— Autant suivre Keir, maintenant que je l'ai épousé, repartit la jeune femme avant d'embrasser son amie. Il ne m'a pas maltraitée, jusqu'à présent.

Raelin hocha la tête.

— C'est un homme d'honneur. Et c'est là une qualité que je n'aurais jamais cru reconnaître un jour chez un McQuade, étant donné que son père a essayé de me tuer pas plus tard que l'année dernière.

— Tu vas me manquer.

Helena sourit à l'Écossaise, malgré le chagrin qui lui serrait le cœur. Il était probable qu'elles ne se revoient pas avant de longues années – si elles se revoyaient. Elle était mariée, désormais, et son devoir était d'accompagner son époux chez lui pour y devenir la mère de ses enfants. Raelin connaîtrait le même sort avant peu. Elles ne pourraient plus entretenir leur amitié que par lettres.

Keir et ses hommes l'attendaient à la porte des appartements de la reine. Elle avait été toujours émerveillée par la force et la puissance du guerrier écossais, mais aujourd'hui il affirmait son ascendant sur elle, avant de la ramener dans son fief. Une partie d'elle-même s'en réjouissait, mais un doute persistant la tenaillait.

Elle préféra ne plus y songer. Elle n'était plus une enfant, il lui fallait assumer son destin. Et puis, Keir était assurément un bien meilleur parti que Ronchford. Autant se montrer une bonne épouse pour lui.

— Me voici, dit-elle, je suis à ta disposition.

— Aucun homme ne peut prétendre comprendre réellement les femmes, hasarda Farrell dans l'intention manifeste d'aider son laird.

Voyant celui-ci lui décocher un regard peu amène, il courba la nuque et reporta son attention sur le cheval qu'il était en train de bouchonner.

— Bon, en tout cas, s'il t'arrive d'avoir des lumières sur le sujet, n'hésite pas à m'en faire part.

Il ponctua sa phrase d'un hochement de tête désabusé, comme pour suggérer que, de son côté, il était toujours dans le brouillard avec le beau sexe.

Des lumières sur le sujet ? se répéta Keir. Du diable s'il en avait la moindre !

Sa vie en aurait-elle dépendu, il n'aurait su expliquer pourquoi son épouse avait si mal pris l'insistance avec laquelle il lui avait recommandé de rester avec ses hommes. Il désirait seulement assurer sa sécurité. N'était-ce pas son devoir d'époux ?

Mais elle lui en voulait. Cela au moins était clair. Ce n'était cependant pas sa rancœur qui le contrariait le plus, mais plutôt la résignation qui se lisait dans son regard, cette forme d'acceptation morne qu'elle affichait depuis qu'elle était sortie des appartements royaux.

Il ne voulait pas qu'elle soit malheureuse.

Il passa les mains sur le flanc de son étalon, le bouchonnant plus longtemps que nécessaire. Puis il suspendit brusquement son geste en se rendant compte qu'il cherchait en fait à éviter sa femme.

Peu importait le différend qui les opposait : il n'était pas près de tolérer la moindre distance entre eux. Encore moins s'il en était responsable, ce qui semblait être le cas.

Il flatta une dernière fois la croupe de sa monture et quitta l'étable. Des bougies éclairaient l'intérieur de la maison. Ainsi illuminée, la résidence Hurst avait un aspect accueillant qui donnait envie de ralentir le pas pour mieux l'apprécier. Keir avait soudain l'impression de comprendre le plaisir de l'attente.

Son épouse se trouvait derrière ces murs – cette compagne dont la quête l'avait poussé à quitter la terre de ses ancêtres. Non seulement il avait réussi à la trouver, mais il avait en plus restauré l'honneur de son clan auprès du roi. Il avait, en résumé, accompli les points les plus importants de la mission qui lui était dévolue en tant que laird. Cette maison même témoignait de son succès. Il la contempla, depuis le faîte de son toït jusqu'à son perron, empli d'une intense satisfaction.

Une jeune frimousse apparut à l'une des fenêtres du rez-de-chaussée. Un instant plus tard, la porte d'entrée s'ouvrait pour accueillir le guerrier. Ce dernier ne put retenir un haussement de sourcils. Il n'était pas accoutumé à être entouré d'un personnel constamment soucieux d'anticiper ses désirs, et il n'avait pas non plus l'intention d'en prendre l'habitude. Jamais les occupants de Red Stone ne lui avaient montré une prévenance aussi extrême.

Sa gêne s'accrut encore quand, en pénétrant dans le vestibule, il vit que tous les domestiques l'y attendaient alignés en rang d'oignons, épaule contre épaule, certains s'efforçant même de dissimuler un ahanement révélateur de l'empressement qu'ils avaient mis à rejoindre l'entrée pour accueillir leur maître. Tous avaient les yeux baissés et le menton rentré en signe de déférence. Quant au garçon que Keir avait surpris à la fenêtre, il était clair qu'il avait été posté en sentinelle devant la baie pour guetter son arrivée.

Mais ce fut surtout l'attitude d'Helena qui le surprit – et l'embarrassa – le plus. La jeune femme se tenait en effet au bout de la haie d'honneur, abîmée dans une révérence d'une docilité aussi ostentatoire qu'irréprochable. Keir sentit la colère le gagner. Helena n'agissait pas ainsi par hasard. Il le savait pour avoir vu sa sœur adopter un comportement semblable en présence de leur père. Il n'y avait rien de sincère dans ces démonstrations de soumission. C'était seulement des poses mises au point pour flatter les mâles dominants et se concilier leur bienveillance.

Cependant, il n'était pas le père d'Helena et n'avait cure de ces marques de respect hypocrites. Il réagit promptement. Sa jeune épouse avait baissé les yeux comme les autres. Il fut devant elle avant qu'elle ait eu le temps de relever la tête.

Helena émit un petit hoquet de stupeur en l'apercevant aussi proche. Elle dut ployer la nuque en arrière pour soutenir son regard. Ce qu'elle lut dans ses prunelles acheva de la déconcerter, sans toutefois lui inspirer de la crainte. Keir était mécontent, c'était évident. Mais ce qui retint l'attention de la jeune femme fut l'éclair de détermination qui brillait dans ses yeux.

Il ne lui laissa pas la liberté d'interpréter plus avant son humeur et la souleva dans ses bras avec une aisance qui arracha à Helena un cri étranglé. Elle s'accrocha par réflexe à son pourpoint mais il la tenait fermement, supportant son poids sans le moindre tressaillement. Il la porta ainsi à travers la salle à manger.

La cuisinière se tenait près de la table. Elle avait un tablier impeccablement repassé ainsi qu'une coiffe de lin fraîchement amidonnée. Des chandelles avaient été disposées dans des bobèches en argent sur la table, ainsi que sur les appliques murales. Toutes étaient allumées et baignaient la pièce de leur éclat ambré. Des mets raffinés s'alignaient sur la nappe blanche.

Keir n'accorda qu'un coup d'œil distrait à tout ce faste, avant de gagner le couloir de service en direction de l'escalier.

Helena se sentit rougir, tant les intentions de son mari étaient évidentes. Et même si tout le monde devait s'attendre que de jeunes mariés souhaitent passer le plus de temps possible en tête à tête, elle n'appréciait pas que son époux lui fasse ainsi traverser la maison comme un butin de guerre.

Elle se mit à gigoter dans les bras de Keir en repoussant des paumes sa large poitrine.

— Repose-moi, maintenant, je peux marcher.

Elle aurait aussi bien pu n'avoir rien dit, tant ses paroles eurent peu d'effet. Keir ne la relâcha pas plus qu'il ne ralentit le pas, et ce fut de la même démarche calme et assurée qu'il entreprit de monter l'escalier.

— Je n'en doute pas, répondit-il, mais je ne suis pas d'humeur à supporter tes afféteries.

Il repoussa la porte de leur chambre d'un coup d'épaule. Si le couloir de l'étage était plongé dans une semi-pénombre, il n'en allait pas de même de la chambre. Le personnel s'était surpassé pour s'attirer les bonnes grâces du nouveau maître. Des chandelles avaient été installées dans à peu près tous les bougeoirs disponibles sur les tables, et de coûteuses lanternes de verre pendaient de crochets fixés aux murs. La lumière diffusée à travers leurs parois teintées remplissait la pièce d'un rougeoiement irréel.

— Te voilà donc mécontent de moi, cette fois-ci, parce que je me serais montrée *trop polie* avec toi ? s'exclama-t-elle en lui tapant l'épaule, éreintée par ses efforts infructueux pour comprendre son époux.

Elle se débattit de plus belle, se tordant et se cabrant en tous sens, sans plus aucun égard pour le spectacle peu élégant qu'elle devait offrir.

Il finit par la relâcher, avec un grondement bas qui disait assez son propre agacement. Elle rejeta la tête en arrière, refusant de lui témoigner la moindre servilité. Elle ne se sentait plus docile du tout !

— Je ne vous comprends décidément pas, mon cher mari, lâcha-t-elle sur un ton mordant.

Elle veilla toutefois à s'écarter de la silhouette massive de Keir – non par peur de sa force, mais plutôt parce qu'elle ne pouvait au contraire s'empêcher de songer à son corps vigoureux. Était-ce parce qu'ils se trouvaient de nouveau seuls dans cette chambre ? Ses pensées ne cessaient d'être émaillées par le souvenir des étreintes qu'ils avaient partagées ici même, au cours de la nuit précédente, puis plus tard dans les bois. Déjà, sa peau la brûlait d'un brusque regain de désir. Elle dut secouer la tête pour dissiper l'excitation qui l'envahissait.

Keir croisa les bras sur son torse. Il avait l'air aussi imposant que lorsqu'elle l'avait rejoint devant la porte des appartements de la reine, sauf que cette fois-ci elle le trouvait également séduisant. En marge de sa conscience ne cessait de rôder l'image du grand lit ouvert qui les attendait... Il allait la posséder sur cette couche – elle n'en doutait pas un instant.

— Je ne suis pas ton frère, articula-t-il.

Elle écarquilla les yeux.

— Non, Dieu merci ! Du moins l'espéré-je, après l'après-midi que nous avons...

— L'après-midi ? la coupa-t-il avec un haussement de sourcils moqueur. Je suppose en effet que ce n'est pas le genre d'activité à laquelle sont censées se livrer des personnes de même sang.

Helena ne put retenir un soupir de lassitude : mon Dieu, comme tout cela la fatiguait...

— Alors pourquoi m'en veux-tu, Keir ? Je ne crois pas avoir évoqué Edmund de la journée.

Il leva l'index.

— Et pourtant, ma douce, tu m'as accueilli dans le vestibule de cette maison, au milieu des domestiques, comme si j'étais lui.

Et il n'aimait pas cela. La jeune femme le lisait dans ses yeux. Elle avait cependant toujours du mal à cerner la cause exacte de sa contrariété.

— Tes hommes te témoignent le même respect, remarqua-t-elle.

— C'est différent. Ce respect, je l'ai mérité en prouvant ma bravoure au combat, en me montrant un guerrier aussi valeureux qu'eux-mêmes.

— Je ne remets pas en doute tes capacités, lâcha-t-elle sans réfléchir.

Elle pinça aussitôt les lèvres, irritée par l'ambiguïté de ses propos. Keir était le seul homme capable de lui faire perdre ses moyens uniquement par sa présence. Et elle en était autant agacée qu'excitée.

Comme de bien entendu, il esquissa un demi-sourire, saisissant à l'évidence cette allusion à peine voilée à sa virilité. Il reprit cependant bientôt son sérieux et se remit à la foudroyer du regard.

La jeune femme serra les dents.

— Aurais-tu l'obligeance de m'ôter enfin de la confusion où tu sembles prendre plaisir à me laisser patauger, et m'énoncer clairement les raisons pour lesquelles tu as été contrarié au point de m'enlever devant tous les domestiques, sans même remarquer le mal qu'ils se donnaient pour te plaire et te dissuader ainsi de les mettre à la porte ?

Il tiqua et décroisa les bras, le cou envahi par une rougeur soudaine.

— Si j'ai paru mépriser leurs efforts, c'était involontaire de ma part, dit-il. Je ne suis pas encore très habitué à mon rôle de lord.

Helena croisa les bras à son tour. Son mari la contempla avec un air éberlué et la détailla du regard un long moment, avant d'afficher le petit sourire canaille qui lui était familier.

— Tu es tellement jolie quand tu es en colère que j'en oublie tout le reste.

Elle émit un soupir exaspéré et leva les bras au ciel.

— Tu me traînes jusqu'ici comme un marin rapportant son vieux sac de toile à la maison et tu prétends maintenant ne plus te rappeler le motif de cet emportement ?

— Oh, si, je m'en souviens parfaitement, mais je préfère me régaler de la vue de ton joli visage plutôt que m'appesantir sur ce qui a pu me chagriner.

Bon sang. Allez comprendre les hommes !

— Tu dis ça aujourd'hui, rétorqua Helena, mais je suis moins sûre d'exercer sur toi le même charme quand l'attrait de la nouveauté sera passé.

Keir se rembrunit.

— Tu penses donc que je vais finir par être aigri contre toi ? Qu'est-ce qui peut te donner une idée pareille ?

Il était blessé dans son orgueil. La jeune femme le percevait à son ton indigné. Malheureusement, c'était bien de ce même orgueil de mâle qu'elle craignait le pire.

— Je n'ai pas dit « aigri ».

— N'empêche que tu viens d'insinuer que je ne serai pas toujours aveuglé par ta beauté, insista-t-il en se rapprochant.

Elle s'écarta de lui, ayant besoin de cette distance pour garder un minimum de lucidité. Elle avançait sur un terrain dangereux, elle en avait conscience – celui de la fierté masculine, que la moindre vérité lâchée de manière inconsidérée pouvait enflammer.

— Je n'ai pas la vanité de me supposer capable de monopoliser constamment ton attention.

Il fallait qu'elle exprime cette souffrance qui lui rongeait le cœur. Un homme comme Keir devait forcément avoir une maîtresse qui l'attendait chez lui, et il y avait peu de chances que ce soit un laideron. Il était tout aussi peu probable qu'il se contente d'une seule relation extraconjugale… et il allait lui falloir supporter tout cela avec le sourire, comme toute épouse digne de ce nom.

Il fronça de nouveau les sourcils.

— Si tu veux savoir quelque chose sur moi, Helena, demande-le-moi. Je ne suis pas le genre d'homme qui apprécie les démonstrations de respect ostentatoires comme celle dont tu m'as gratifié dans le vestibule. C'est aussi ton courage qui m'attire chez toi, pas seulement ta beauté.

Séduisant discours… Helena se mordilla la lèvre inférieure un moment, mais Keir ne lui offrit rien de plus, sinon l'air de défi qui faisait étinceler ses prunelles. Elle sentit sa propre fierté fouettée par ce regard et en tira un regain d'assurance.

— Bon, très bien, je vais te dire exactement ce que je crains : je m'attends à dormir seule, une fois chez toi, parce qu'une maîtresse attend ton retour.

— Red Stone sera aussi ton foyer, ma chérie. N'en doute pas, énonça-t-il d'une voix vibrante de tendresse.

Helena était terriblement tentée de le croire. Un foyer… En réalité, elle n'était pas vraiment certaine d'avoir jamais su ce que c'était. Le domaine de ses parents était un lieu régenté par la tradition et le souci obsessionnel de tenir son rang.

— Et pour la maîtresse ? s'enquit-elle. Tu ne nies pas en avoir une à domicile, n'est-ce pas ?

Elle avait prononcé ces mots sur un ton égal et le menton dressé.

Il tendit le bras en arrière pour enlever son épée.

— Je n'ai pas de maîtresse, répondit-il simplement.

Il déposa l'épée massive sur la table, avant de pivoter vers la jeune femme.

— Ou du moins je n'en ai plus, précisa-t-il. Gwen savait qu'il était de l'intérêt des McQuade que je me choisisse une noble épouse.

Ces paroles heurtèrent Helena. Elle baissa les yeux pour cacher sa souffrance.

Keir lui prit le menton dans le creux de sa paume et ne le lâcha pas quand elle se recula, accompagnant son mouvement. Elle ne l'avait pas entendu approcher. Elle n'avait même pas perçu le frottement de ses pieds sur le plancher.

— Elle m'a quitté parce qu'elle savait que je ne l'aimais pas, poursuivit-il. Sur le coup, je n'ai pas voulu accepter son départ. Je lui ai même certifié qu'elle serait une parfaite épouse pour moi. Mais elle refusait de se marier avec un homme qui n'avait pour elle que de l'affection.

Elle sentit sa main quitter son menton pour se poser sur sa joue. Elle tourna son visage contre sa paume. Un frisson lui traversa le corps. Jamais le contact d'un être humain ne l'avait autant bouleversée. Il n'était pas une seule de ses caresses, si légères soient-elles, qui ne la remplisse de joie.

— Je n'ai pas saisi ses motivations sur le moment, mais maintenant je ne peux que m'incliner devant son discernement. Elle avait raison.

Il orienta sa tête vers lui, afin que leurs regards se croisent. Une émotion sourde mais intense palpitait au fond de ses prunelles sombres. Helena n'en comprenait pas tout à fait la nature – mais lui non plus, sans doute.

— Tu ne peux tout de même prétendre m'aimer. Nous nous connaissons à peine.

— Je sais qu'aucune femme avant toi ne m'avait jamais autant froissé en me témoignant une déférence manifestement simulée. Je peux également te dire que, lorsque je me suis aperçu que tu n'étais plus auprès de moi dans la cour du palais, au retour de la chasse, j'ai éprouvé une telle frayeur que j'ai été à deux doigts de paniquer et de pleurer comme un enfant.

Il prit une inspiration frémissante et laissa ses mains retomber le long de son corps. Helena tressaillit de perdre ainsi le contact avec lui. Tout son corps la poussait vers lui, à la recherche de cette tendre chaleur que trahissait son regard.

— J'ai toujours ignoré ce qu'est l'amour. J'ai même cru pouvoir m'en passer. Mais la première fois que je t'ai embrassée, j'ai vite compris mon erreur. Non, Helena, aucune maîtresse ne m'attend à Red Stone. Et quels que soient les différends qui nous opposent, nous ne cesserons d'y partager le même lit. Je t'en fais le serment.

La jeune femme demeura tétanisée, sous le choc. Ses pensées s'affolaient. Elle redoutait la rivalité d'une maîtresse ; elle ne s'attendait pas à être redevable envers la précédente femme qui avait couché avec son mari ! Et si la promesse de celui-ci était bien présomptueuse, elle témoignait en même temps d'une telle passion que des larmes lui montèrent aux yeux.

La distance entre eux lui parut soudain insupportable. Elle avait besoin de sentir Keir contre elle. Il lui semblait qu'une éternité s'était écoulée depuis leur dernière étreinte. Le manque lui creusait les entrailles.

À la fin, n'y tenant plus, elle s'avança vers lui. Il prit une inspiration sèche quand elle posa les paumes sur son torse. Mais c'était surtout l'éclat de son regard qui la fascinait, la sombre ardeur qui hantait ses prunelles. Elle passa les mains sur sa poitrine, se délectant de la fermeté de ses pectoraux sous le pourpoint. Elle se rapprocha plus encore, enivrée par son odeur. Elle ne s'attarda pas sur les raisons pour lesquelles ce parfum lui paraissait aussi viril. Pour l'instant, seules comptaient les sensations qui l'envahissaient et, plus particulièrement, le bonheur d'avoir retrouvé une proximité physique avec son mari.

Cependant, elle avait besoin de toucher sa peau. Nouant les mains derrière la tête de Keir, elle l'attira vers lui. Il frémit lorsque les lèvres de la jeune femme se posèrent sur son cou. Celle-ci perçut le délicat tressaillement qui se propageait sur sa nuque. Ce premier baiser était des plus doux – un simple effleurement – mais il suffit à éveiller sa sensualité dans les moindres recoins de son corps, depuis le haut de son crâne jusqu'à l'extrémité de ses orteils.

— Ma douce, murmura-t-il en prenant son visage entre ses paumes. Tu ne peux savoir combien j'aime que tu me touches ainsi.

Il avait la voix rauque de désir.

Il plaqua ses lèvres sur les siennes. Son ardeur gagna la jeune femme qui eut aussitôt envie de se débarrasser de ses vêtements pour se presser contre lui, peau contre peau, et intensifier encore les sensations.

Elle entreprit de défaire les boutons de son pourpoint. Relevant la tête, il la considéra un moment. Ses mains quittèrent ses joues pour la prendre par les épaules et trouvèrent les petites attaches fermant sa guimpe.

Helena émit un soupir de soulagement en se sentant libérée du carré de toile qui protégeait la naissance de ses seins.

— Je n'aurais su mieux dire, acquiesça Keir.

Il la fit pivoter sur elle-même pour dénouer les lacets qui fermaient le haut de sa toilette. Il exécutait cette tâche avec beaucoup plus de sûreté qu'elle n'en montrait elle-même à le déshabiller et, en quelques gestes rapides et précis, il délaça le corsage qui se mit à bâiller. Il le fit ensuite glisser sur ses épaules et le laissa retomber sur sa taille. Le petit coussin qu'Helena portait au creux des reins ne l'arrêta guère non plus. Il en repéra sans peine les attaches, et bientôt la toilette entière s'effondrait aux pieds de la jeune femme.

Keir la souleva dans ses bras. L'air nocturne glissa sur les cuisses d'Helena et s'insinua sous sa chemise.

— Je veux t'enlever tes habits, moi aussi, murmura-t-elle.

Il la déposa près de la cheminée dont les flammes les baignèrent tous deux de reflets orangés. Un épais tapis était étalé devant l'âtre, sur les lattes du plancher. Les souliers d'Helena s'y enfoncèrent, lui donnant envie d'y plonger les orteils. Son époux vint se placer devant elle, le visage éclairé par l'excitation. Elle tendit les bras vers lui et vit ses prunelles briller de plaisir anticipé. C'était un spectacle grisant. Elle était aussi enivrée par l'effet de ses caresses sur Keir que par le moindre effleurement des doigts de ce dernier sur sa propre peau.

Elle plaqua de nouveau les paumes sur sa poitrine, sous son pourpoint ouvert. L'habit recouvrait toujours sa large carrure. Un frisson parcourut Helena quand elle perçut les battements de son cœur. Cela n'avait, bien sûr, rien d'extraordinaire ; elle aussi avait un cœur, après tout ! Mais sentir le pouls de son mari sous la pulpe de ses doigts lui donnait le sentiment de vivre une expérience unique. Remontant ses mains, elle voulut faire passer le pourpoint par-dessus les épaules de Keir. Celui-ci était cependant trop grand pour elle et la tâche se révéla malaisée. Avec un gloussement, il acheva le travail à sa place et le vêtement finit par glisser le long de ses bras.

— La lenteur de ce déshabillage est en train de me tuer, ma chérie, souffla-t-il. Mais je n'aurais manqué ça pour rien au monde.

Helena s'attaqua ensuite à la boucle de son ceinturon, les joues en feu. Certes, il aurait été plus logique de commencer à déboutonner sa chemise. Cependant il lui avait avoué que ce qu'il appréciait le plus chez elle, c'était son audace, et elle ne pouvait résister à la tentation de le vérifier.

De son côté, il passait les doigts sur son chignon pour localiser les épingles et, les retirant une à une, libéra sa natte qui lui retomba dans le dos. Son ceinturon était une bande de cuir très épaisse, dont elle eut un peu de mal à sortir l'extrémité de la boucle. Mais elle finit par y parvenir et par la faire coulisser sur les hanches de Keir. L'objet chuta sur le tapis avec un bruit sourd, entraînant avec lui le kilt aux plis impeccables de l'Écossais.

— Déshabille-toi pour moi, Helena, lui chuchota alors ce dernier sur un ton âpre de convoitise. Quand je t'ai surprise, l'autre soir, en train de te brosser les cheveux, cette image s'est gravée à tout jamais dans ma mémoire. Je veux te revoir devant moi telle que la nature t'a faite.

Les flammes du foyer rendaient sa chemise transparente. La jeune femme nota brièvement sa poitrine bombée, son ventre plat et l'ombre de son sexe sous le fin tissu. Puis il recula d'un pas pour ôter ses bottes dont il se débarrassa en deux temps, trois mouvements. Il ramena ensuite son attention sur elle. Le feu crépitait dans la cheminée ; des tressaillements ondoyaient sur la peau d'Helena. Elle avait soudain une conscience aiguë de son pouls qu'elle pouvait non seulement entendre dans ses oreilles, mais sentir également palpiter le long de ses membres.

Le regard dont la couvait Keir lui donnait le sentiment d'être belle. Elle se rendit compte qu'on ne naissait pas séduisant, mais qu'on le devenait sous les yeux d'autrui. Cela ne tenait pas, en l'occurrence, à la couleur de ses cheveux mais à la qualité du moment qu'elle partageait avec son époux, ainsi qu'au désir qui les portait l'un vers l'autre.

— Très bien, acquiesça-t-elle, mais à condition, mon cher mari, que vous me promettiez de rester sage pendant ce temps-là, et de ne me toucher que lorsque je vous en donnerai la permission.

Il se renfrogna quelque peu. L'excitation brillait cependant dans ses prunelles. Elle lui lança une longue œillade entre ses cils mi-clos, ravie de pouvoir l'aguicher un peu.

— Heureusement que ce n'est pas avec toi que j'ai joué aux cartes. J'y aurais perdu ma chemise, dit-il.

Elle sourit lentement, les joues de plus en plus échauffées.

— Finalement, c'était une bonne idée, murmura-t-elle.

Il pouffa.

— Et moi qui croyais que les nobles anglaises avaient besoin de leur chambrière pour se déshabiller !

Il y avait une nuance de défi dans son ton, qui galvanisa la jeune femme. Elle porta les mains aux lacets de son corset, dans le creux de ses reins, et en défit le nœud. Le poids de ses seins écarta aussitôt les pans du sous-vêtement. Un petit frisson étreignit Helena, soulagée d'être libérée du carcan de tissu. Keir avait les yeux rivés sur sa poitrine. Elle tira sur l'une des extrémités du lacet, ce qui lui fit arquer les reins et bomber le torse. Keir déglutit bruyamment. Elle en retira un surcroît d'assurance. Elle n'avait jamais pris la peine de se demander si son corps était attirant ou non. Tous les renforts exigés par la mode déformaient ce qui, dans l'anatomie féminine, était normalement censé plaire au sexe masculin.

Apparemment, Keir appréciait sa silhouette affranchie de ces apprêts. Cela se devinait à son regard étincelant, ainsi qu'à la tension qui altérait ses traits. La curiosité de la jeune femme en fut piquée. Elle acheva de délacer le corset – un peu étonnée, tout de même, que le guerrier semble davantage apprécier ses formes ainsi libérées que lorsqu'elles étaient revêtues des habits imposés par les canons de l'époque.

Et pourtant, l'expression de son visage montrait clairement qu'il se réjouissait du spectacle offert par l'encolure béante du corset. Comme elle sortait le lacet du dernier couple d'œillets, Helena s'aperçut qu'elle avait jusqu'alors retenu sa respiration. Elle expira en frémissant, détendant ainsi tous ses muscles. Elle se sentait plus libre que jamais.

Keir profita de ce qu'elle était perdue dans la contemplation de son visage pour s'avancer vers elle et la prendre par les épaules, qu'il se mit à masser doucement. Un fredonnement voluptueux monta de la gorge de la jeune femme. Le désir commençait à pulser en elle, mais sur un tempo régulier, presque familier, qui lui apportait déjà de profondes satisfactions. Ses rapports avec son époux avaient changé, comprit-elle. Désormais, elle ne craignait plus de lui montrer ses émotions.

Il glissa les doigts sous les bretelles du corset et les fit retomber le long de ses bras. Le sous-vêtement chut à son tour sur le tapis. La chaleur émanant du foyer remonta le long des jambes d'Helena. Sa poitrine accaparait maintenant ses sens. Affranchie du corset, elle lui semblait comme gonflée de désir.

— Tu as gagné, ma chérie. Je n'ai pas pu attendre ta permission.

Se reculant d'un pas, il ôta sa propre chemise. La jeune femme se mordit la lèvre inférieure en découvrant, à la lueur des flammes, le corps de son époux dans toute sa splendeur. C'était une vision quasi irréelle, telle une légende apparue dans un songe. Elle tendit les doigts vers ce miracle de chair, image de la perfection.

Elle eut un frisson quand ses mains entrèrent en contact avec la peau de Keir. Ce tremblement fusa dans les moindres replis de son anatomie, y suscitant une convoitise irrépressible. Ses mamelons se tendirent contre le tissu de la chemise. Ses seins lui paraissaient assoiffés de caresses.

— Cela ne peut plus durer, lâcha son mari dans un murmure rauque tout en empoignant l'ourlet de sa chemise.

Elle n'aurait su mieux dire et, levant les bras audessus de sa tête, se laissa dévêtir entièrement. Puis elle reposa les paumes sur le torse de Keir dont elle se mit à palper les pectoraux. Sans cesser de le caresser, elle descendit plus bas, jusqu'au niveau du ventre.

Il plaça les mains sur ses hanches. Une volute de plaisir déroula ses spirales dans le ventre d'Helena, dont la respiration devint hachée. Il y avait quelque chose d'incroyablement intime dans ce contact des doigts de son époux sur cette partie de son corps. C'était ainsi qu'il la tenait quand il la pénétrait – pensée d'une sensualité débridée qui choquait sa pudeur tout en stimulant son désir. Son clitoris se mit à battre doucement à la jointure de ses cuisses.

Il resserra sa prise sur sa taille, comme s'il s'efforçait de contrôler les élans de sa propre chair, comme s'il attendait de voir jusqu'où irait son audace. Était-ce dû à la convoitise qui l'animait ? À l'approbation qu'elle lisait dans ses yeux ? Toujours est-il que ses mains finirent par rencontrer la base de son érection.

Il émit un grommellement en gaélique qui se passait de traduction. Ce feulement bas acheva d'encourager la jeune femme, qui referma les doigts sur sa virilité. Keir plissa les yeux et lui étreignit encore plus fort les hanches. Helena éprouvait un ravissement inouï à se découvrir capable de produire un tel effet sur le guerrier. Elle avait si souvent été l'objet de ses attentions et de ses caresses qu'elle avait hâte de lui rendre la pareille, et de lui procurer autant de bonheur qu'il lui en avait apporté.

À cette pensée lui revinrent en mémoire certaines confidences qui s'échangeaient parfois à la cour, entre femmes… La séduction était un art que maintes femmes de la cour avaient porté à sa perfection. Et il leur arrivait de partager leur savoir en la matière avec d'autres dames de leur rang, et de détailler par le menu leurs aventures. La présence de demoiselles telles qu'Helena parmi l'auditoire ne les arrêtait guère. Au contraire, beaucoup prenaient plaisir à captiver les plus ingénues avec des évocations aussi crues que précises qui, après tout, contribuaient à leur éducation.

La jeune femme n'hésita donc pas à se fonder sur ces récits et commença par faire remonter les doigts le long de la hampe de chair, jusqu'à en agripper l'extrémité. Un épais bourrelet de peau enserrait maintenant cette dernière. Sans marquer de pause, elle redéploya ce fourreau jusqu'à la racine du membre, dans un mouvement fluide.

— Helena...

L'entendant gronder son nom, elle sourit. Le doux tapis sous ses souliers était idéal pour adopter la position que les libertines du palais royal lui avaient décrite. S'agenouillant devant Keir, elle amena ses yeux à la hauteur de sa virilité et put contempler celle-ci à loisir. C'était une lance aussi longue qu'épaisse, terminée par une tête écarlate que divisait un sillon. Sans lâcher sa prise sur la base du membre, elle se pencha en avant pour lécher ce sillon.

— Seigneur Dieu ! s'exclama son époux en tirant sur ses cheveux pour ramener sa tête en arrière, l'air éberlué. Où diable as-tu appris une chose pareille ?

Son accent écossais était si marqué qu'elle faillit ne pas comprendre sa question. Elle ne manqua pas toutefois de remarquer son trouble... et s'en félicita.

— De dames de la cour plus expérimentées que moi, avoua-t-elle, avant de faire remonter sa main de long de sa verge et de poser le pouce sur le sillon.

Elle vit un muscle tressauter sur la mâchoire de Keir.

— Ai-je bien retenu leurs leçons ? s'enquit-elle d'un ton faussement ingénu.

Il avait le regard brillant de plaisir anticipé. Comme il desserrait le poing qu'il avait plongé dans ses cheveux, Helena reporta son attention sur le membre qu'elle se remit à flatter de la langue, gratifiant l'extrémité de caresses circulaires.

Il arqua les reins, projetant vers elle son pénis qu'elle accueillit entre ses lèvres.

— Par le Ciel, je n'arrive pas à croire que tu sois en train de me faire ça !

Et elle n'avait nulle intention de s'arrêter en si bon chemin. Remuant lentement la tête, elle se mit à l'aspirer de plus en plus profondément dans sa bouche. Il la saisit par la nuque. La jeune femme en éprouva un picotement qui accrut encore son excitation. Sans ralentir la cadence de sa succion, elle accompagna le mouvement de ses lèvres de caresses sur la portion du membre qui n'était pas dans sa bouche. Keir émit un gémissement sourd, son grand corps arqué en avant, aussi tendu que le bois d'un arc.

— Ah, ma chérie, assez ou je vais perdre tous mes moyens !

Il lui arracha sa virilité des lèvres.

— Et alors, quel mal y aurait-il à cela ? répliqua-t-elle, un peu frustrée de n'avoir pu mener cette caresse à son terme.

Il s'agenouilla à son tour devant elle, sans lui lâcher la nuque. Un de ses bras vigoureux vint enlacer la taille d'Helena : c'était lui désormais qui la tenait à sa merci en lui imposant sa supériorité physique. Elle se laissa faire, enivrée par le contact de leurs peaux nues.

— Un amant digne de ce nom ne verse pas sa semence avant d'avoir satisfait sa partenaire.

— Beaucoup de maris n'ont pas ce genre d'attention.

Il la fit basculer en arrière jusqu'à ce qu'elle se retrouve allongée sur le tapis. Cependant, il ne se coucha pas sur elle. Il s'accroupit, la privant de son contact.

— J'aime te faire plaisir, dit-il.

Ses yeux la couvaient d'un regard brasillant de promesses. Prenant l'un de ses pieds, il le déchaussa et le dépouilla ensuite de son bas. Il se mit à jouer avec son mollet nu qu'il effleura sur toute sa longueur. Le feu s'était entre-temps réduit à un amas de braises rougeoyantes, qui nimbait son corps puissant d'une clarté écarlate. Sans trop savoir pourquoi, Helena éprouva un sursaut de pudeur qui l'incita à refermer les jambes.

— Ah, comme c'est dommage, commenta-t-il.

Levant l'autre pied, il le débarrassa à son tour de son soulier, puis en massa la plante avant de s'attaquer à la cheville dont il fit jouer muscles et tendons. Helena poussa un petit soupir d'aise.

— Voilà qui est mieux, approuva-t-il, mais je veux que tu retrouves l'assurance que tu as montrée tout à l'heure en me prenant dans ta bouche.

La jeune femme rougit malgré elle, sans toutefois pouvoir retenir le sourire de fierté qui lui montait aux lèvres. Dépassant son genou, les mains de Keir remontèrent le long de ses cuisses, qu'elles rouvrirent doucement. Puis il se pencha vers elle, effleurant sa poitrine des poils soyeux de son torse et taquinant ses lèvres de son haleine, avant de les gratifier d'un baiser torride.

— Cela dit, je tiens d'abord à te rendre la pareille.

— Quoi ?

Il gloussa, tout en la maintenant plaquée sur le tapis, et posa ses paumes sur ses seins. Le désir transperça Helena. Keir n'avait toutefois pas l'air de vouloir se hâter. Redressant la tête, il plaça un baiser sur son cou tout en taquinant ses mamelons avec ses pouces. Comme elle cambrait le dos pour mieux s'offrir à ses caresses, il continua à la bécoter en descendant peu à peu vers sa poitrine. La jeune femme guettait l'approche de ses lèvres avec une envie croissante : jamais elle n'avait autant désiré la bouche de son époux sur cette partie de son anatomie.

Il ne la déçut pas. Il passa la langue depuis la base d'un sein jusqu'à son sommet et referma enfin les lèvres sur sa pointe. Elle lâcha un cri étranglé. Tendant les bras vers Keir, elle lui agrippa les épaules et se souleva du tapis pour lui offrir sa poitrine en festin. Il captura une de ses rondeurs dans sa paume et la maintint en place pour l'embrasser plus goulûment. Jamais Helena n'aurait imaginé qu'une bouche puisse être aussi ardente : les lèvres de son mari semblaient brûlantes contre l'extrémité de son mamelon.

Et ce brasier coulait lentement, comme un feu liquide, jusque dans son ventre. Son mont de Vénus palpitait entre ses cuisses. Les plis de son intimité étaient si gonflés de désir qu'elle ne pouvait qu'écarter les jambes pour les soulager un peu. Keir s'en aperçut immédiatement et posa la paume sur son pubis.

— Ah, voilà ce que j'attendais : une invitation.

Ses doigts effleurèrent sa féminité. Elle sursauta, trop sensible pour rester tranquille sous cette caresse, si légère soit-elle. Keir la plaqua au sol en appuyant sur le haut de son ventre, mais avec douceur, sans cesser de la masser, manifestement soucieux de la détendre.

— Bien, ma chérie, murmura-t-il en la voyant se calmer. C'est mieux ainsi.

Sa main descendit plus bas et s'aventura jusqu'à l'entrée de son sexe. Bien qu'il la touchât à peine, Helena enfonça les ongles dans l'épaisseur du tapis en se contorsionnant sous l'afflux de sensations qui la possédait comme une chose vivante, serpent de braise qui concentrait tous les désirs et les condensait en une seule et unique flamme dévorante.

Il déposa un baiser sur son nombril, avant de revenir se placer au-dessus de son pubis.

— Keir ?

Il releva les yeux vers elle, un éclair malicieux dans le regard.

— Quoi, ma chérie ? Ces dames de la cour auraient-elles donc omis de te parler de la manière dont un homme peut remercier une femme de la caresse que tu viens de m'offrir ?

— Eh bien... elles n'ont pas été jusque-là.

Il lui frictionna le ventre d'une main ferme, avant de l'allonger de nouveau au sol.

— Dans ce cas, permets que je te rende sans plus tarder les délices que tu m'as procurées.

L'air se figea dans les poumons d'Helena, et elle n'osa reprendre son souffle tant elle était choquée par le spectacle de son époux installé entre ses cuisses. Tandis que sa large carrure maintenait ses jambes ouvertes, il écarta les plis de son intimité pour exposer le tendre bouton de son clitoris.

— Keir...

Au lieu de lui répondre, il se pencha vers l'ouverture ainsi dégagée et passa la langue sur sa fente.

Elle aurait roulé sur le côté, s'il ne l'avait aussi solidement maintenue. Cette simple caresse avait embrasé si violemment ses lèvres qu'elle en eut la vision troublée. Les muscles de sa nuque se ramollirent sous l'impact de cette volupté, si bien qu'elle dut reposer la tête par terre. Elle ferma les paupières.

Plus rien n'existait pour elle que la pointe brûlante de la langue de Keir. Il la léchait lentement, depuis le bas de sa féminité jusqu'au bourgeon ardent qu'il se mit ensuite à taquiner doucement, jusqu'à ce qu'elle cambre de nouveau le dos pour s'offrir pleinement à lui.

Il parut comprendre son envie, car ses lèvres se refermèrent enfin sur le bouton palpitant. Le plaisir submergea Helena. Puis Keir commença à sucer son clitoris, et elle se mit à crier en balançant la tête d'un côté à l'autre. Elle avait l'impression de voguer sur une mer agitée d'émotions et de désirs. Des ondes de jouissance la soulevaient, mais ne suffisaient pas à apaiser le manque qui se creusait de plus en plus en elle. Le temps s'étira, suspendu entre plaisir et frustration, créant une tension toujours plus forte qui l'incitait à lancer le bassin vers la bouche de son époux, en quête du bonheur qui la comblerait enfin.

Un bonheur que Keir n'avait pas l'air pressé de lui donner ! Ayant relâché son clitoris, il recommença à lécher ses lèvres sur toute leur longueur, plusieurs fois, tant et si bien que des larmes lui montèrent aux yeux.

— C'est bon, ma chérie. Je crois que je n'ai pas plus de patience que toi.

Revenant sur son clitoris, il y appliqua la bouche avec plus d'insistance. Elle perçut l'approche de la libération. Son cœur se mit à battre la chamade sous la montée de la jouissance, qui explosa dans son ventre et se répandit dans le reste de son corps avant d'envahir son esprit, anéantissant en elle toute trace de pudeur et de décence : seuls comptaient les émotions qui la secouaient et l'homme qui l'entraînait dans ce torrent de volupté.

Elle ne reprit sa respiration que lorsque sa chair s'apaisa peu à peu. Son mari vint alors la surplomber de son écrasante silhouette, le visage tendu par le désir, les traits soulignés par la lueur rubis du feu mourant.

Cependant, il ne la couvrit pas tout de suite. La saisissant par le côté, il l'incita à rouler sur le ventre. Puis, glissant un bras sous sa taille, il la mit à quatre pattes. La jeune femme le sentait derrière elle, les mains accrochées à ses hanches.

C'était une position des plus sensuelles qui lui plaisait beaucoup. Le sexe de Keir se pressait contre sa fente moite, qu'il pénétra sans peine. Une profonde satisfaction l'envahit. Des trémulations de volupté la parcouraient encore et formaient comme un contrepoint aux secousses que lui imprimait le membre viril. Keir, de fait, ne lui témoignait plus aucune douceur, et elle s'apercevait qu'elle-même n'en voulait pas. Elle aspirait au contraire à être subjuguée par sa force et se délectait des claquements de sa chair contre la sienne. Sa verge en elle était raide et il la possédait à grands coups de bassin, accentuant chaque fois la pression d'une traction sur ses hanches. Le ballet de l'amour lui arrachait des gémissements inarticulés.

— Oh oui, ma chérie, crie donc… J'aime t'entendre prendre ton plaisir.

Tous ses sens étaient exacerbés. Jamais elle ne s'était sentie aussi vivante. Keir la chevauchait sur une cadence sauvage, avec des poussées brusques et rapides. Ses seins ballottaient d'avant en arrière, ses doigts accrochaient le tapis, et elle se mit à pilonner elle-même le ventre de son mari avec ses fesses, les reins arqués, initiative que ce dernier approuva d'un grognement sourd.

Les mains de Keir se raidirent brusquement sur ses hanches. Elle l'entendit prendre une inspiration sèche. Puis sa semence l'inonda en un long jet brûlant. Il plaqua les mains sur le tapis. Helena avait les jambes qui tremblaient ; elle sentait, contre son dos, son mari frémir aussi. Ils s'abattirent ensemble sur le tapis et Keir la ramena contre lui avant de rouler sur le dos, la poitrine soulevée par une respiration saccadée.

— Doux Jésus… Tu vas finir par me faire passer l'arme à gauche, ma chérie, chuchota-t-il, avant de la blottir contre lui et de nicher sa tête sur son épaule. Mais ce serait le plus heureux des trépas, je dois le reconnaître.

— Tu ne devrais pas tenter le sort avec ce genre de propos.

Ayant trouvé le bout de sa tresse, il se mit à la dénouer.

— Comment ça ? répliqua-t-il. N'ai-je donc pas le droit de te dire combien j'aime coucher avec toi ? La noblesse de ton extraction nous interdit-elle tout bonheur ? Serions-nous condamnés à ne connaître de plaisir partagé que pour engendrer une progéniture destinée à grandir entre des parents ne s'aimant que très peu et de loin ? Je ne partage pas ce point de vue, Helena. Tu me rends heureux – voilà, c'est dit.

La jeune femme en eut la gorge serrée, réaction qu'elle eut du mal à comprendre elle-même.

— Tu ne devrais pas tenter le sort, c'est tout, répéta-t-elle.

Elle voulut s'écarter de lui. Il la retint fermement.

— J'ai froid, se plaignit-elle.

— Non, pas du tout. Tu veux juste prendre du recul pour te redonner cette contenance de demoiselle de bonne famille que tes parents t'ont inculquée avant de t'envoyer à la cour.

Il se jucha sur elle, la plaquant au sol sous son poids.

— Mais ça ne marche pas avec moi, Helena. J'ai de tendres sentiments pour toi, et je dois avouer que j'en suis le premier étonné. Je pensais pouvoir supporter une vie conjugale sans affection, or je suis ravi que cette épreuve me soit finalement épargnée. Positivement ravi.

— L'amour est une folie.

Il la gratifia d'un long baiser passionné et ne quitta pas ses lèvres avant qu'elle ait répondu à son ardeur. Elle n'eut pas à se forcer pour cela : dès qu'il la touchait, son désir se ranimait, comme un fauve réveillé de sa sieste.

— Alors je suis content d'être fou.

Il se rallongea près d'elle, la laissant du côté du feu. Les braises diffusaient leur chaleur sur la chair de la jeune femme, tandis que le corps tiède de son époux la protégeait de la fraîcheur de la chambre. Il avait raison : elle n'avait pas froid.

Il avait fini par dénouer complètement ses cheveux et jouait avec ses boucles libérées.

— Mais…

— Chut ! la coupa-t-il. Il sera toujours temps, demain, de repasser sous les fourches Caudines de la morale et de la bienséance. D'ici là, profitons des bonheurs simples de la vie à deux, sans nous embarrasser de chichis qui viendraient brider notre passion.

— Notre amour, tu veux dire ?

Il lui prit le menton dans le creux de la paume et leva son visage afin de la regarder droit dans les yeux. Ses traits exprimaient son assentiment, une forme de consécration à laquelle Helena voulait croire de toutes ses forces.

— Oui, ma belle. Voilà au moins un point sur lequel nous sommes d'accord. « Amour » est un mot qui me convient très bien.

— Un joli mot, admit-elle.

Un très joli mot… Elle battit des paupières, subitement terrassée par la fatigue. Son cœur ralentit en même temps que le feu agonisait dans la cheminée, et la fraîcheur nocturne ne tarda pas à l'envelopper. Elle se pelotonna contre Keir, à la recherche de sa chaleur. Elle appréciait leurs différences, la complémentarité qui unissait son corps puissant et rude aux rondeurs tendres de sa propre chair. Il y avait là une forme de perfection naturelle qui la satisfaisait profondément.

Elle sentit Keir s'agiter dans son dos. Il se déplaça et parut ramasser quelque chose par terre. Helena n'ouvrit pas les yeux pour savoir de quoi il s'agissait. Mais elle soupira d'aise quand son kilt vint la recouvrir.

Il se glissa lui-même sous les plis du vêtement de laine et se colla contre elle. Elle esquissa un sourire de contentement. Après tout, songea-t-elle, il était aussi bien que Keir ne corresponde en rien à l'image qu'elle s'était faite jusqu'alors d'un mari.

Il était différent. Il était écossais.

Et c'était tant mieux.

Edmund sourit. Ce n'était qu'une mince contraction des lèvres, à peine une grimace, mais il n'en était pas moins satisfait de lui-même : il ne s'était pas trompé dans le choix de l'assassin. Ce dernier semblait valoir tout ce qu'il avait dépensé pour ses services.

Il vit l'homme marquer une pause à l'autre bout de la grande salle, juste assez pour établir un bref contact visuel avec lui, avant de se fondre dans la cohue des courtisans.

Rien que pour pénétrer dans ces lieux, il fallait une bonne dose d'habileté. Et des moyens, aussi : cet exploit avait dû lui coûter une partie non négligeable de ses appointements.

Edmund vida son gobelet sans même goûter le vin de prix qu'il contenait et ne put réprimer un rictus en songeant aux souffrances qu'il allait devoir endurer pour récupérer sa sœur. Cette garce aurait à lui en répondre. Il n'oubliait jamais un affront. Même de la part d'un proche. Il était comte, après tout, ou ne tarderait pas à le devenir, son père n'en ayant plus pour longtemps. Il était hors de question que sa sœur soit engrossée par un Écossais. Il était prêt à tout pour l'éviter, y compris subir la lame d'un tueur à gages.

Ayant déposé le gobelet sur le plateau d'un domestique qui passait, il s'éloigna de ses compagnons, qui portèrent une main gantée à leur bouche en échangeant des regards entendus, croyant sans doute qu'il allait profiter de la nuit déjà bien avancée pour aller s'octroyer un plaisir rapide dans l'obscurité des galeries latérales.

Edmund les laissa à leur illusion. Parvenu dans la galerie, il se permit un sourire de triomphe : il était sur le point de mettre en branle une machination d'une perfidie absolument somptueuse ! Tout en arpentant les corridors enténébrés, il mouchait la mèche de quelques-unes des lampes qui y étaient suspendues. Dehors, la tempête se déchaînait de nouveau, ses bourrasques projetant des paquets de pluie sur les hautes fenêtres qui donnaient sur le parc. L'averse emplissait les lieux d'un crépitement sonore qui servait ses intérêts.

Il continua à progresser ainsi jusqu'au quai. La péniche royale n'y était pas amarrée, sans doute parce qu'on l'avait mise à l'abri des flots tumultueux de la Tamise. Des débris divers parsemaient le courant. Edmund avisa même un tronc d'arbre emporté par le fleuve.

Comme il tournait à l'angle du corridor, il s'aperçut qu'il n'était pas seul.

— En voilà une surprise !

Raelin McKorey pivota dans un froissement de soie, étouffé par la laine de son manteau. Reconnaissant le propriétaire de la voix, elle écarquilla les yeux. Edmund avait pris soin de se camper dans l'encadrement donnant sur le quai, lui coupant ainsi toute retraite.

— Alors, on se cherche un amoureux ?

Elle le foudroya du regard.

— Bien au contraire : je désirais m'isoler un peu des hommes de votre espèce.

Edmund tripota un instant la poignée de l'épée pendue à sa hanche, avant de s'approcher de la jeune femme. Celle-ci recula d'un pas.

— Eh bien, moi, dit-il, je suis très content d'avoir cette occasion de régler nos comptes.

L'Écossaise regarda derrière l'épaule du courtisan, mais dut reculer une nouvelle fois quand, ramenant son attention sur ce dernier, elle se rendit compte qu'il en avait profité pour avancer encore.

— Cessez, monsieur ! Vous vous adressez à une demoiselle d'honneur de Sa Majesté.

— Je m'adresse à une catin qui a besoin d'être remise à sa place...

— Seigneur Dieu !

Raelin affichait maintenant une terreur sans fard. Edmund la dévisageait avec satisfaction, lorsqu'une douleur aiguë lui vrilla l'épaule, l'arrachant à son désir obsessionnel de nuire à l'Écossaise. Baissant les yeux, il vit la pointe d'une lame dépasser de sa poitrine. La souffrance était si intense qu'il en fut presque admiratif. Ses pensées devinrent cotonneuses, son cœur commença à ralentir. La dague se retira, déclenchant une nouvelle explosion de douleur dans sa chair, comme si celle-ci s'était mise à fondre autour du fer acéré de l'arme.

— Excellent travail, hoqueta-t-il. J'en ai pour mon argent.

Il se retourna vers l'assassin, le cerveau de plus en plus embrumé.

— Gardes ! s'écria Raelin d'une voix stridente pour couvrir le rugissement des flots.

— Tuez-la ! dit Edmund en pivotant vers l'Écossaise. Elle va tout gâcher. Il faut que McQuade soit accusé de cette agression.

Il empoigna la jupe de la jeune femme, qui planta ses talons dans les planches du ponton mais ne put faire lâcher prise au courtisan, beaucoup plus fort qu'elle.

— Tuez-la, répéta ce dernier, en proie à un sursaut de rage. Je veux la voir saigner !

Ce fut dans sa propre poitrine que la lame s'abattit de nouveau. Tout son corps devint comme de la glace. Ses genoux plièrent et heurtèrent les pierres du quai. Cependant il ne sentait déjà plus rien, à part le froid mordant qui le tétanisait. Ses muscles se raidirent, ses doigts se resserrèrent sur la jupe de Raelin. La pointe de la lame était maculée de sang. Le clair de lune se réfléchissait dessus tandis que l'eau s'infiltrait dans ses hauts-de-chausses.

C'était une plaie mortelle qui venait de lui être infligée. Regardant derrière lui, il dévisagea l'assassin qu'il avait engagé.

— Je vous ai payé... pour me blesser...

Le tueur considéra pensivement son couteau.

— Certes, admit-il, et j'ai rempli mon contrat avec le premier coup que je vous ai donné.

— Mais alors... pourquoi le deuxième coup ?

Edmund sentait son pouls ralentir encore. De longues secondes s'écoulaient maintenant entre deux battements de son cœur. Il tordit la main qui tenait la robe de Raelin, dans un effort désespéré pour se raccrocher au monde des vivants.

— Eh bien, il se trouve qu'on m'a engagé pour vous éliminer. Ne voyez là rien de personnel : je me contente d'exécuter un contrat. J'ai une famille à nourrir, voyez-vous. Vous m'avez payé pour vous blesser, et mon second client m'a payé pour vous tuer. J'ai accompli les deux missions à la fois.

— Qui... Qui vous a payé ?

L'assassin pencha la tête et parut soupeser la question. Puis il haussa les épaules.

— Je suppose que je peux aussi bien vous le dire, maintenant, ça ne changera pas grand-chose. Il s'agit de lord Ronchford. Eh oui ! Cette « relation de confiance » à qui vous avez donné une missive détaillant le contrat qui nous lie... Il a lu cette lettre et m'a aussitôt contacté, voyant là une occasion rêvée de régler certains comptes avec vous. D'après lui, vous auriez refusé de lui restituer un grosse somme qu'il vous a versée. Vu que vous aviez de toute façon prévu de faire accuser un tiers de votre agression, on ne le soupçonnera jamais de votre décès, qu'on attribuera à Keir McQuade, comme vous le souhaitiez. Moi, j'appelle ça faire d'une pierre deux coups… Mais bon, je comprends que vous ne partagiez pas totalement mon point de vue.

— Je… Je suis un pair.

— Un pair mort, tout comme le sera bientôt la demoiselle ici présente. Cela me chagrine de l'éliminer aussi, mais elle a vu mon visage. Quel dommage, cela dit. Personne ne me rétribuera pour *sa* disparition.

Raelin estima inutile d'en apprendre plus : sortant de son corsage le petit couteau que son frère lui avait fortement conseillé de toujours porter sur elle à la cour, elle coupa sa robe au-dessus de la main du frère d'Helena. Le tissu se déchira aussitôt. Hurlant d'effroi, l'Écossaise tomba à la renverse, dans les eaux bouillonnantes de la Tamise qui se refermèrent sur elle, l'engloutissant dans leurs profondeurs glaciales.

Son manteau, entraîné par le courant, lui tirait sur le cou, menaçant de l'étrangler. En voulant se dépêtrer du lourd vêtement, elle s'enfonça encore plus dans les remous noirs du fleuve. Ses poumons se mirent à la brûler tandis que ses doigts, raidis par le froid, étaient de moins en moins capables de déboucler la broche retenant l'habit gorgé d'eau.

Elle se mit à prier le Ciel…

11

— Raelin ? appela doucement Catriona McAlister, pour ne pas réveiller la reine qui dormait.

Plusieurs suivantes de Sa Majesté s'étaient également assoupies, fermant les yeux dans le fauteuil où elles étaient censées veiller sur le sommeil de leur souveraine. Bien souvent, c'était le seul repos que pouvaient s'octroyer les dames au service d'Anne du Danemark.

— Raelin ?

Catriona fit la moue. Elle avait envie de profiter de ce que tout le monde était dans les bras de Morphée pour sortir prendre l'air. Le temps n'avait pas été clément, ces derniers jours, et la reine avait passé la majeure partie de ses journées au lit, si bien que la jeune femme se sentait l'envie de bouger.

Raelin devait être déjà sortie, se dit-elle avant d'enfiler un manteau et de se glisser dehors. Le vêtement de laine était assez ample pour recouvrir complètement sa toilette dorée. Elle en rabattit la capuche sur sa tête pour cacher ses cheveux blonds. L'excitation de cette escapade nocturne la grisait comme un bon vin.

Passant la tête par la porte des appartements de la reine, elle jeta un coup d'œil à droite et à gauche, avant de se hâter le long de la galerie qui menait au jardin. Avec toute la pluie qui était tombée, la Tamise serait certainement agitée. L'Écosse lui manquait. La capitale anglaise était trop chargée de bâtiments et de gens, à son goût. Elle avait la nostalgie des paysages de collines herbues que berçait le babil des rivières.

Maintenant que la reine était de nouveau enceinte, les demoiselles d'honneur pouvaient s'attendre à rester confinées avec elle dans le palais, même par beau temps. La période des couches serait la pire. Toutes les fenêtres des appartements royaux seraient occultées avec des volets en bois gravés, afin de diminuer la lumière et permettre ainsi à Anne de conserver ses forces pour la naissance. Pendant un bon mois, son entourage en serait réduit à chuchoter et à marcher sans faire de bruit autour de la souveraine.

Cette perspective lui fit accélérer le pas. Supposant que Raelin avait dû, comme elle, vouloir entendre le bruit de l'eau, Catriona s'orienta vers la porte donnant sur le quai. La rumeur de la Tamise lui parvint bientôt. Pour elle, ces clapotements liquides étaient comme le bruit de la liberté.

Elle se figea avant même d'être parvenue sur le quai. Les nuées orageuses voilaient le clair de lune, ne laissant qu'une lueur grisâtre éclairer les flots tumultueux. Malgré le toit censé protéger Leurs Majestés de la pluie quand ils montaient à bord de la péniche royale, l'averse fouettée par les bourrasques avait mouillé les planches du ponton.

Ce n'était pas cependant les flaques d'eau reflétant la grisaille ambiante qui avaient arrêté l'Écossaise. Plissant les paupières, elle avisa une forme inanimée sur le quai, juste avant le ponton. Les mains tremblantes, elle pivota d'un bond et fouilla les ténèbres des yeux, redoutant d'y apercevoir les silhouettes d'assassins.

— Au secours ! hurla-t-elle. Gardes ! Au secours !

Elle avait l'impression que son cœur allait crever sa poitrine, tant il battait fort. Les secondes s'éternisèrent.

Elle perçut enfin le bruit des bottes des sentinelles de Sa Majesté, loin dans la pénombre de la galerie. La première qui la rejoignit ne fut qu'une ombre se détachant sur les ténèbres du palais.

— Par ici ! s'écria-t-elle en désignant le corps étendu sur le quai.

Des lanternes furent apportées, jetant leur éclat jaunâtre sur la scène.

Catriona émit un hoquet d'horreur. Le sol de pierre était maculé de sang. Le liquide poisseux s'était écoulé d'un cadavre autour duquel il formait une mare sombre. La qualité du personnage, dont attestaient ses habits, ne rendait pas son sang moins rouge que celui de n'importe quel autre mortel.

Le garde arrivé le premier sur les lieux retourna le corps. Catriona porta la main à sa bouche en reconnaissant le frère d'Helena.

Edmund Knyvett était mort. Ses paupières étaient ouvertes sur des yeux sans vie.

Les sentinelles secouèrent la tête, et Catriona suivit la direction de leurs regards : le cadavre tenait à la main un pan de soie mordorée. La longueur de tissu taché de sang s'étendait sur les planches du ponton et pendait, à l'autre bout, au-dessus de la Tamise.

La couleur de la soie était la même que celle de sa propre toilette.

— Raelin !

Elle se rua vers le ponton. Les gardes se précipitèrent pour l'arrêter. Elle se débattit, mais dut se rendre à l'évidence : son amie n'était visible nulle part. Les sentinelles finirent par l'écarter des remous dangereux du fleuve. Malgré sa résolution de détourner les yeux, elle ne put s'empêcher de regarder une dernière fois le corps du frère d'Helena. Elle remarqua alors, non loin de ce dernier, un deuxième morceau de tissu. Elle se pencha pour le ramasser et, le tendant à la lumière des lanternes, vit qu'il s'agissait d'un morceau de kilt mauve, ocre et vert.

Les couleurs du clan McQuade !

Comme elle écarquillait les yeux, effarée, elle sentit un froissement sous son pied et, se courbant de nouveau, récupéra un parchemin plié. Elle l'ouvrit et avisa en bas du document la signature de laird McQuade.

Elle fixait le bout de kilt et le parchemin avec des yeux incrédules, quand l'un des gardes lui arracha le tout des mains avec un froncement de sourcils.

Il examina à son tour les deux éléments.

— C'est un meurtre, dit-il enfin.

Le feu s'était éteint dans la cheminée, mais Helena n'avait pas froid. Keir était chaud sous elle. Il était en train de jouer avec une boucle de sa chevelure. Elle regardait ses doigts caresser tendrement la longueur de mèche soyeuse. Il avait remonté sur eux son kilt, qui avait dû glisser pendant leur sommeil. Ses jambes étaient mêlées à celles de la jeune femme qui avait la tête posée sur son torse et écoutait son cœur battre paisiblement.

— J'ai hâte de vivre des moments comme ça, avec toi, à Red Stone.

Elle aussi se réjouissait de partager d'autres étreintes avec lui sur sa terre natale. L'idée de visiter son fief l'attirait de plus en plus. La façon dont Keir en parlait suffisait à éveiller son intérêt.

Des coups sonores assenés à la porte d'entrée les arrachèrent tous deux à cette rêverie. Keir fut debout avant même d'entendre ses hommes se disputer avec qui venait ainsi les déranger. Il enfila rapidement sa chemise tout en bouclant son ceinturon, se contentant de ce simple sous-vêtement pour couvrir sa nudité.

— Reste là, Helena, ordonna-t-il d'un ton sans appel.

Un poing s'abattit sur la porte. La jeune femme hoqueta de frayeur avant de se redresser, le kilt serré contre sa poitrine. Keir ouvrit le battant, l'épée pointée.

Un soldat en uniforme de la garde royale se dressait sur le seuil – un capitaine, d'après ses insignes. Farrell s'était interposé entre lui et la chambre de son chef.

— Que diable signifie ceci ? questionna Keir en foudroyant l'intrus du regard.

— Jacquot te convoque sur-le-champ, répondit Farrell à la place de la sentinelle.

Helena se raidit : Sa Majesté n'envoyait sa garde personnelle, pour mander ainsi l'un de ses sujets en pleine nuit, qu'en cas de problème. De grave problème.

— Je vous serais reconnaissant de bien vouloir détourner les yeux de ma femme, gronda Keir à l'adresse de l'émissaire royal.

— Sa Majesté désire aussi voir milady. Nous vous attendons dehors.

Sur ce, le capitaine des gardes le salua d'un hochement de tête, non sans avoir inspecté une dernière fois la chambre des yeux – sans doute pour s'assurer qu'elle ne comportait pas d'autre issue.

Keir referma le battant d'un geste rageur et jura tout bas. Tout son corps vibrait de colère.

— Je déteste cette ville !

— Moi de même.

Il pivota vers Helena. Le courroux marquait ses traits, mais une certaine admiration s'y lisait aussi. Se mettant debout, la jeune femme secoua le kilt du guerrier.

— Je suppose que je ferais mieux d'apprendre à plisser cet habit comme il faut.

— Et moi, de garder à portée de main un deuxième kilt pour ne pas être obligé d'aller ouvrir en chemise, la prochaine fois que nous serons surpris dans notre chambre.

Sa tentative de plaisanterie tomba un peu à l'eau ; trop de tension altérait sa voix. Il hésitait à se démunir de son épée puis, finalement, les dents serrées, alla la déposer sur le lit et récupéra son kilt, qu'il étala sur la table pour en redresser soigneusement les plis.

— Je t'apprendrai ça plus tard, ma chérie. Il semblerait que Jacquot ait deux mots à nous dire. Habille-toi vite.

Elle s'empressa d'obtempérer, le ventre noué par l'appréhension. Elle ne pouvait s'empêcher de penser que son frère était encore derrière tout cela, et qu'il cherchait un moyen de remettre la main sur elle.

Son mari eut vite fait de se rhabiller et vint l'aider à remettre chemise, corset et robe. Il procédait avec la plus grande délicatesse, comme s'il craignait de la voir disparaître à son contact, telle une bulle de savon. Il lui tressa les cheveux pendant qu'elle ajustait ses vêtements et porta ensuite la natte à ses lèvres, les yeux clos et le visage soudain détendu. Helena, qui le regardait par-dessus son épaule, tressaillit, submergée par la tendresse.

Elle devait avoir trahi son émoi, car il rouvrit aussitôt les paupières pour la dévisager.

— Quelle que soit la raison pour laquelle le roi nous a convoqués tous deux devant lui, Helena, je te jure que je ne renoncerai jamais à toi. Pas tant que j'aurai un souffle de vie. Tu as ma parole.

Se retournant, elle tendit les bras vers lui et posa les mains sur sa large carrure. Il la saisit par la taille et la pressa contre lui.

— Je sais, Keir, répondit-elle. Je te fais confiance sur ce point.

— Ah, ma chérie, voilà une bien douce parole à entendre...

Il la gratifia d'un baiser torride, un baiser contenant la promesse d'autres moments de bonheur ; un baiser qui scellait sa détermination à la garder coûte que coûte auprès de lui. Elle se haussa sur la pointe des pieds pour répondre à l'ardeur de son étreinte. Le désespoir commençait à la ronger ; de sombres pressentiments rôdaient en marge de sa conscience.

Elle soupira lorsque Keir redressa la tête : une résolution farouche brillait dans ses prunelles sombres.

— Dépêche-toi de finir ta coiffure. Je veux en terminer au plus vite avec ces histoires de cour.

Son courage galvanisa la jeune femme. Rassérénée, elle récupéra ses épingles et fixa sa natte en spirale sur sa nuque. Quelles que soient les épreuves qui les attendaient, ils les affronteraient ensemble, et cela seul importait.

— C'est une calomnie ! s'écria Keir, au comble de l'indignation, sans même donner son titre au souverain.

Il fixait sur le roi un regard étincelant, frémissant d'une rage à peine contenue.

Jacques Stuart se frotta pensivement le menton.

— C'est pourtant bien votre signature qui est apposée au bas de cette missive commandant l'élimination d'Edmund Knyvett.

— Ce bout de papier ne porte pas mon sceau.

Lord Ronchford se tourna vers le monarque.

— Cet homme appartient à une famille d'individus notoirement violents.

— Violents ? rétorqua le guerrier. Vous osez parler de violence, après avoir tenté d'enlever ma femme en pleine rue et cela, certainement, avec l'accord de son propre frère ?

— Je ne vois pas de quoi vous voulez parler, l'Écossais.

Keir pointa sur lui un index accusateur.

— Je crois pourtant m'être exprimé clairement. Vous avez essayé d'enlever Helena Knyvett la veille du jour où elle devait m'épouser. Et vous y seriez parvenu si je ne vous en avais pas empêché avec mes hommes.

— Vous admettez donc marauder dans les rues de la capitale avec votre horde ?

— Assez ! décréta Jacques en donnant du poing sur l'accoudoir de son trône.

Ses gardes avaient déjà abaissé leurs piques en position de défense. La plupart visaient Keir.

Ce qui frappa le plus le guerrier, toutefois, ce fut le reproche muet qu'il devinait dans le regard de ces soldats. De nouveau surgissait l'antique rivalité entre Anglais et Écossais. Comprenant que sa colère desservait sa cause face à cette assistance qui se méfiait de ses origines, Keir se força au calme, soucieux de ne pas donner de lui l'image de barbare dont on n'avait que trop tendance à l'affubler. Du reste, la diplomatie était parfois une meilleure arme que la force brute.

— N'importe qui peut avoir écrit cette lettre, sire.

— Et le morceau de kilt ?

Ronchford s'exprimait sur un ton si arrogant que Keir eut le plus grand mal à se retenir de se jeter sur lui. Avec un haussement de sourcils, il déboucla son ceinturon. Ronchford le considéra avec perplexité. Le roi, lui, parut avoir compris l'intention de son compatriote. Il plissa les yeux, attendant la suite.

— Voici mon kilt. Comme vous pouvez le constater, il n'y manque pas un seul morceau. Il ne comporte non plus aucune reprise. Ce vêtement consiste en une bande de laine tissée d'une seule pièce, sans découpe ni coutures.

Ronchford se mit à rougir et à battre des paupières. Keir nota ces signes révélateurs : le bonhomme n'avait manifestement pas la conscience tranquille.

— Cela ne prouve rien, rétorqua le lord. Vous pouvez avoir des douzaines d'habits semblables dans vos malles.

— Ma femme ne m'a pas quitté depuis l'instant où je l'ai récupérée devant la porte des appartements de la reine.

Ronchford prit une inspiration frémissante.

— Bah, elle doit être prête à tous les mensonges pour que ses rejetons héritent du comté de Kenton !

Keir projeta son poing dans la face avachie du débauché, prenant les gardes de court. Ronchford se retrouva cul par-dessus tête. Des lances jaillirent à quelques centimètres de la gorge du guerrier, qui se tint parfaitement immobile.

— Laissez ma femme en dehors de ça, gronda-t-il. Quiconque l'insultera aura affaire à moi. Si vous voulez vous battre, mon bonhomme, je suis là.

L'aristocrate se remit laborieusement debout. Un filet de sang lui maculait le menton. Ses yeux étincelaient de colère.

Le roi leva la main.

— J'ignorais que vous étiez proche d'Edmund Knyvett au point de venir devant votre roi réclamer justice avec une telle véhémence, Ronchford.

L'interpellé battit une nouvelle fois des paupières. Keir croisa les bras sur sa poitrine.

— Il était à la table de jeu le soir où j'ai gagné la dot d'Helena. Il nous a quittés quand Edmund s'est trouvé à sec, rapporta le guerrier avant de se tourner vers le souverain.

— C'est exact, admit Ronchford. Edmund était de mes amis, en plus d'être comme moi un pair du royaume. Je ne suis pas près de laisser son meurtrier s'en tirer impunément !

— Attendez au moins que nous l'ayons identifié.

— Mais, Majesté, nous avons cette missive ainsi que ce morceau de kilt. Ne sont-ce pas des preuves suffisantes ?

Jacques Stuart se leva.

— Il nous manque des témoins pour en juger. Mais ne doutez pas qu'une enquête sera menée. Nous commencerons par lancer des recherches pour localiser la demoiselle d'honneur de ma reine.

— Encore une Écossaise… lâcha Ronchford avec un sourire torve.

Le monarque ne parut pas du tout amusé par cette insinuation.

— Suffit ! L'origine de McQuade ne le désigne pas d'emblée comme un assassin.

— Son père a pourtant dégainé sa dague ici même, devant Votre Majesté, et son fils ici présent a beaucoup à gagner aujourd'hui avec ce meurtre.

Keir tiqua : c'était la vérité.

— Ce n'est pas moi qui ai tué ce gredin. Après tout, c'était un de mes parents.

Ronchford eut un reniflement méprisant.

— Un parent que vous n'avez même pas daigné inviter à l'examen du drap nuptial, après votre nuit de noces avec sa sœur… Eh oui, lord Hurst, tout le monde le sait à la cour.

— Sauf moi, apparemment, grommela Jacques Stuart, avant de toiser son compatriote d'un œil inquisiteur. McQuade ?

Le roi avait lâché ce nom sur un ton glacial. Keir soutint son regard sans ciller.

— En effet, reconnut-il, j'ai préféré le maintenir éloigné de sa sœur, vu le plaisir qu'il semblait prendre à la frapper.

Puis, s'adressant à Ronchford :

— Personne à la cour n'ignorait cela non plus, ajouta-t-il. Elle en portait les traces sur le visage. Cela dit, son frère ne s'est pas non plus présenté à ma porte, ni n'a envoyé le moindre représentant pour examiner les draps nuptiaux en son nom. Si tel avait été le cas, je les aurais volontiers montrés.

— Évidemment : la consommation de votre mariage était nécessaire pour asseoir la légitimité de vos futurs descendants et leur prétention au comté de Kenton.

— Je ne suis pas ambitieux au point de recourir au meurtre pour hâter l'obtention d'un avantage.

Ronchford s'esclaffa d'un rire mauvais.

— Vous êtes un Écossais. La pratique des raids est inscrite dans votre sang. Je ne suis pas le seul à connaître les péchés dont est entachée votre lignée.

— Vous me permettrez d'en être le seul juge, milord, intervint Jacques Stuart.

Ronchford écarta les mains, paumes vers le haut.

— Je ne suis pas l'unique noble anglais à craindre désormais pour sa vie, Votre Majesté.

Le roi eut un gloussement moqueur.

— Vous ne me donnez pas vraiment l'impression de trembler dans vos chausses de soie, Ronchford, alors ne jouez pas les apeurés. En réalité, vous êtes furieux d'avoir perdu Helena, ce qui vous rend d'ailleurs aussi suspect que McQuade dans cette affaire. Par ailleurs, combien de fois va-t-il falloir que je vous rappelle, mes chers sujets anglais, que je suis moi-même écossais ?

— Majesté...

Le roi leva de nouveau la main.

— Soyez certain que je ne prends pas ce crime à la légère. Un pair a été assassiné dans mon palais.

Ce sacrilège ne restera pas impuni, vous pouvez me croire. Mais je ne tolérerai pas qu'on accuse n'importe qui sans preuve. Les faits seront soigneusement examinés en eux-mêmes, et non à la lumière de telle ou telle rumeur plus ou moins bien intentionnée.

Le souverain riva ses yeux à ceux de Keir. Celui-ci lui rendit son regard avec sérénité. Puis Jacques Stuart reporta son attention sur Ronchford, lequel eut l'air de moins bien supporter l'examen : il ne tarda pas à renifler et à secouer la tête.

— C'est ridicule, voyons, maugréa-t-il. Edmund était mon ami.

— Alors, vous devriez vous réjouir que je sois déterminé à découvrir l'identité de son meurtrier et à le châtier comme il le mérite.

Ronchford se tut, le corps raide. Il blêmit un peu tandis qu'un silence tendu retombait sur l'assistance. Les gardes royaux considérèrent les deux hommes tour à tour d'un œil hésitant. Le monarque dissimulait ses sentiments derrière un masque indéchiffrable qui en disait long sur son habitude à traiter ce genre de situation.

— Emmenez-les tous deux à la Tour, dit-il enfin.

— Mais, sire !...

Jacques Stuart claqua des doigts en désignant le lord outragé, qui se trouva aussitôt encadré par une paire de sentinelles qui le traînèrent vers la porte. Les talons de ses bottes glissaient sur les dalles tandis qu'il hurlait son indignation.

Quatre autres gardes vinrent entourer Keir, se contentant de le surveiller pendant que les vociférations scandalisées de Ronchford s'estompaient dans le lointain.

Le roi soupira et baissa les yeux sur son compatriote.

— Je n'ai pas le choix, McQuade. Il me faut vous reléguer à la Tour pour maintenir un semblant de paix entre Anglais et Écossais à ma cour.

— Je comprends, Majesté.

L'expression de Jacques s'adoucit. Une ombre de respect passa dans son regard.

Keir serrait les dents pour réprimer sa colère. Tout son être se rebellait à l'idée d'être enfermé. Il aurait préféré se battre que rester ainsi, les bras ballants, à approuver sa propre séquestration.

— Puis-je avoir quelques instants avec mon épouse ?

Le souverain hocha la tête.

— Bien sûr, répondit-il avant de s'adresser au capitaine de ses gardes. McQuade a l'autorisation de saluer sa femme.

L'officier royal ôta son couvre-chef et s'inclina, puis se tourna vers l'Écossais. Ce dernier sentit son estomac se crisper, mais se força néanmoins à saluer Jacques Stuart à son tour.

— J'espère que vous ne tarderez pas à localiser Raelin McKorey, dit-il.

Le roi eut un haussement de sourcils. Keir se redressa et le regarda dans les yeux.

— Oui, Votre Majesté, vous m'avez bien entendu : je ne crains pas que vous retrouviez cette pauvre fille vivante. J'estime cependant que vous devriez lui désigner un conjoint dans les plus brefs délais. Elle semble avoir une fâcheuse tendance à s'attirer des ennuis à la cour.

Sur ce, il tourna les talons et quitta la salle d'audience, incapable de garder plus longtemps une contenance si contraire à sa nature. Avancer ainsi vers son emprisonnement lui coûtait un effort terrible. Son instinct lui hurlait d'assommer le garde le plus proche et de tenter de s'enfuir par les jardins du palais.

Mais il était laird, et les McQuade n'auraient su voir leur nom entaché d'une nouvelle disgrâce. Il se rendrait donc à la Tour la tête haute, espérant, comme il l'avait dit au roi, que Raelin McKorey était encore vivante et suffisamment lucide pour le disculper.

Autrement, si elle était morte... eh bien, il la rejoindrait d'ici peu.

Helena se tordait les mains. Avec fébrilité, elle ne cessait d'arpenter l'espace exigu d'une alcôve proche de la salle d'audience. Quelque chose n'allait pas. Elle le sentait dans l'air ambiant. Une atmosphère d'indicible tristesse semblait s'être abattue sur le palais, comme si la mort aux serres glacées rôdait dans les parages. La jeune femme croyait en voir la marque sur les quelques rares personnes qui hantaient encore les lieux à cette heure de la nuit. N'était-ce pas la prescience d'un événement funeste qui leur donnait ce teint gris et les poussait à baisser les yeux, comme s'ils voulaient esquiver son regard ? Même les hommes de Keir, qui ne la quittaient pas d'une semelle, arboraient des mines de plus en plus sombres.

Elle s'immobilisa brusquement. Des pas approchaient dans le couloir. Ils retentissaient fort dans le silence des ténèbres environnantes. Se retournant, elle se trouva devant une vision de cauchemar : son mari escorté par un détachement de sentinelles royales. Il ne pouvait y avoir qu'une explication à cela. Elle eut l'impression qu'une chape de glace lui tombait sur les épaules, tandis qu'autour d'elle résonnaient les échos d'âmes ayant connu un destin tragique entre ces murs – telle la reine Catherine Howard qui était accourue en pleurant, par cette galerie même, pour supplier Henri VIII d'épargner sa vie.

Il ne l'avait pas fait.

Helena ravala le gémissement de terreur qui lui montait à la gorge, soucieuse de ne pas déshonorer son mari devant ses hommes et la garde royale.

Keir la rejoignit et lui pressa les mains avec une force douloureuse. Ce geste confirma les pires craintes de la jeune femme.

— Je suis envoyé à la Tour.

— Pourquoi ? s'enquit-elle d'une voix blanche.

Bien que tous les yeux soient braqués sur eux, elle ne pouvait perdre cette occasion de le toucher. Même un simple contact, paume contre paume, était un plaisir trop exquis pour qu'elle y renonce.

Les Écossais accueillirent la nouvelle en échangeant des regards sombres et farouches. Les gardes royaux posèrent aussitôt la main sur la poignée de leur épée, ce qui accrut encore la tension régnant dans la galerie.

— Ton frère a été assassiné, annonça Keir.

— Seigneur ! s'écria Helena.

Elle perdit le souffle et des papillons noirs se mirent à voleter devant ses yeux. Sans la poigne de fer de son mari, elle aurait été victime d'un évanouissement. Ses doigts l'élançaient, tellement il la serrait fort, mais elle n'avait pas envie de retirer sa main.

— Une missive portant ma signature ainsi qu'un bout de tartan aux couleurs des McQuade ont été trouvés près de son corps.

— Mensonges ! vociféra Farrell. Ces maudits Anglais n'ont que le mensonge à la bouche !

— Silence ! rugit son chef d'une voix que la jeune femme ne lui avait jamais entendue jusqu'à présent – une voix de commandement, aussi dure et acérée qu'une lame de claymore. Mon temps est compté, je dois être bref : ne m'interrompez plus.

Il parcourut des yeux l'ensemble de ses hommes, avant de reporter son attention sur son épouse. Ses yeux étincelaient du désir brûlant de se battre. Mais Helena vit dans ses prunelles sa combativité naturelle céder la place à de plus hautes préoccupations, et le dévouement à son clan l'emporter sur les impulsions de son esprit guerrier.

— Je comprends, acquiesça-t-elle.

— Ton amie, la jeune Raelin McKorey, a été emportée par la Tamise. Un morceau de sa robe a été retrouvé dans le poing de ton frère. Avec un peu de chance, elle sera encore en vie – et suffisamment lucide pour témoigner – quand les enquêteurs de Sa Majesté l'auront localisée.

Sinon, il serait accusé du meurtre d'un pair du royaume…

La jeune femme refoula la panique qui lui nouait la gorge. Il lui fallait se montrer aussi forte que son mari. Celui-ci regarda ses hommes par-dessus son épaule.

— Je vous confie mon épouse. Veillez sur elle et protégez-la, y compris contre sa volonté.

Il avait une expression encore autoritaire quand il s'adressa de nouveau à la jeune femme.

— Pardonne-moi, ma chérie, mais je ne pourrais supporter de te savoir en danger quand je serai loin de toi. La personne qui a voulu la mort de ton frère cherchait à nous atteindre à travers lui, tu peux en être sûre.

Il l'embrassa avant qu'elle puisse répondre, pressant ses lèvres contre les siennes sans se soucier des témoins qui les observaient. Le temps suspendit son vol, le baiser de Keir plongeant Helena dans un monde où n'existait plus que la joie levée en elle par chacune de ses caresses – monde parfait, mais ô combien fragile. L'une des sentinelles émit un grognement sourd pour les rappeler à l'ordre, brisant ce rêve en mille morceaux argentés.

Keir relâcha sa main ; elle tressaillit. Un froid mordant l'environna lorsque son mari, ayant jeté un dernier regard à ses hommes, s'en alla dans une envolée de kilt. Les gardes royaux revinrent l'encadrer, la lueur des lanternes accrochant des reflets sinistres sur la pointe de leurs piques. Leurs pas s'éloignèrent dans la galerie, avant de se fondre dans l'écho des lamentations des hommes et des femmes qui avaient été emmenés à la Tour par le passé, beaucoup d'entre eux étant de noble extraction, et beaucoup ayant finalement perdu la tête sous la hache du bourreau.

La jeune femme raidit l'échine pour se donner du courage et repartit du palais d'une démarche aussi égale que le lui prescrivait son éducation. Ce n'était cependant pas pour sa famille qu'elle se comportait ainsi, ni par respect des principes que ses parents lui avaient inculqués.

Elle faisait cela pour Keir, pour le laird qu'elle avait épousé et qui plaçait le bien de son clan au-dessus de ses propres intérêts. Parce qu'elle était la femme d'un chef de valeur, elle s'efforça de garder la tête haute, y compris quand elle dut traverser la grande salle où, déjà, courait la rumeur de la décision royale concernant son mari.

Car elle était lady Hurst, et il était hors de question qu'elle se montre indigne de ce titre.

Les nouvelles allaient vite, les mauvaises en particulier. Le personnel de la maison Hurst s'était aligné devant le perron de la demeure pour attendre le retour d'Helena, alors même que la nuit était loin d'être achevée. Les lèvres exsangues à force d'être pincées, ils gardaient les yeux baissés sur le sol de la cour.

Farrell ne s'attarda pas dans l'écurie, mais rejoignit promptement la jeune femme après avoir ordonné à l'un de ses compagnons de le suivre. Les deux guerriers emboîtèrent le pas à Helena qui se dirigeait vers la résidence.

— Il faut que vous partiez immédiatement à la recherche de Raelin, leur dit-elle dès qu'ils eurent pénétré dans le vestibule.

Farrell battit des paupières pour acquiescer, avant de secouer la tête.

— Impossible. Mon laird m'a ordonné de ne vous quitter sous aucun prétexte.

— Eh bien, dans ce cas, je pars avec vous.

Farrell parut de nouveau sur le point d'approuver, mais finit par ravaler bruyamment sa salive.

— Ce serait vous mettre en danger, milady. Où qu'ait échoué cette pauvre fille, je doute que ce soit dans un endroit sûr. Et ceux qui ont tué votre frère doivent être en train de la traquer pour l'éliminer.

— Raison de plus pour la repérer au plus vite. Enfin, quoi, nous n'allons pas rester ici les bras croisés et nous en remettre à la chance ? protesta Helena en haussant la voix.

Farrell partageait son point de vue. Elle percevait l'impatience du guerrier. Il parcourait les murs des yeux, tel un fauve les barreaux de sa cage.

— Et qui veillera sur vous, milady ? Mon laird m'a expressément confié votre protection.

De nombreuses personnes l'avaient déjà appelée milady. Aussi loin qu'elle s'en souvienne, ce titre lui avait été attribué par à peu près tout le monde, à l'exception de sa famille proche. Elle en était venue à détester ce mot à la cour, mais ce soir il sonnait différemment. Farrell le prononçait avec respect.

— Oui, en effet, telle est bien la teneur de l'ordre qu'il vous a donné.

Son cerveau tournait à toute allure tandis qu'elle essayait de trouver une solution. Elle monta l'escalier. L'une des domestiques se précipita pour la précéder avec une lanterne et lui ouvrir la porte de la chambre. Les chandelles dans la pièce étaient éteintes, et le feu également.

Un frisson parcourut la jeune femme. La chambre était à peu près aussi accueillante qu'une cellule de prison, maintenant que Keir n'était plus là. À cette pensée, son ventre se contracta jusqu'à la nausée, l'horreur des événements de la nuit lui labourant le cœur comme si on lui avait enfoncé une lame chauffée à blanc dans les entrailles.

La servante ralluma les chandelles, dont la clarté se répandit sur le lit défait. Ce spectacle bouleversa la jeune femme, tandis que lui revenaient les confidences qu'elle avait échangées quelques heures auparavant avec Keir. Et soudain, elle comprit ce qui venait de se jouer entre eux. Elle n'avait pas saisi, sur le coup, la portée des paroles qu'ils s'étaient adressées l'un à l'autre, dans l'état de contentement béat qui avait suivi leur plaisir partagé, mais le sentiment dont elles étaient imprégnées était désormais clair dans son esprit.

Ce sentiment, c'était l'amour.

Les serres qui lui déchiraient le ventre n'étaient autre que cette émotion de la plus subtile essence que les dramaturges mettaient en scène dans leurs pièces, ce bouleversement de l'âme contre lequel les demoiselles de bonne famille étaient mises en garde, le mariage ne pouvant se fonder sur les seuls élans du cœur.

De temps à autre, pourtant, la fortune souriait à certaines jeunes mariées. Helena faisait partie du lot de ces épouses chanceuses qui aimaient leur conjoint, trésor qu'elle n'avait pas estimé à sa juste valeur, du moins avant qu'il ne lui soit dérobé.

Oh, Edmund…

Elle avait beau fouiller dans son cœur, la fin tragique de son frère ne lui procurait aucun regret. Elle était seulement désolée qu'il ait gâché sa vie à ourdir des machinations qui ne rapportaient rien ou, du moins, rien qui ait vraiment de l'importance. Elle doutait qu'il ait jamais été heureux, et cette pensée lui arracha une larme. Personne d'autre ne le pleurerait, hélas, sinon par hypocrisie ou par devoir.

— Désirez-vous que j'aille vous chercher quelque chose de chaud à la cuisine, milady ?

Helena avait le ventre noué. Comme elle secouait la tête à l'adresse de la domestique, elle avisa Farrell et son compagnon d'armes. L'un et l'autre portaient une grande épée dans le dos, et toutes les lampes du couloir avaient été allumées. Les Écossais se tenaient au garde-à-vous sur le seuil de la chambre, dans l'intention évidente d'en défendre l'entrée, comme leur chef le leur avait prescrit.

Keir devait être gardé ainsi à la Tour…

Elle se retrouvait emprisonnée comme son mari à cause de cet infect complot qui avait causé la mort d'Edmund et la disparition de Raelin. La seule différence était dans l'uniforme des sentinelles.

Elle se redressa soudain, une idée venant de germer dans son esprit. La servante attendait toujours une réponse à sa proposition et tripotait nerveusement l'ourlet de son tablier.

— Non, articula Helena, je n'ai pas faim. Essayez de voir s'il n'y a pas un coffre vide quelque part, et apportez-le-moi.

— Oui, madame.

La soubrette disparut dans un frou-frou de jupe en laine.

Helena reporta son attention sur le lit. Elle aurait été incapable de s'y allonger, et encore moins d'y trouver le sommeil.

Helena évita le regard de Farrell tout en se hâtant de descendre à la cuisine. Il y avait beaucoup à faire, et chaque étape semblait prendre deux fois plus de temps que nécessaire pour être accomplie. La frustration de la jeune femme monta encore d'un cran lorsqu'elle vit, par les fenêtres, le couvert nuageux se teinter d'un gris un peu plus lumineux. L'aube pointait, et la tempête ne donnait nul signe d'apaisement. La pluie tombait sur la cité et les passants avaient la tête rentrée dans l'encolure de leurs manteaux.

— J'ai besoin d'un bain.

La gouvernante la regarda avec étonnement.

— Maintenant ?

— Oui. Qu'on le prépare dans la cuisine, il y fait bien assez chaud.

La gouvernante frappa dans ses mains pour appeler deux autres servantes à la rescousse et, dans l'heure qui suivit, la jeune femme put se glisser dans le bain réclamé. Outre les deux servantes, seules restèrent dans la pièce la cuisinière qui devait surveiller la cuisson du pain, ainsi que la gouvernante qui apporta à Helena un morceau du savon conservé dans un placard. Elle seule détenait la clé de cette réserve où étaient rangés les produits ménagers les plus précieux. Si un seul d'entre eux venait à manquer, elle pouvait perdre sa place. C'était Helena qui, en tant que nouvelle maîtresse de maison, devait tenir à jour le registre où ils étaient consignés.

Du moins s'en serait-elle occupée si elle n'avait eu l'intention de quitter la résidence…

S'emparant du bloc de savon, elle s'en frotta de la tête aux pieds, y compris ses cheveux, qu'une domestique rinça ensuite avec un broc. Puis, l'esprit concentré sur l'accomplissement de sa mission, elle sortit du tub avant même que l'eau ait tiédi.

Le climat orageux rendait ses cheveux difficiles à sécher, tant et si bien que, perdant patience, elle finit par les nouer en une tresse encore humide.

— Milady, s'offusqua la gouvernante, vous allez attraper mal !

— Il me faut voir le roi avant qu'il se retire dans ses appartements et que son conseil privé cherche à l'influencer.

L'insistance avec laquelle son frère l'avait poussée à étudier en détail le fonctionnement de la cour allait lui être utile. Jacques Stuart suivait en effet un emploi du temps assez rigide. Il assisterait d'abord à l'office religieux dans la chapelle privée du palais, puis présiderait la réunion quotidienne de son conseil privé. Helena avait décidé de l'attendre à la sortie de la messe, au lieu de demander une audience auprès du chambellan et d'avoir à patienter dans la grande salle que ce dernier veuille bien l'appeler. C'était un des avantages de sa position nouvellement acquise parmi la suite de la reine : les gardes royaux, en la voyant prendre la galerie latérale menant à la chapelle, penseraient sans doute qu'elle se rendait dans les appartements d'Anne.

C'était néanmoins un jeu dangereux. Jacques Stuart régnait en monarque absolu sur ses sujets et, si jamais il prenait ombrage de sa hardiesse, c'était Keir qui risquait d'en pâtir. Elle n'avait cependant pas d'autre plan.

Carrant les épaules, elle acheva de s'habiller et demanda qu'on ajoute des épices et du savon dans les deux coffres que les domestiques avaient fini par trouver dans l'écurie. Il fut difficile d'en fermer le couvercle lorsque la jeune femme eut achevé d'y ranger toutes les affaires qui avaient pu lui venir à l'esprit.

La Tour n'était pas vraiment réputée pour son luxe. Nombre de prisonniers s'y retrouvaient tributaires des geôliers pour leur approvisionnement, ceux-ci ne leur apportant ce qu'ils désiraient que moyennant une solide commission.

Farrell considéra les coffres avec suspicion.

— Que comptez-vous faire, milady ?

— Commencer enfin à assumer mon rôle d'épouse.

L'Écossais eut un haussement de sourcils et vint se planter devant elle, les poings sur les hanches.

Aucun de ses compagnons d'armes ne se proposa pour porter les malles. Tous attendaient sa décision. Il scruta la jeune femme en silence.

— Pensez-vous donc que votre laird va être traité comme un prince dans une forteresse anglaise ? lui demanda-t-elle.

— Je m'efforce de ne pas y songer, car je risque sinon de vouloir aller tout de suite le libérer et de me faire tuer par ces maudits Anglais qui ont le toupet de retenir prisonnier un homme innocent.

— On peut aider Keir autrement.

Le guerrier la gratifia d'un nouveau haussement de sourcils, tandis que ses compagnons se rapprochaient pour mieux entendre Helena.

— Mon intention est de demander au roi l'autorisation d'apporter ces coffres à mon mari.

— Et vous croyez que Jacquot va vous donner sa permission ?

— Uniquement si je parviens à l'intercepter dans la galerie de la chapelle, juste après la messe. Et seule.

Il y eut des raclements de gorge parmi les guerriers. Farrell plissa les paupières.

— C'est hors de question. Keir m'a formellement ordonné de ne pas vous quitter un seul instant.

— Le roi peut octroyer bien des faveurs à une jeune mariée éplorée, qu'il serait probablement moins enclin à lui concéder si elle est entourée d'une troupe d'hommes en armes.

Abandonnant son maintien de grande dame, Helena arrondit les yeux et commença à se tordre les mains en faisant légèrement trembler sa lèvre inférieure.

Farrell grimaça.

— Hum ! fit-il. Le procédé est un peu éculé... Mais il a des chances de fonctionner !

Une lueur presque admirative brillait maintenant dans son regard. Il jeta un œil par la fenêtre.

— Nous ferions mieux de partir pour le palais sans plus attendre.

Ses compagnons vinrent aussitôt soulever les malles.

— Vous me laisserez donc seule avec Sa Majesté ? s'enquit Helena.

— Ai-je le choix ? répliqua Farrell avant de la toiser d'un regard résolu. Mais vous pouvez être certaine qu'il y aura toujours un McQuade pour vous tenir à l'œil.

Le palais était déjà bondé de courtisans. Une ambiance de compétition aussi acharnée que feutrée régnait dans la grande salle, la tension se devinant sur les visages de tous les aristocrates venus se disputer la faveur du roi. Raidissant le dos, Helena franchit leurs rangs en s'efforçant d'ignorer les murmures qui s'élevaient sur son sillage.

Concentrée sur son plan, elle se hâta de traverser la grande salle et de s'engager dans le labyrinthe de corridors et de galeries qui reliaient les différents corps de bâtiment du palais. Chaque monarque avait en effet ajouté à la résidence royale une extension de son cru, si bien que les visiteurs pouvaient aisément s'y perdre.

La jeune femme se dirigea vers la chapelle. L'ombre d'un remords vint hanter sa conscience à la pensée que c'était son frère qui lui avait appris à s'orienter ainsi dans les méandres du palais.

Mais bon, se dit-elle, pour une fois qu'elle pouvait utiliser ce qu'elle avait appris d'Edmund pour une bonne cause... Et puis, les vivants étaient plus importants que les morts, surtout quand ils étaient, comme son mari, en grave danger. Car sans preuve pour l'innocenter formellement, Keir risquait de se retrouver face à la hache du bourreau. Le meurtre de tout pair se devait d'être puni avec la dernière sévérité et méritait la peine capitale – ce que les membres du conseil privé de Sa Majesté ne manqueraient pas de rappeler à leur souverain.

Le témoignage de Raelin était littéralement vital pour Keir... Mais Helena préférait ne pas trop s'appesantir sur la question. La disparition définitive de son amie était une éventualité trop inquiétante pour qu'elle se permette d'y songer avant l'entretien qui l'attendait avec le roi, entretien qui exigerait d'elle tout son sang-froid.

Promenant son regard alentour, elle nota que Farrell avait tenu parole : pas un McQuade n'était visible à la ronde. Ce qui ne signifiait nullement qu'il n'y en avait pas un, voire plusieurs, tapis dans les recoins que n'avait pas encore atteints la lumière du matin.

Le cœur battant la chamade et les sens aux aguets, elle ne tarda pas à entendre Jacques Stuart approcher, en compagnie de son escorte. Elle attendit qu'ils passent à sa hauteur pour surgir de l'alcôve où elle s'était dissimulée.

Les gardes royaux ne semblèrent pas apprécier cette surprise : ils entourèrent aussitôt le monarque, leurs piques tendues vers la jeune femme.

Celle-ci s'abîma en une profonde révérence.

— Sire, je vous demande humblement la permission de rendre visite à mon noble époux.

Cette requête ne pouvait avoir de quoi étonner, de la part d'une femme risquant de se retrouver veuve d'ici peu. Helena jugea toutefois utile d'en accentuer le côté pathétique en donnant un léger tremblement à sa voix. Elle n'eut pas besoin de se forcer beaucoup pour cela, hélas…

Écartant les gardes qui le protégeaient, le roi s'avança vers elle et la dévisagea, avant de congédier les sentinelles d'un geste de la main. Les soldats marquèrent une hésitation qui leur valut un froncement de sourcils de la part du monarque.

— Que craignez-vous donc ? leur lança-t-il. Que lady Hurst me passe au fil de ses larmes ?

Ils s'éloignèrent de quelques pas. Jacques Stuart reporta son attention sur la jeune femme avec une expression peu amène.

— Larmes dont je constate pour l'instant l'absence dans vos yeux, madame.

Helena redressa l'échine et se campa fermement devant son souverain.

— Pleurer est le dernier recours des coupables.

Le roi haussa un sourcil.

— McQuade prétend ne pas vous avoir quittée de la nuit. Est-ce vrai ?

— Oui, Votre Majesté.

Elle soutint le regard de Jacques sans ciller. Ce dernier la scrutait d'un œil aussi froid qu'inquisiteur. Elle réussit à ne pas baisser les paupières. La vie de Keir était en jeu.

— Pourquoi avez-vous tenté de vous enfuir, la veille de vos noces ?

Cette question la prit de court. Cependant, Edmund était décédé et elle-même était mariée :

elle n'avait plus aucune raison de protéger la réputation de son frère.

— Edmund prétendait que vous m'aviez donné Ronchford pour mari.

— Vous vouliez donc vous soustraire à la volonté de votre souverain ?

Elle se sentit rougir, mais garda le menton droit.

— Oui, Votre Majesté.

Un silence épais retomba sur la galerie. Helena entendait la pluie heurter les carreaux des fenêtres.

Soudain, le roi se mit à glousser.

— Vous êtes encore mieux assortie à McQuade que je l'aurais imaginé ! Plaise à Dieu de me donner la patience de supporter les enfants que vous aurez, lâcha-t-il, avant de recouvrer son sérieux. À supposer, du moins, que nous ayons éclairci entre-temps cette affaire.

— Raelin McKorey prouvera l'innocence de mon mari.

— Cette pauvre jeune fille est vraisemblablement au fond de la Tamise à l'heure qu'il est, répliqua Jacques Stuart avec âpreté. Ce qui nous laisse un pair du royaume assassiné et deux lords qui, il y a peu, se disputaient votre main et votre dot.

La jeune femme ouvrit la bouche pour protester. Le souverain l'interrompit.

— Vous pouvez rendre visite à votre époux. Mais une seule et unique fois.

Sur ce, il reprit son chemin dans la galerie, flanqué par ses gardes. Helena ne se soucia pas de lui adresser une révérence : il ne la regardait plus.

— Eh bien, je suis impressionné, énonça Farrell en sortant de la pénombre, à deux pas d'elle.

— Modérez votre enthousiasme : le plus dur nous attend. Le roi a peut-être enfermé deux lords à la Tour mais c'est celui qui m'a épousée qui, pour l'instant, reste le plus suspect des deux.

Et ces soupçons risquaient de lui coûter la vie. La jeune femme frémit.

Son angoisse ne cessa de croître pendant qu'elle attendait le parchemin qui lui donnerait accès à la Tour. Et quand enfin l'un des gardes royaux revint avec le document convoité, ce fut d'une main tremblante qu'elle le prit.

— À la Tour, dit-elle aussitôt.

Le clan McQuade – *son* clan, désormais – vint l'entourer pour l'escorter jusque dans la cour du palais. Tous les yeux la suivirent quand elle retraversa la grande salle. Mais elle n'y prêtait aucune attention, tant elle était focalisée sur le chemin qu'elle empruntait à présent. Un chemin que beaucoup avaient suivi sans retour.

Le chemin qui menait à la Tour de Londres.

12

La Tour de Londres jetait l'effroi dans le cœur de tous ceux qui y pénétraient. Helena songea que le ciel s'accordait avec les lieux. Les remparts de la forteresse étaient bordés de douves et quelque part, dans leur surface de pierre, s'ouvrait la porte des traîtres. La tempête avait dû épargner à Keir l'infamie d'être introduit dans la prison par cette issue.

Mais ce n'était qu'une maigre consolation.

Les sinistres bâtiments se dressaient haut, telle une menace suspendue au-dessus de la ville. L'architecture de pierre et de fer hébergeait d'innombrables fantômes des temps passés. Derrière les remparts s'élevaient d'autres murailles qui défendaient l'accès à la tour dite Verte, enceinte où se trouvait l'échafaud. Le centre de la forteresse était dominé par la tour Blanche dont les parois montaient à plus de vingt-sept mètres et qui avait été érigée par l'envahisseur normand pour marquer son pouvoir sur l'Angleterre.

Des yeomans en uniforme noir les arrêtèrent à l'entrée. Helena sentit la pluie lui éclabousser les joues quand elle tendit le cou pour voir Farrell confier à l'un d'eux le parchemin portant le sceau royal. Il leva les yeux vers la jeune femme pour la dévisager.

— Approchez, madame.

Elle descendit du siège de la carriole qui transportait les deux coffres avant qu'aucun des guerriers écossais n'ait le temps ou la présence d'esprit de lui offrir sa main. Elle ne leur en voulut pas, devinant leur tension. Elle-même n'en menait pas large. La seule vue des remparts de la forteresse suffisait à lui tordre l'estomac. Après tout, le comte d'Essex avait été décapité entre ces murs moins de deux ans auparavant.

Et voilà qu'aujourd'hui, c'était son mari qui s'y trouvait emprisonné.

Elle se rapprocha du yeoman.

— Relevez votre capuche, je vous prie, et ouvrez votre manteau.

Farrell commença à protester. Le yeoman le fit taire.

— Il est arrivé que des hommes cherchent à s'introduire ici déguisés en femmes.

— Je *suis* une femme, répliqua Helena en obéissant au garde.

La pluie s'abattit sur ses cheveux. Elle écarta les pans de son manteau. Une chaleur lui monta aux joues lorsque le regard du yeoman s'attarda sur sa poitrine.

— Très bien, dit-il avant de lever la main.

La herse émit un grincement et, avec force couinements et gémissements, s'éleva peu à peu dans les airs.

— Seule madame a le droit d'entrer. Son escorte restera ici. Mes hommes vont prendre les malles et les remettront au prisonnier, après les avoir inspectées.

Le garde martelait ces instructions avec une autorité arrogante qui hérissait Helena. Elle s'abstint toutefois de le laisser paraître, sachant comment fonctionnait la soldatesque de la Tour. Il n'y avait qu'un seul moyen de survivre en ce lieu. Elle plongea la main dans la poche de son corsage, le yeoman suivant des yeux chacun de ses gestes. Une lueur grivoise s'alluma dans ses prunelles, remplacée par une étincelle de cupidité quand elle lui tendit discrètement une pièce d'une livre. Le bougre s'en mouillait les lèvres.

— Je m'en remets à vous, monsieur, murmura-t-elle.

La pièce disparut comme par magie dans le poing ganté de la sentinelle. Pendant ce temps, l'averse continuait à tomber, imbibant les habits de la jeune femme. Le manteau, alourdi par l'humidité, pesait sur ses épaules. Ayant franchi le pont-levis, elle frissonna en passant sous la herse. Le yeoman envoya deux hommes récupérer les coffres. Ils s'empressèrent de revenir avec leur fardeau pour se mettre à l'abri de la pluie.

Helena s'immobilisa juste après la herse. Farrell et ses compagnons paraissaient s'accommoder beaucoup mieux de l'orage que les Anglais. Ils montraient le même air farouche et déterminé qu'arborait Keir la première fois qu'elle l'avait rencontré, dans la grande salle du palais.

— Nous vous attendrons ici, milady. Nous ne bougerons pas avant votre retour.

— Et moi, je ne quitterai pas cet endroit avant que vous ayez retrouvé Raelin.

Farrell fronça les sourcils et s'avança machinalement vers la jeune femme. Aussitôt, les yeomans le menacèrent de leurs piques acérées.

— Vous avez promis à Keir de ne pas me laisser sans protection, lui rappela Helena en haussant la voix afin de se faire également entendre de ses hommes. Regardez donc autour de vous : il n'y a pas de place plus sûre que la Tour de Londres.

— Ce n'était pas ce que désirait mon laird, et vous le savez très bien, rétorqua Farrell tout en jaugeant rapidement du regard les soldats qui braquaient leurs lances sur sa poitrine.

Helena recula d'un pas. Il se renfrogna de plus belle.

— Revenez, milady.

— Dois-je en déduire que vous vous fiez aux Anglais pour localiser Raelin McKorey, votre compatriote, et la ramener saine et sauve devant le roi ?

Plusieurs guerriers de Keir accueillirent cette supposition avec des grognements indignés. Farrell pinça les lèvres.

— Vous cherchez juste à nous embrouiller, articula-t-il, avant de fouiller dans sa propre bourse pour en retirer une pièce d'argent qu'il brandit devant les yeomans. Si l'un de vous avait l'amabilité de pousser un peu madame par ici...

— J'ai la permission du roi de voir mon époux.

Le capitaine des gardes lui agrippa le bras.

— En effet. Et il est de mon devoir de vous conduire auprès de lui.

Farrell lâcha un grognement de dépit.

— Allons, ramenez-la ici !

Une autre pièce surgit au bout de ses doigts. Cela représentait une coquette somme, et plusieurs des yeomans se tournèrent vers leur capitaine pour l'interroger du regard.

— Farrell, arrêtez, s'il vous plaît. Ne comprenez-vous pas que c'est ainsi que je vous aiderai le mieux ? Keir est votre laird. Vous devez partir sans plus tarder à la recherche de Raelin.

L'Écossais hésitait. Malgré la pluie et la distance qui les séparait, Helena voyait sur son visage le conflit intérieur qui le déchirait. Ses compagnons fronçaient les sourcils, eux-mêmes partagés entre l'obéissance envers leur chef et le désir de participer activement à une enquête dont dépendait la vie de ce dernier.

Finalement, Farrell rempocha les deux pièces et porta la main à son béret. Une lueur d'approbation luisait dans son regard. La jeune femme en fut touchée.

— Êtes-vous certaine de ne pas avoir des ancêtres celtes, milady ? Vous en avez l'astuce.

— Je suis une femme, Farrell, répondit-elle, soulagée. Et quelle que soit notre condition, nous autres femmes avons besoin de toute notre jugeote pour survivre en ce bas monde.

— Et nous guider aussi, n'est-ce pas ? Même malgré nous ? ajouta le guerrier avec un sourire entendu.

Il s'interrompit en notant que la herse commençait à redescendre. Helena, qui en était toute proche, grimaça sous le fracas des chaînes se déroulant dans leur logement de pierre. La grille de fer forgé vibra en heurtant le seuil de la forteresse. Ce bruit avait une tonalité fatale qui ébranla la jeune femme. Combien de prisonniers avaient-ils été émus par ce même son, sachant qu'ils ne refranchiraient jamais le pont-levis ?

Farrell tourna les talons et grimpa sur son cheval d'un bond puissant. Helena percevait l'impatience qui pulsait dans chacun de ses gestes. Des sourires apparurent sur les lèvres de ses compagnons d'armes. Nombre d'entre eux pivotèrent vers la jeune femme pour la saluer à leur tour en tirant sur leur béret. Puis toute la bande partit au galop dans la morne clarté de ce jour pluvieux.

Helena en conçut un regain d'espoir, auquel elle se raccrocha de toute son âme, avant de se tourner vers l'intérieur de la citadelle. Le capitaine des gardes la conduisit à travers un dédale de corridors et de courettes. Elle frémit, mais ce tressaillement n'avait rien à voir avec la pluie. Il était plutôt comme l'écho des émotions dont étaient imprégnés ces murs.

Un corbeau croassa ; d'autres lui répondirent. Les oiseaux de mauvais augure dévalèrent du ciel charbonneux pour se poser sur l'arête des toits et baissèrent les yeux vers la jeune femme, apparitions sinistres au plumage sombre et luisant. Les pas d'Helena et du yeoman se répercutaient sur les pavés. Comme en contrepoint, elle croyait entendre battre au loin le tambour des exécutions capitales.

— Nous n'avons pas mis lord Hurst n'importe où. Il a eu droit à une cellule correcte, énonça le capitaine en désignant une des tours rondes bâties à l'intérieur des remparts. Notre bonne rcine Bess logeait dans cette même cellule quand elle n'était encore que princesse. Elle a vue sur la Tamise.

Et sur l'échafaud de la tour Verte…

Helena repoussa avec horreur cette pensée de son esprit.

— Merci pour votre affabilité.

— Eh bien, il se trouve que nous apprécions la conduite de votre mari. Il s'est comporté très dignement depuis qu'il est ici. Nous ne pouvons pas en dire autant de lord Ronchford, qui n'arrêtait pas de se plaindre. Nous l'avons relégué dans un coin où il peut crier tout son soûl sans nous déranger.

Le soldat racontait cela avec une sorte de plaisir malicieux. La jeune femme songea que c'était sans doute pour se protéger de la folie qui devait guetter quiconque passait son existence entre ces murailles sordides.

— Vous pourrez prendre l'air avec monsieur votre époux là-haut, sur le chemin de ronde, si du moins le temps s'éclaircit un peu. Mais bon, comme il est écossais, j'imagine que ce n'est pas un grain qui va lui faire peur.

— Très aimable de votre part.

Le yeoman esquissa un sourire torve, comme s'il s'amusait des efforts déployés par Helena pour rester courtoise.

— C'est en haut de ces marches. Vous êtres libre de ressortir de la Tour quand vous voulez, mais je me permets de vous rappeler qu'une fois repartie, vous ne pourrez plus y revenir.

L'escalier était sombre et étroit. Il empestait l'humidité. Cela ne rebuta pas la jeune femme. Keir se trouvait là-haut, au sommet de ces quelques marches, derrière une porte close... Un cliquetis métallique retentit quand le yeoman décrocha un trousseau de son ceinturon.

— M'avez-vous bien compris, milady ? s'enquit-il.

Helena redressa le menton.

— Parfaitement, monsieur, mais quand je ressortirai d'ici, ce sera avec mon mari.

Le garde haussa les sourcils. Son expression incrédule indiquait qu'il avait dû voir bien des prisonniers abandonnés par leur famille au fil des années. Helena le regarda droit dans les yeux, animée d'une détermination inébranlable.

— Bon, je vous souhaite bien du plaisir, madame, conclut-il.

Ayant choisi une clé sur son trousseau, il l'inséra dans la serrure de la porte et la fit tourner. Le mécanisme grinça, puis le verrou céda et le yeoman tira le battant à lui.

La cellule était plongée dans une pénombre que perçait seulement la lueur d'un feu de cheminée. La jeune femme entra dans la pièce, cherchant des yeux son époux. Elle l'avisa assis dans un fauteuil, devant l'âtre, le regard fixé sur les braises. Du bois était empilé près de la cheminée. Il n'y avait apparemment pas touché, laissant le feu se réduire à un tapis de charbons rougeoyants.

Il tourna la tête vers la porte et jura.

Ses yeux se mirent à briller dans l'obscurité et il se leva d'un bond souple, dépliant son imposante carrure. Le capitaine, effarouché par cette réaction, porta la main à la poignée de son épée.

— Doucement, milord.

Keir avança sur eux, les traits tendus par la colère.

— Madame a reçu du roi l'autorisation de vous rendre visite, précisa le garde.

Keir se figea sur place.

— De me rendre visite ? répéta-t-il.

Il prit un air soupçonneux et reporta son attention sur la jeune femme qui sentit sa gorge se nouer : manifestement, son époux n'était pas content.

— En d'autres termes, ce serait toi qui aurais demandé à venir ici ?

L'irritation renforçait son accent écossais – comme toujours.

— Si vous voulez bien nous excuser... lança-t-il au yeoman.

Ce dernier hocha la tête, avant de se retirer. La porte de la cellule se referma avec un claquement sec, suivi du grincement du verrou se remettant en place. Ce bruit fit tiquer Helena, qui frémit de la tête aux pieds. Elle ne regrettait pourtant pas sa décision. Même en colère contre elle, son mari était la vision la plus chère qu'il lui ait été donné de contempler. Elle eut un sourire tendre, le premier vrai sourire qui illuminait son visage depuis qu'ils avaient été réveillés en sursaut dans la résidence Hurst.

— Arrête ! s'exclama Keir en levant le doigt.

— Je n'ai donc pas le droit d'être heureuse de te revoir ?

Il ferma les paupières et gronda de frustration. Puis son visage perdit son masque austère. Il rouvrit les yeux et elle se trouva face à deux abîmes de désir dévorant.

L'instant d'après, il la soulevait dans ses bras sans même qu'elle l'ait senti approcher. S'accrochant à ses épaules, elle se pelotonna contre lui. Elle avait l'impression de ne pouvoir le serrer assez fort, de ne pouvoir l'étreindre assez étroitement pour réchauffer son cœur glacé par l'inquiétude.

— Seigneur Dieu, tu es gelée ! murmura-t-il.

— Oui, mais je suis avec toi et c'est tout ce qui compte. Ma robe aura largement le temps de sécher.

Il la reposa à terre. Elle ne voulut pas le relâcher. Keir se renfrogna et la souleva de nouveau dans ses bras pour aller l'installer devant la cheminée. Elle se mit à trembler sous la chaleur du foyer. Elle n'avait pas remarqué le froid jusqu'alors, tant elle était focalisée sur l'exécution de son plan pour s'introduire dans la forteresse. Et puis, comment aurait-elle pu songer à se plaindre de la pluie alors que le conseil privé du roi était peut-être, en ce moment même, en train de presser le souverain de signer l'arrêt de mort de son époux ?

Keir s'empressa de saisir une brassée de bûches qu'il empila sur les charbons ardents. Ils prirent feu presque aussitôt avec des craquements sonores.

— Comment as-tu réussi à tromper la vigilance de Farrell ?

— Car tu supposes qu'il n'était pas d'accord avec ma décision de te rejoindre ? Hmm… Tu as raison.

Il défit son manteau trempé qu'il alla suspendre à une patère fixée dans la muraille. Puis, sans se soucier de l'humidité qui imprégnait tous ses vêtements, il vint se placer derrière elle et, la prenant par la taille, plaqua son torse contre son dos pour la réchauffer.

— Je connais mon second. Il a dû t'enguirlander en voyant que tu l'avais trompé.

— Au début, oui. Après, il a reconnu que j'avais montré beaucoup d'astuce.

Keir étouffa un juron en gaélique.

— Voilà qui est fâcheux, ma chérie. Je t'avais pourtant ordonné de rester avec mes hommes.

Elle pivota et le foudroya du regard pour l'inciter à la relâcher. Elle voulut l'écarter avec ses mains, mais il ne desserra pas son étreinte.

— J'ai estimé qu'ils se rendraient bien plus utiles en partant chercher Raelin. Il me suffisait de venir ici pour être en sécurité, et les libérer par là même de la tâche que tu leur avais confiée. Tu vois ? C'est d'une logique imparable.

Il grommela mais, à son air, Helena comprit qu'il partageait son point de vue. Elle posa la main sur son front pour en lisser les rides.

— Ne m'en veux pas, mon chéri. Je ne pouvais endurer d'être ainsi séparée de toi. Cela me faisait trop mal.

Il saisit sa main et la porta à ses lèvres. Puis il la retourna et inspira profondément pour s'imprégner de l'odeur de sa peau. Une douce chaleur se répandit aussitôt dans la chair de la jeune femme, une onde de tendresse qui lui fit monter les larmes aux yeux.

— Oui, mon amour, je te comprends.

Il ouvrit les paupières. Helena eut un hoquet d'émerveillement en voyant le désir qui palpitait dans ses prunelles. Ce regard lui allait droit au cœur et lui donnait l'impression d'ouvrir son âme à la sienne.

Elle aimait ses parents parce qu'ils étaient ses parents, mais elle aimait Keir parce que c'était tout simplement plus fort qu'elle.

Des larmes dévalèrent ses joues.

— Je ne peux pas supporter de te voir pleurer, ma chérie, dit-il en les essuyant avec les pouces.

— Il n'y a qu'avec toi que je pleure, Keir.

Il se raidit.

— Tu as pleuré le soir précédant nos noces, et ce souvenir m'est encore douloureux. Dis-moi ce qui t'a mise dans cet état.

Le besoin de savoir rendait sa voix rauque. Il lui tint plus fermement le visage.

— Dis-le-moi, insista-t-il.

— J'étais déjà à moitié amoureuse de toi, et je ne voulais pas que la réalité détruise ce sentiment.

Il parut étonné.

— Parce que tu croyais à ces billevesées prétendant que l'amour ne peut exister dans le mariage ?

— Ne m'as-tu pas avoué qu'au moment où ta maîtresse t'a quitté tu pensais ne jamais t'éprendre de quiconque ?

Elle voulut écarter ses mains, mais il lui tenait la tête fermement. Il lui sourit de toutes ses dents.

— Je te répète que je suis écossais, Helena, et que les Écossais sont différents des autres hommes.

Elle émit un reniflement incrédule.

— Oserais-tu affirmer que tu t'attendais que notre union soit placée sous le signe de l'amour ? Reconnais plutôt que tu en as été aussi surpris que moi.

— Dis-moi d'abord que tu m'aimes.

Son regard était empreint de détermination. Le désir s'y lisait aussi, une envie dévorante qui bouleversait les sens de la jeune femme. Keir était un homme si fort, un guerrier si puissant que l'amour qu'elle éprouvait pour lui semblait un bien maigre présent à lui offrir.

Mais c'était tout ce qu'elle possédait. C'était aussi un trésor unique, parce qu'elle savait qu'il serait le seul homme auquel elle dirait ces mots – ce qui leur donnait un éclat particulier, éclat qu'elle sentit briller dans ses propres yeux quand elle les prononça.

— Je t'aime, Keir McQuade, et peu m'importe que tu m'en veuilles de t'avoir rejoint ici. Je préfère encore pourrir dans une geôle avec toi qu'être privée de ta présence.

Prenant une de ses mains, elle en porta le poignet à ses lèvres et, fermant les yeux, le huma profondément, exactement comme il l'avait fait lui-même. Son parfum de mâle envahit ses sens, allumant une ardeur qui lui embrasa la peau.

Keir saisit sa nuque dans le creux de son autre main. Elle le sentit se rapprocher d'elle, perçut la chaleur qui émanait de lui, la force qu'il lui communiquait.

— Je t'aime trop pour t'en vouloir longtemps de quoi que ce soit, ma chérie, mais cette geôle est bien le dernier endroit où je souhaitais te voir, même si tu me manquais au point d'avoir l'impression d'en mourir à petit feu.

Elle rouvrit les paupières et riva ses yeux aux prunelles sombres de son mari.

— Où que nous soyons, du moment que nous sommes ensemble, cela me suffit.

Il se pencha vers elle pour l'embrasser ; elle se haussa sur la pointe des pieds afin de venir à la rencontre de ses lèvres. Parler avait perdu tout attrait pour Helena, maintenant qu'elle pouvait caresser Keir et jouir de son étreinte. Ses habits mouillés lui irritaient l'épiderme. Elle voulait retrouver l'intimité tranquille qu'ils avaient connue, avant que la garde de Sa Majesté vienne les chercher pour les conduire au palais. Leur baiser était comme tendu par ce souvenir douloureux. Keir dévorait sa bouche, léchant sa lèvre inférieure, jusqu'à ce qu'elle cède à cette tendre pression et lui ouvre les lèvres. Un frisson la parcourut.

Il redressa la tête.

— Je devrais te donner la fessée pour avoir pris de tels risques.

Elle le considéra en fronçant les sourcils.

— Je me vengerais en empesant tes chemises jusqu'à les rendre dures comme du carton.

Il gloussa et tendit la main vers son pourpoint.

— Non, fit-elle.

— Non ? répéta-t-il avec un haussement de sourcils.

Helena recula d'un pas, remarquant au passage qu'elle laissait une trace humide sur le sol en pierre. Portant la main au col du vêtement, elle entreprit de le déboutonner. La laine trempée était rétive sous ses doigts glacés. Elle réussit quand même à l'ouvrir seule. Il était cependant trop étroitement ajusté pour qu'elle puisse le faire glisser le long de ses bras.

— Peut-être devrais-tu songer à changer d'avis.

Sans attendre sa réponse, il agrippa le pourpoint, dont il dégagea les manches.

— Je ne sais pas ce qui me plaît le plus, au fond : que tu te déshabilles pour moi ou que je m'en occupe moi-même.

Helena tendit les doigts vers les lacets qui fermaient l'encolure de sa chemise.

— Je t'avouerais que, pour ma part, l'une ou l'autre méthode me convient, du moment qu'on se débarrasse enfin de ces oripeaux.

— Là-dessus, je ne puis qu'être d'accord, acquiesça-t-il.

L'eau qui imbibait les vêtements de la jeune femme ne lui rendit cependant pas la tâche facile. Il fallut toute la vigueur de ses doigts d'épéiste pour dénouer le corset d'Helena. Les bûches qu'il avait déposées sur les braises les enveloppaient de leur chaleur. Quand enfin il parvint à enlever le corset, elle poussa un soupir de soulagement.

— Là encore, je ne puis que t'approuver : moi aussi, je te préfère nue.

Elle en perdit momentanément le souffle. Il pouffa d'un rire bas et profond.

— Où est passée la gourgandine qui voulait se déshabiller pour moi tout à l'heure ? la taquina-t-il.

Il défit les boutons sur le côté de sa jupe et immisça une main dessous pour dénouer la lanière retenant son vertugadin. La masse trempée de la robe s'écroula aux pieds de la jeune femme.

Les joues de cette dernière se mirent à la chauffer.

— Je commence tout juste à m'habituer à ta manière assez… crue de dire les choses.

Il gloussa de nouveau puis, se penchant vers elle, déposa un baiser brûlant dans son cou. Cette caresse déclencha une délicieuse vague de volupté chez Helena, qui se propagea jusqu'à ses seins. Libérée des baleines du corset, la peau délicate de sa poitrine se hérissa de chair de poule. Comme Keir baissait les yeux sur ses rondeurs, elle se rendit compte que sa chemise gorgée d'eau était devenue transparente. Le fin tissu collait à ses formes et ne cachait rien des cercles corallins de ses mamelons.

Elle s'écarta de sa toilette tombée à terre, heureuse de sentir le regard de son époux sur son corps et grisée de voir son expression changer, ses traits se tendre, ses paupières se plisser. Elle pivota lentement sur elle-même puis s'arrêta, dos tourné, pour lui lancer une œillade par-dessus son épaule.

— Tu es magnifique, ma chérie.

Elle le croyait, et sa confiance en elle augmenta d'autant.

Il entreprit de se déshabiller à son tour. Elle le contempla tandis qu'il s'effeuillait ainsi. C'était le spectacle le plus érotique auquel elle ait jamais assisté, et le plus tendre aussi. À la différence du soir de leurs noces, elle était complètement détendue – certes avide de partager de nouvelles étreintes avec Keir, mais également heureuse de pouvoir jouir des préliminaires qui devaient les y mener.

Il y avait des liens de séduction subtils qui se tissaient entre eux quand ils s'admiraient ainsi, des liens dont les mots ne pouvaient rendre compte. Tout tenait dans un plissement des paupières de son mari, dans le souffle qui dilatait légèrement ses narines – autant de signes fugaces auxquels son corps répondait dans l'instant, avec la même intensité : les pointes de ses seins devenaient des perles dures qui attiraient aussitôt le regard de Keir.

Ayant débouclé son ceinturon, il retint son kilt pour l'empêcher de tomber à terre et alla le déposer soigneusement sur le dossier du fauteuil dans lequel il était assis à l'arrivée d'Helena. Quand il se retourna, ses yeux brillaient de fierté – fierté de ce qu'il était, fierté des couleurs de son clan.

Tel était l'homme qu'elle chérissait au point de lui avoir accordé son bien le plus précieux : cette confiance absolue qui s'appelle l'amour.

Elle ôta sa chemise. Celle-ci résista un moment à la traction, avant de se décoller de sa peau. Keir se tenait coi. Un muscle tressautait à l'angle de sa mâchoire, révélant l'effort que cette immobilité lui coûtait. Il s'abstint toutefois du moindre geste, permettant ainsi à la jeune femme de le détailler du regard. Son corps était une sculpture musculeuse gainée de peau soyeuse. Son torse était couvert d'un duvet de poils noirs qui se raréfiait sur le ventre, mais poussait en abondance autour de son pubis. Son sexe était érigé, confirmant à Helena qu'il n'était pas vraiment d'humeur à prolonger l'attente. Sa propre chair était elle-même échauffée, tant et si bien qu'elle supportait à peine la chaleur émanant du feu.

Il s'avança enfin vers elle et cueillit doucement ses seins dans la paume de ses mains.

— Ta confiance est un trésor, ma chérie.

Elle frissonna et redressa la tête pour river ses yeux aux siens. Elle reconnut dans ses prunelles la clarté singulière de l'amour. C'était une lueur suave qui résumait toute la félicité à laquelle elle avait eu jusqu'alors la bêtise de ne pas croire. Elle était heureuse que la réalité lui ait permis de découvrir à quel point elle se trompait.

— Je t'aime.

Elle avait lâché ces mots dans un souffle, mais ils rompirent le silence de ce moment suspendu.

Keir laissa ses mains errer sur son ventre, ses hanches, l'arrière de ses cuisses. Puis il la souleva dans ses bras et la pressa contre son torse.

— J'espère bien, répliqua-t-il, car je t'aime aussi et ne pourrai plus jamais me séparer de toi.

Il l'emporta jusqu'au lit qui occupait un coin de la cellule. Il n'était pas aussi large que celui de la résidence Hurst, ni aussi confortable, mais il était propre. Keir s'allongea avec elle sur le matelas et chercha aussitôt sa bouche, tandis que ses mains la parcouraient tout entière, comme s'il voulait mémoriser la moindre courbe, la moindre parcelle de sa peau. Elle-même n'était pas en reste de caresses et laissait ses doigts errer à l'aventure sur ses muscles. C'était une fête des sens, une fête de la chair. Elle se mit à le palper de haut en bas, s'attardant sur ses épaules massives qui, au début, l'avaient tellement fascinée – et la fascinaient encore.

Le baiser de Keir était exigeant mais tendre, sa langue lui prodiguant un avant-goût du plaisir que son corps réclamait. Elle ouvrit la bouche afin de mieux le recevoir, écartant en même temps les jambes pour l'inviter entre ses cuisses.

Il ne se hâta pas de prendre ce qu'elle lui offrait. Étendu à côté d'elle, il coula la main vers son mont de Vénus pour en taquiner le sommet. Elle frémit et arqua les reins vers ses doigts, alors que le désir commençait à lover ses anneaux dans le creux de son intimité. Elle émit un gémissement sourd.

Seule une clarté diffuse régnait dans le coin de la cellule où le lit était disposé, mais cette pénombre semblait les rendre plus sensibles, plus réceptifs encore. Jamais Helena n'avait eu autant conscience de son propre corps. C'était là une découverte fabuleuse, une forme rare d'accomplissement.

Keir roula enfin sur elle, la plaquant contre le matelas. Il plongea la main dans la chevelure de la jeune femme pour la maintenir immobile. Elle comprenait que sa fierté de mâle l'incite à chercher ainsi sa soumission, mais elle cambra le dos, refusant de se montrer docile. Elle était environnée par son odeur virile, l'odeur du désir masculin, et percevait le battement rapide de son cœur contre le sien. Se soumettre était bien la dernière chose dont elle avait envie.

Et, pour la première fois sans doute dans sa longue histoire de cachot, la cellule sordide s'emplit de cris de plaisir. Keir s'enfonça profondément dans Helena, dès la première poussée : elle soupira de volupté. Il n'y avait plus rien pour gâcher ou interrompre ce moment d'intimité. Ils étaient seuls, livrés l'un à l'autre, concentrés sur le plaisir qu'ils se donnaient mutuellement. Et, avec la volupté grandissante que lui procurait son mari, montait aussi en Helena l'espoir que sa semence la féconderait et leur apporterait la joie de fonder une famille. S'accrochant à lui, elle enserra sa taille de ses cuisses tandis qu'il s'insérait toujours plus avant pour déposer sa sève au cœur de sa matrice.

Une jouissance irrépressible la terrassa ; elle s'y abandonna avec bonheur, plongeant dans un tourbillon de sensations ardentes.

Des ondes de félicité continuèrent à parcourir ses membres longtemps après que Keir se fut libéré en elle. Elle le tenait serré contre elle, tout en lui caressant le dos. Il se hissa enfin sur les coudes et, au lieu de rouler sur le côté, appliqua de petits bécots sur le front de la jeune femme, sur ses joues, sur son cou. Puis, les battements de son cœur ayant retrouvé un rythme normal, il prit une inspiration frémissante et bascula sur le dos, à côté d'Helena qu'il saisit par la taille.

La jeune femme prit alors le temps de regarder vraiment la cellule, pour la première fois depuis son arrivée. La pièce disposait de trois fenêtres. Celles-ci s'ouvraient cependant si haut qu'il aurait fallu se hisser sur un tabouret pour regarder à l'extérieur. Comme le bâtiment où ils se trouvaient était une tour, la cellule était ronde, et lesdites fenêtres étaient en fait des meurtrières conçues pour offrir le moins d'ouverture possible aux tirs ennemis. Aujourd'hui, leur étroitesse servait surtout à empêcher les prisonniers de s'enfuir.

Seul le strict nécessaire était fourni à ces derniers : deux sièges qui semblaient dater d'une autre époque, et une petite table dont le plateau portait la trace de coups de couteau. Aucun tapis n'était étendu sur le sol de pierre que ternissait la poussière. Le bois de chauffage empilé contre le mur, près de la cheminée, était le seul luxe que les yeomans avaient permis à son mari. Nul doute que, s'il s'était montré aussi rétif que Ronchford, ils auraient « oublié » de lui procurer un tel confort.

Une deuxième porte s'ouvrait dans le mur circulaire. Elle menait à une courte portion du chemin de ronde qui courait le long du rempart intérieur de la forteresse. La jeune princesse Élisabeth en avait eu l'usage durant son incarcération à la Tour. La baie étroite et basse présentait des dimensions typiquement normandes. Helena songea que son mari allait devoir se courber pour passer sous son arc en ogive.

Le lit, cependant, était des plus corrects. Keir pouvait en remercier son sang noble. Et aussi le fait qu'il ne soit pas accusé de trahison. Tuer un pair n'était pas un mince délit, mais il n'empêchait pas le suspect de jouir en prison des avantages afférents à sa position sociale. Les aristocrates accusés de félonie étaient pour leur part destinés à découvrir combien les donjons de la Tour pouvaient être sinistres. Et si la jeune femme avait été frappée, à son arrivée dans la forteresse, par l'aura de terreur qui imprégnait les lieux, celle-ci émanait sans nul doute de ces salles où l'on pratiquait la torture.

Une main chaude lui caressa l'épaule. Elle tressaillit.

— Parle-moi de ton fief, dit-elle.

La main sur son épaule s'immobilisa, avant de la serrer avec une émotion perceptible.

— Red Stone ? C'est un endroit merveilleux. La bruyère devrait y fleurir dans quelques semaines… As-tu déjà vu de la bruyère ? Senti son parfum quand le soleil a chauffé ses fleurs ?

Helena l'écoutait attentivement. Elle se concentra sur l'image qu'il lui dépeignait de son foyer, ce château écossais où elle avait fini par se convaincre qu'elle se rendrait un jour en sa compagnie. Elle refusait de penser au conseil privé qui se tenait en ce moment même, et dont les membres allaient certainement réclamer à Jacques Stuart la tête de Keir McQuade pour qu'elle soit ensuite exhibée, en guise d'avertissement, à l'entrée du pont-levis de la Tour.

Mieux valait qu'elle s'immerge dans les paroles de son mari, dans le timbre velouté de sa voix, et qu'elle s'accroche à l'espoir de découvrir un jour Red Stone avec lui.

— Maudite pluie ! grommela Farrell en considérant le ciel d'un œil ulcéré.

Les nuages gonflés d'humeur noire ne promettaient guère de répit. En descendant de sa monture, le guerrier s'enfonça jusqu'aux chevilles dans la boue, ce qui amena un nouveau juron à ses lèvres.

Aussi loin que portait son regard, les berges de la Tamise n'étaient plus qu'un bourbier. Le fleuve débordait, emportant une multitude de débris dans ses remous puissants. Farrell le vit charrier un énorme tronc d'arbre comme si c'était un simple fétu de paille. Cette furie des eaux ne laissait pas vraiment présager une issue heureuse au plongeon de sa jeune compatriote.

Empoignant l'encolure de son cheval, il remit le pied à l'étrier et remonta en selle d'un bond souple. Il était trempé jusqu'aux os – mais peu lui importait.

— Nous allons nous séparer, annonça-t-il. La moitié d'entre nous poursuivront les recherches sur l'autre berge. N'hésitez pas à dépenser quelques pièces pour obtenir des informations si vous croisez quelqu'un.

Aucun de ses hommes n'avait l'air réellement convaincu des possibilités de succès de leur entreprise. Lui-même était assez pessimiste. Mais à quoi bon formuler tout haut cette pensée, ou même s'y attarder ? Il était un McQuade, et Keir, bien que récent laird, était parvenu à redonner à ce nom un éclat que nombre d'entre eux croyaient perdu à jamais. Aujourd'hui, c'était son tour de rendre service à cet homme qui avait restauré leur honneur, et il n'avait pas l'intention de perdre foi en la réussite de la mission dont dépendait sa vie.

Si l'échec devait sanctionner ses efforts, il ne s'y résignerait que contraint et forcé.

— Un pair est mort.

Jacques Stuart éprouvait l'envie furieuse d'étrangler lord Bramford à mains nues. Faute de mieux, il étreignit les accoudoirs de son fauteuil. Plus de la moitié de son conseil criait vengeance, et il ne pouvait sincèrement le leur reprocher. Qu'ils laissent impuni un seul meurtre de cette gravité, et ce serait leur propre existence qui serait en danger : il y avait toujours des rebelles pour croire la mort des aristocrates nécessaire au succès de leur cause.

— Je conviens qu'il s'agit d'un acte éminemment grave, messires, mais que cela ne trouble pas notre discernement, je vous prie.

— Qu'on fasse juger ce barbare par les barons.

Jacques contint son émotion derrière un masque de dignité royale. Les autres conseillers tapèrent sur la table en signe d'approbation.

— Ce barbare ? répéta-t-il sur un ton froid. Vous oubliez que deux nobles sont suspectés de ce crime. Et le prochain qui accusera McQuade pour la seule raison qu'il est écossais se verra rappeler sans ambiguïté combien je suis las d'entendre ainsi déprécier ma contrée natale.

Le silence retomba sur l'assemblée. La plupart des conseillers retirèrent leurs mains du plateau ciré de la table.

— Ne vous méprenez pas sur mes intentions, poursuivit le souverain. Je désire tout autant que vous identifier l'assassin et connaître le fin mot de cette tragédie. Mais il est hors de question que nous nous laissions aveugler par nos préjugés, ou même que nous usions de la torture pour obtenir des aveux.

Lord Bramford se pencha en avant.

— Votre Majesté, je suggère que soit convoqué un conseil des barons pour que lord Hurst soit traduit devant ses pairs.

Les autres hochèrent la tête, le regard brillant d'une lueur vengeresse. Jacques sentit la colère l'envahir.

— Lord Hurst ? s'exclama-t-il en se redressant.

Il plaqua bruyamment ses paumes sur la table.

— Vous voulez dire lord Hurst *et* lord Ronchford, je suppose ? À moins que vous n'estimiez qu'étant anglais, cela l'innocente par avance ?

— Lord Ronchford n'a pas épousé… commença à objecter Bramford.

— Parce qu'on ne lui en a pas laissé l'occasion, le coupa Jacques. Je sais que lord Edmund Knyvett avait affirmé à sa sœur que je lui avais donné Ronchford pour mari, ce qui l'a poussée à quitter la demeure de son frère en pleine nuit, comme ce dernier l'avait probablement prévu, pour se jeter dans le piège que lui avait tendu Ronchford, piège sans doute concocté par nos deux pairs et qui se serait refermé sur lady Hurst si Keir McQuade n'était pas intervenu pour la sauver. Vous connaissez Ronchford comme moi, messires. Comment croyez-vous qu'il a pu réagir en se voyant ainsi souffler la fiancée que lui avait donnée Knyvett – ou qu'il lui avait vendue, comme il l'avait vendue un peu plus tôt à McQuade ? Il a certainement exigé le remboursement des sommes versées… Vous connaissiez aussi Knyvett. Que pensez-vous que Knyvett lui a répondu ? La suite s'est passée ici même, dans ce palais.

Les conseillers gardaient le silence, mais leurs regards trahissaient un mécontentement rentré.

Jacques se rassit en se forçant au calme. L'équilibre, se répéta-t-il, il lui fallait garder un équilibre strict entre les forces. C'était la condition pour se maintenir au pouvoir. Élisabeth Tudor avait hérité avec l'Angleterre d'un royaume exsangue et lui avait donné son rang de nation la plus riche du monde en veillant constamment à l'équilibre des forces qui l'animaient.

— Tous deux seront entendus, décréta-t-il. Bramford, vous allez établir une liste de vos pairs parmi lesquels je choisirai les jurés. Le but est ici de former un tribunal impartial, capable de prononcer une sentence équitable. Je suggère d'y nommer lord Warwikshire, puisque sa fille a épousé un Écossais.

— Bien, Votre Majesté, acquiesça lord Bramford en réussissant assez bien à masquer le déplaisir que lui inspirait cette décision.

Jacques parcourut l'assemblée du regard, scrutant chacun de ses membres tour à tour. La plupart ne semblaient pas prendre trop mal sa décision. Il allait devoir s'en contenter.

Mais il avait conscience que les esprits étaient échauffés et qu'il faudrait leur montrer la tête du meurtrier de Knyvett sur une pique pour véritablement les calmer. Quelle pitié, tout de même, songea-t-il. Le bonhomme avait dû être victime de ses propres machinations, et Jacques doutait fortement que quiconque le pleure plus que lui. Non : si ses conseillers mettaient autant d'instance à réclamer un coupable, c'était uniquement par crainte pour leur propre peau. Nombre d'entre eux étaient aussi peu recommandables que Knyvett. Comme lui, ils n'hésitaient pas à abuser de l'autorité dont ils disposaient pour tirer le maximum d'avantages de leur situation. Et s'il leur fallait maintenant un exemple, aussi sanglant que possible, c'était pour mater tous ceux qui étaient victimes de leurs privilèges et pour garder leur rang.

Il espérait seulement les satisfaire sans nuire à Keir McQuade... Il se rembrunit, en proie à de sinistres pensées. La royauté pouvait être un fardeau, se dit-il. Il affrontait une de ces crises où sa responsabilité de souverain lui pesait le plus. Il ne voulait pas signer l'ordre d'exécution de McQuade, mais redoutait d'y être finalement obligé.

Oui, se répéta-t-il, le pouvoir était parfois bien lourd à porter.

13

Catriona McAlister était agenouillée derrière la reine pendant l'office matinal. Elle n'arrivait cependant pas à prier, même en silence. C'était la reine qui avait demandé cet office pour le salut de l'âme de Raelin.

Voilà trois semaines que la jeune femme avait disparu, avalée par la Tamise, mais Catriona ne parvenait toujours pas à se persuader qu'elle était morte. Son corps n'avait pas été retrouvé ; personne n'était venu au palais annoncer que le fleuve avait rejeté sur ses berges le cadavre d'une noble revêtue de la toilette des suivantes de Sa Majesté.

Le service se termina. Catriona suivit la reine, toujours préoccupée par le sort de son amie. Comme elles remontaient les galeries vers les appartements royaux, l'aspect irréel de la situation la frappa : comment pouvait-on s'évanouir ainsi dans la nature ?

Elle se figea soudain. Un groupe d'Écossais s'inclinaient devant la reine. Leur laird était un grand brun que Catriona reconnut sans peine quand il se redressa, dominant d'une bonne tête

Anne du Danemark. Alarik McKorey. Il portait fièrement les couleurs de son clan tissées dans l'étoffe de son kilt : marron et mauve sur fond gris. Il avait encore ses bottes de cheval dont la haute tige était lacée jusqu'au genou, laissant à peine dépasser ses chaussettes. Seule une bande de peau nue se distinguait entre celles-ci et le bord de son kilt lorsqu'il bougeait. Sa longue épée était attachée dans son dos, et tous ses hommes avaient la même tenue.

— Veuillez me pardonner, Votre Majesté, mais je souhaiterais m'entretenir avec Catriona.

Anne jeta un coup d'œil à la jeune femme, qui lui fit aussitôt la révérence. Le respect des apparences était important à la cour mais, en l'occurrence, il permit surtout à Catriona, d'un discret battement de cils, de signifier à la souveraine qu'elle n'était pas contre cette conversation.

— Vous avez tous les deux ma permission, énonça la reine. Lady Gibbs va rester avec vous et raccompagnera ensuite Catriona.

Alarik salua Anne d'une nouvelle inclinaison du buste, mais le geste fut prompt : le guerrier avait focalisé son attention sur la jeune femme. Lui et ses hommes n'avaient pas dû ménager leurs montures pour arriver aussi rapidement à Londres. Un messager avait naturellement été envoyé dans le fief des McKorey après la disparition de Raelin, mais il avait dû mettre au moins une dizaine de jours pour y parvenir.

Le guerrier s'avança vers elle, les yeux emplis de rage. Catriona avait beau savoir que cette colère ne lui était pas destinée, elle n'en frémit pas moins. Alarik McKorey était un chef redouté. Il avait hérité de son titre alors qu'il avait à peine dix ans, et l'exercice des responsabilités l'avait endurci – ce qui en disait long sur son caractère, car le pouvoir aurait pu le rendre arrogant comme le frère d'Helena. Mais non : Alarik McKorey était de cet acier que forgent les épreuves.

La jeune femme songea qu'Edmund avait finalement de la chance de ne plus être de ce monde, car elle comptait bien révéler à Alarik tout ce qui était arrivé à sa sœur, à commencer par l'agression dont elle avait été victime de la part du frère d'Helena.

Si le lord anglais avait été vivant aujourd'hui, nul doute qu'il aurait amèrement regretté de s'en être pris à son amie.

— Vous avez une visite, avec l'autorisation de Sa Majesté, claironna le capitaine des yeomans.

Helena se hâta d'enfiler une robe, pendant que son mari s'approchait de la porte.

— Qui est-ce ? s'enquit Keir avec un haussement de sourcils.

Alarik McKorey s'introduisit dans la cellule sans laisser au yeoman le temps de répondre. La porte se referma derrière lui et le verrou fut tiré. Le visiteur parcourut la pièce du regard.

— J'ai déjà vu plus luxueux, comme résidence anglaise, déclara-t-il.

— Et encore y avons-nous apporté des améliorations, grâce à ma femme qui connaît le penchant des yeomans pour les compléments de salaire.

De fait, les deux coffres avaient été apportés dans la cellule et d'épaisses couvertures garnissaient désormais le lit. Par ailleurs, le couple disposait d'un secrétaire ainsi que d'une paire de chandeliers qui décoraient la table.

— Vraiment ? s'enquit Alarik.

Keir le dévisagea. Son père avait opéré maints raids sur les terres des McKorey, et il ne savait au juste comment se comporter avec ce voisin qui était naguère l'ennemi de sa famille. Ce dernier lui rendit son regard en silence.

— J'ai appris que vous aviez restauré l'honneur des McQuade. Permettez-moi de vous en féliciter, déclara-t-il enfin.

Il tendit la main à Keir avec un sourire. Ce dernier la serra.

— Quoi de neuf ? demanda-t-il.

Alarik redevint aussitôt sérieux. Helena alla s'asseoir sur le lit pour laisser les deux chaises aux hommes. Elle se mordait la lèvre inférieure, dans l'attente des nouvelles qu'Alarik leur apportait. Ils n'avaient reçu aucune information de la cour jusqu'à présent, sinon une simple lettre leur notifiant que le corps d'Edmund avait été transporté sur les terres familiales pour y être inhumé.

— Rien de réjouissant, répondit Alarik.

— Déjà, vous n'êtes pas prêtre, alors je suppose que je vais garder ma tête, du moins pour le moment.

Le frère de Raelin se frotta le menton.

— Il a été convenu d'un procès. Vous passerez en jugement devant vos pairs.

— Le conseil des barons, ne put s'empêcher d'intervenir Helena.

Alarik se tourna vers elle.

— En effet. Mais le roi s'est arrangé pour y nommer quelques comtes – dont votre beau-frère, Brodick McJames, précisa-t-il à l'adresse de Keir.

— C'est chic, de la part de Jacquot.

— Absolument. Il ne s'est pas montré aussi tendre envers Ronchford, enchaîna Alarik avec un sourire en coin. Je dois également faire partie des juges.

Cette nouvelle ne dérida pas Helena. Un tel procès était à double tranchant. Il pouvait se conclure par la condamnation de Keir. Son nom, ou plutôt celui de son père, ne risquait pas de lui valoir l'indulgence du jury. À cette pensée, elle sentit la peur reprendre possession de son esprit et mettre à mal le peu d'espoir qui lui restait, après tous ces jours passés à attendre en vain qu'on leur annonce que Raelin avait été retrouvée saine et sauve.

— Quand les audiences doivent-elles avoir lieu, McKorey ?

— Demain. Je suppose que les Anglais ne comptaient vous prévenir qu'au moment de vous y conduire.

Keir se renfrogna.

— Ils me traitent comme un criminel, alors que je suis innocent.

Alarik haussa les épaules.

— Bien sûr que vous êtes innocent. Vous êtes écossais. Si vous aviez dû tuer cet homme, vous lui auriez tordu le cou de vos propres mains. Si c'était vous qui l'aviez poignardé dans le dos, je vous arracherais votre kilt séance tenante.

— Ah, quel soulagement d'être enfin compris !

Les deux hommes gloussèrent.

Helena secoua la tête, atterrée. Ce genre d'humour lui paraissait incompréhensible, dans les circonstances présentes.

Keir voulut l'embrasser sitôt après le départ d'Alarik.

— Arrête, fit-elle en l'esquivant.

Il la considéra en fronçant les sourcils.

— Mais c'est une bonne nouvelle, Helena !

Elle se retourna vers son mari.

— Comment peux-tu dire une chose pareille ? Sans le témoignage de Raelin, prouver ton innocence sera impossible.

— Tu as l'air de croire que la sœur d'Alarik serait en mesure de désigner le commanditaire de ce meurtre, objecta-t-il. Or il est plus que probable que l'assassin de ton frère est un tueur à gages. Même si Raelin pourrait nous aider à l'identifier, qui dit qu'il ne travaillait pas pour moi ? Non, ma chérie, seul un procès m'innocentera vraiment en me lavant de tout soupçon aux yeux de mes pairs.

Devant la jeune femme, désorientée par la pertinence de son raisonnement, il croisa les bras sur la poitrine, en un geste dont elle ne connaissait que trop bien la signification : il avait pris sa décision et n'en démordrait pas.

— J'étouffe entre ces murs, Helena. Je préfère encore affronter un jury d'aristocrates anglais.

— Ils risquent de te déclarer coupable, articula-t-elle d'une voix dont elle ne put maîtriser le tremblement.

— Mieux vaut un jugement sans appel que la prolongation de cette attente. Je n'en peux plus de moisir ici, Helena, dit-il en écartant les bras pour désigner la cellule. Ce n'est pas une vie, ma chérie, pas même de la survie. Je veux t'emmener pour de bon à Red Stone. J'en ai assez de te dépeindre l'existence qui nous attend là-bas comme si j'étais un vieillard radotant sur son passé. L'âge me rattrapera bien assez tôt.

Ses yeux étincelaient de fureur. La voyant désemparée, il se rapprocha pour la prendre dans ses bras. Elle ne protesta que faiblement. Comment aurait-elle pu refuser plus longtemps les étreintes de celui qu'elle aimait, alors qu'elle craignait si fort de le perdre ?

— Je t'aime, Helena, mais je ne suis pas homme à me cacher. Je veux affronter mon destin debout.

Elle reconnaissait bien là le chevalier dont la farouche prestance l'avait séduite au premier coup d'œil dans la grande salle du palais. Le supplier d'être moins fier, d'avoir un caractère moins indépendant, équivaudrait à lui demander de se trahir lui-même : c'était tout bonnement impossible.

Elle leva le bras et posa un doigt sur ses lèvres.

— Dans ce cas, murmura-t-elle, cessons de parler, veux-tu ?

Il embrassa sa main, les prunelles brillantes d'un acquiescement silencieux – mais aussi de détermination. Il était prêt à se battre. Au fond, elle n'en attendait pas moins de lui.

Mais demain était un autre jour.

Elle l'enlaça, désormais familiarisée avec son contact. Malgré toutes les souffrances qui avaient pu imprégner les murs de cette cellule, celle-ci était devenue pour eux, au cours du mois passé, l'endroit où ils s'étaient aimés, où ils avaient ri et plaisanté ensemble, où ils avaient partagé tant de moments de complicité.

Keir glissa les doigts dans les cheveux détachés de la jeune femme, les yeux pétillants. Elle avait adopté ici cette coiffure, sachant combien elle plaisait à son mari. Il la dévêtit de sa robe, ne lui laissant que sa chemise, puis il pencha la tête pour l'embrasser dans le cou. Sentant ses lèvres sur sa peau, Helena émit un hoquet voluptueux. Une onde ardente lui traversa le corps de la tête aux pieds et, lorsque Keir la pressa contre lui, elle laissa échapper un petit cri de ravissement. Lui aussi ne portait que sa chemise au-dessus de son kilt, et la jeune femme était enchantée de sentir sa poitrine s'écraser librement contre le torse massif de son époux, dont l'érection soulevait les plis du vêtement de laine.

Malgré son excitation, Keir s'attarda sur sa gorge qu'il taquina de baisers languides avant de la mordiller doucement, à petits coups de dent légers qui accrurent encore le désir d'Helena. Il entreprit ensuite de lécher chaque parcelle de peau qu'il avait stimulée, accompagnant ses caresses d'une vibration sourde et basse qui résonnait profondément dans sa poitrine. La jeune femme étreignit ses biceps.

— Tu me rends impatient, ma chérie, comme un gamin avec sa première petite amie.

— Bah, la patience est une vertu assez surfaite, dit-elle d'une voix que l'attente rendait rauque.

Keir glissa les mains sous ses fesses et la hissa sur la table.

— Je suis bien d'accord, approuva-t-il tout en retroussant la chemise d'Helena sur ses cuisses.

Il vint se placer entre ses jambes et, ayant soulevé son kilt, approcha son sexe de celui de la jeune femme, avant de la saisir par les hanches et de la pénétrer.

Malgré leur hâte à s'aimer, ni l'un ni l'autre n'accélérèrent la cadence. Keir s'activait doucement en Helena et, après chaque poussée, s'attardait dans sa féminité qui se resserrait tendrement autour de son membre.

La jeune femme plongea les mains dans ses cheveux, grisée par son odeur, sa chaleur, sa force. Le plaisir monta ainsi peu à peu en elle, progressivement, naturellement, jusqu'à ce que la tension accumulée devienne insupportable. La devinant sur le point de basculer, Keir pressa le rythme et ne tarda pas à les mener tous deux au bord d'un abîme de jouissance où Helena tomba en criant son nom.

Il la tint contre lui, demeurant en elle jusqu'à ce que les spasmes qui les secouaient l'un et l'autre s'apaisent enfin. Puis il lui caressa un moment les cheveux, avant d'empoigner le devant de sa chemise et de tirer dessus pour l'en dévêtir.

— C'est bien mieux comme ça, déclara-t-il avec un hochement de tête.

— Je gèle !

— Plus pour très longtemps, répliqua-t-il avec un sourire, avant de la soulever dans ses bras.

Il alla la déposer sur le lit au milieu des couvertures et, s'asseyant près d'elle, prit ses seins dans ses paumes et les caressa tout en embrassant leur mamelon.

— Je vais te réchauffer, ma chérie, tu vas voir…

La chapelle de Saint-Pierre-aux-Liens était silencieuse. Seuls y résonnaient les pas de Keir qui en remontait la nef – et encore ce bruit s'entendait-il à peine. Les pairs du laird l'attendaient pour le juger.

C'était en ce même endroit que d'autres prisonniers de la Tour avaient été condamnés. C'était cette même allée centrale qu'Anne Boleyn avait empruntée avant d'être décapitée. Était-elle alors pleine de vie, d'espoir ? s'interrogea Helena en regardant son mari. Elle ne pouvait s'empêcher d'admirer la prestance de Keir. Il avait la démarche calme, le dos droit, et avançait sans aucune hésitation vers son destin.

Ayant atteint le chœur, il se campa devant les lords réunis et le procès commença par la lecture des faits. Chaque élément rappelé fut comme un coup porté sur la peau de la jeune femme – piqûres dont l'accumulation lui procurait une vive souffrance. Puis le jury se leva et alla se retirer dans une pièce à l'écart pour procéder aux auditions.

Helena se demanda si leur verdict serait sincère, s'il s'appuierait sur une conviction personnelle étayée par les faits. Le conseil des barons n'avait déjà que trop souvent prononcé des jugements dictés par le roi – comme lors du procès d'Anne Boleyn, justement.

Les larges portes par où était sorti le jury se refermèrent avec un claquement mat. La jeune femme demeura dans la chapelle, flanquée par deux yeomans qui la surveillaient avec des faces de pierre. Elle serait appelée plus tard pour être interrogée. Mais son mari passerait avant elle, et il n'était pas né de la dernière pluie, se rassura-t-elle.

Les neuf lords nommés pour juger Keir formaient une assemblée assez impressionnante. Helena les affrontait sans crainte. Son mari était ressorti de la salle afin qu'elle puisse témoigner en dehors de sa présence et que le jury, recoupant leurs témoignages, soit en mesure d'en vérifier l'honnêteté. Parmi les barons se trouvaient lord Warwickshire ainsi que son gendre écossais, le comte d'Alcaon. Brodick McJames était brun comme Keir et portait son kilt tout aussi fièrement que ce dernier. C'étaient les seigneurs les plus hautement titrés du conseil. Alarik McKorey, comme il l'avait annoncé, siégeait à leurs côtés. Mais cela ne représentait qu'un groupe restreint de trois personnes sur l'objectivité desquelles la jeune femme savait pouvoir compter.

Lord Bramford se leva pour la questionner. Il s'exprimait sur un ton dédaigneux et la lorgnait comme si elle était de la vermine. Helena refusa de se laisser intimider et répondit calmement.

L'homme ne tarda pas à se faire plus pressant.

— Voyons, lady Hurst, allez-vous encore longtemps prétendre que votre frère s'est abaissé à vous frapper, simplement parce que vous n'aviez pas pris son parti devant le roi ? lança-t-il avant de la toiser avec un haussement de sourcils. Avouez plutôt que vous étiez déjà la maîtresse de lord Hurst.

Il avait prononcé ces paroles sur un ton parfaitement égal, presque désinvolte, comme s'il s'agissait d'un fait établi et connu de tous. Elle redressa le menton pour bien montrer qu'elle n'avait rien à se reprocher.

— Non, c'est faux. Nous nous connaissions à peine. Je l'avais seulement croisé au palais. D'ailleurs, j'étais pure le soir de mes noces.

— Et qui peut en témoigner, à part lord Hurst lui-même et ses hommes ? À ce que je sache, aucune sage-femme n'a été appelée pour vérifier votre virginité avant l'acte.

— Je n'avais aucun pouvoir de décision sur le déroulement de ce mariage, lui rappela Helena en s'efforçant de maîtriser sa colère, celle-ci risquant d'être interprétée comme un signe de culpabilité. Cette alliance m'avait été ordonnée par le roi et par mon frère, et la reine elle-même a participé aux préparatifs de la cérémonie en me brossant les cheveux. Je n'avais d'autre choix que de me soumettre à ceux qui détenaient alors toute autorité sur moi.

Bramford la foudroya du regard.

— Vous soumettre ? Alors que vous avez cherché à vous soustraire à la volonté de Sa Majesté ?

— C'est bon, lord Bramford. J'ai moi aussi des questions à poser à madame, intervint alors Brodick McJames en réduisant au silence, d'un coup d'œil sévère, le tonitruant seigneur anglais.

L'Écossais n'était pas un homme facile à déchiffrer. Quand il reporta ses prunelles sombres sur Helena, celle-ci se sentit fouaillée jusqu'à l'âme.

— Pourquoi vous êtes-vous ainsi enfuie au milieu de la nuit, lady Hurst ? s'enquit-il.

— Mon frère m'avait dit que je devais épouser le lendemain lord Ronchford, sur ordre royal, mais qu'il était prêt à m'épargner ce mariage et à me cacher à la campagne, si j'étais capable de marcher dans la rue pendant quelques centaines de mètres pour donner l'impression que j'étais partie seule. Il m'avait assuré qu'il enverrait une voiture m'attendre un peu plus loin.

Le comte fronça les sourcils. La jeune femme lui rendit son regard sans ciller, heureuse, pour une fois, que ses parents lui aient appris à maîtriser son apparence en toutes circonstances. Cet apprentissage lui permettait aujourd'hui d'endurer sans fléchir toutes ces questions destinées à la confondre.

La salle de la chapelle était éclairée par des centaines de chandelles aux mèches palpitantes, mais leur lumière ne la rassérénait pas vraiment. Pour un lieu de culte, cet endroit lui semblait baigné d'une atmosphère singulièrement tendue, imprégnée des soupçons les plus noirs. Une reine d'Angleterre avait été condamnée entre ces murs, ainsi que d'autres hommes tout aussi innocents que Keir.

— Vous avez cru votre frère quand il a affirmé qu'une voiture vous attendrait au bout de la rue, alors même qu'il s'était servi de vous et de votre dot pour éponger une dette de jeu ?

Elle rougit. Elle ne put s'en empêcher. Ces faits lui causaient encore de la honte, même après avoir connu le bonheur avec son époux.

— J'ignorais les détails de cette affaire. D'après Edmund, si au final cette union m'était imposée, c'était parce que Raelin et moi étions sorties des appartements de la reine sans escorte. Je ne savais rien de ses dettes de jeu.

— Grotesque ! lâcha lord Bramford avec un reniflement méprisant.

— Je souhaiterais interroger lord Ronchford, déclara alors Alcaon en consultant ses pairs du regard.

Plusieurs d'entre eux hochèrent la tête. La jeune femme constata avec inquiétude que d'autres gardaient un silence buté : leur opinion était déjà arrêtée. Elle s'inclina devant le conseil et tourna les talons, la salle lui paraissant soudain immense et le bruit de ses pas trop sonore sur le dallage de pierres froides.

Keir se tenait de nouveau devant le conseil des barons. Il commençait à perdre patience. Son père avait passé sa vie entière à le réprimander. Être ainsi jugé lui pesait, d'autant que le jury, pendant son audition, n'avait cessé de le harceler de questions indiscrètes et d'allusions déshonorantes.

Au moins la procédure semblait-elle toucher à sa fin. Debout dans le chœur de la chapelle, il attendait le verdict de ses pairs.

Ce fut Brodick McJames qui se leva.

— Nous n'avons pas de verdict à rendre.

— Comment cela ? s'étonna Keir.

Le comte resta de marbre – à l'exception de la commissure de ses lèvres que l'ombre d'un sourire paraissait soulever.

— Notre assemblée est divisée à parts égales sur la sentence, à l'exception de l'un d'entre nous qui a refusé de se prononcer. Voilà pourquoi nous ne pouvons rendre de verdict.

En d'autres circonstances, Keir aurait éclaté de rire, éberlué par ce résultat après tant d'efforts déployés. Il se contenta de croiser les bras et de considérer les lords assis devant lui.

Il avait presque réussi…

Presque seulement, hélas, et la conscience de son échec le taraudait, car ce procès entacherait longtemps le nom des McQuade et nuirait à ses propres enfants quand ceux-ci se présenteraient à leur tour devant le roi.

Brodick pencha la tête de côté.

— Nous allons soumettre à Sa Majesté le compte rendu de nos délibérations.

— Naturellement. Et moi, je suis censé attendre tranquillement sa décision, comme si de rien n'était.

Le comte ne put retenir son sourire, cette fois : les réactions de Keir semblaient manifestement lui plaire.

Ce ne fut pas le cas de lord Bramford, qui devint rouge de colère.

— Votre humour est parfaitement déplacé, lord Hurst !

— Ah oui ? lança Keir en décroisant les bras et en pointant le doigt vers le baron rubicond. Je vais vous dire ce qui est déplacé, ici : *moi.* Je suis venu à Londres me trouver une épouse sachant gérer un domaine et voilà qu'on la réduit, comme moi, à se morfondre dans une cellule un mois durant ! La noblesse ne devrait jamais être un prétexte à la paresse. Si Edmund Knyvett l'avait compris, il serait encore de ce monde aujourd'hui. Mais non : c'était un petit garçon dans le corps d'un adulte, dont le titre et la fortune ne lui servaient qu'à infliger impunément ses travers à tout son entourage.

— La piètre opinion que vous aviez de lui ne vous donnait pas le droit de le tuer pour autant.

— Ce n'est pas moi qui ai commandité son meurtre. Si vous ne pouvez voir que je possède déjà tout ce que j'ai jamais pu souhaiter dans la vie, alors c'est que vous êtes aveugle. Ai-je donc l'air de vouloir m'incruster à la cour ?

Il se pencha pour prendre un pan de son kilt et le montrer au jury.

— Je suis écossais, et j'ai bien l'intention de retourner sur mes terres sitôt que j'en aurai terminé ici. J'ai des champs dont il faut que je supervise l'ensemencement, si je ne veux pas voir les gens dont j'ai la charge souffrir de la faim l'hiver prochain. Ces responsabilités sont les miennes depuis que mon père me les a confiées, jadis, quand il partait chercher la gloire avec mes frères dans les raids incessants qu'il opérait chez nos voisins. Pas plus que ces rapines ne m'attiraient à l'époque, je n'éprouve d'intérêt pour la vie de cour, et je préfère me consacrer aux devoirs qui m'incombent en tant que laird. Je ne veux pas dire par là que certains d'entre vous ne ménagent pas leur peine pour aider le roi à gouverner le pays, mais ce n'est pas une fonction que je convoite.

Sur ce, il salua l'assemblée d'un hochement de tête et tourna les talons pour sortir de la chapelle. Il éprouvait de la colère à devoir regagner sa cellule de la Tour de Londres. Chaque fibre de son être se rebellait devant cette perspective et, même s'il avait parfaitement conscience qu'à terme ce seraient ses propres gens qui auraient à pâtir du moindre geste inconsidéré de sa part, étouffer en lui toute velléité de fuite lui coûtait de plus en plus.

— Je me suis finalement décidé, déclara Roan Lawley, baron Heaton.

Brodick se tourna vers lui. Lawley avait réservé son jugement durant tout le procès, et c'était lui qui avait refusé de se prononcer. C'était un homme puissant et massif. Il portait un simple costume de laine, certes coupé à la dernière mode mais dénué d'ornement. L'élément le plus remarquable de sa tenue était ses bottes. Elles remontaient jusqu'au-dessus des genoux et retenaient le bas de ses hauts-de-chausses.

— Innocent. Cet homme est pour moi innocent.

Bramford commença à cracher des protestations indignées. Roan Lawley le foudroya du regard. Bramford se tut aussitôt, ce qui fit tiquer Brodick : voilà qui en disait long sur le pouvoir que détenait réellement Lawley sur ses pairs, derrière son apparence austère et bonhomme.

— Souhaitez-vous aussi réviser votre verdict à l'égard de lord Ronchford ?

Le baron Heaton se frotta le menton.

— Pardonnez-moi si je vous déçois, messires, mais je préfère encore garder le silence à ce sujet. Rien n'est venu jusqu'à présent confirmer ou infirmer la culpabilité de Ronchford et, en toute conscience, je ne puis condamner cet homme. Ni le déclarer innocent.

— Et vous n'avez pas ce genre de scrupule avec lord Hurst ? ne put s'empêcher de demander Bramford. Vous le libérez, comme ça ?

La question parut irriter l'interpellé qui se leva, dominant son vis-à-vis de toute sa taille.

— Ce n'est pas pour briguer un titre que cet homme s'est présenté à la cour.

— Son mariage lui en a néanmoins donné un.

Lord Heaton se renfrogna.

— Je doute que vous saisissiez réellement mes motivations, lord Bramford. Sachez seulement que je comprends parfaitement ce qu'il peut en coûter d'être ainsi empêché d'assumer ses responsabilités. Lord Hurst est à l'évidence un homme qui ne place pas son rang au-dessus de son honneur. S'il avait été mû seulement par l'ambition, il ne se serait pas exprimé devant nous comme il l'a fait, sans chercher à ménager la susceptibilité de ses juges.

Puis, se tournant vers Brodick :

— D'ailleurs en l'écoutant, mon cher comte, j'ai beaucoup pensé à vous.

Brodick gloussa : tout anglais qu'il soit, ce baron lui plaisait !

Jacques Stuart sourit – intérieurement, du moins. Il avait eu le ventre noué la majeure partie de la journée, dans l'attente du verdict du jury de la Tour.

— McQuade a été reconnu non coupable.

Plusieurs de ses conseillers se renfrognèrent. Il les aurait volontiers giflés, si ce genre de geste impulsif n'avait été de ceux qui avaient la fâcheuse tendance d'abréger les règnes. Le monde avait changé depuis Henri VIII. Élisabeth l'avait compris et lui avait laissé en héritage un royaume florissant, et cela grâce à son habileté pour trouver une voie médiane dans toutes les épreuves qu'elle avait dû traverser.

— Ce qui laisse le crime d'un pair impuni...

Ses conseillers n'étaient pas aussi soulagés que lui. Jacques ne pouvait le leur reprocher : si le peuple en venait à imaginer que ce genre d'assassinat pouvait rester sans conséquence, c'était tout le système qui était en danger, et sa propre vie menacée.

— Le chevalet nous aurait appris le nom du coupable.

Le roi se tourna vers lord Brampton qui avait émis ces propos amers.

— Voudriez-vous donc que je me comporte comme Henri ? Que je signe à tour de bras des arrêts pour torturer des innocents ? Tout homme a ses limites, et le chevalet a précisément été conçu pour les atteindre au plus vite. Si je condamnais n'importe lequel d'entre vous à subir l'écartèlement sur cette machine, je puis vous garantir qu'il avouerait dans l'heure avoir commis ce meurtre.

— Il faut pourtant rendre justice, Majesté.

— Oui, reprirent les autres conseillers en chœur. La justice ! La justice !

Des mains réapparurent sur la table et se mirent à scander cette revendication – preuve supplémentaire, s'il en était besoin, du changement survenu dans les rapports hiérarchiques de la cour. Aucun des conseillers d'Henri n'aurait osé marteler ainsi ses exigences devant son souverain.

Un coup fut frappé à la porte, achevant d'ulcérer Jacques Stuart.

— Qui ose interrompre mon conseil ? rugit-il.

La personne qui apparut sur le seuil était bien la dernière qu'il s'attendait à voir. La reine vint le saluer d'une révérence.

— Veuillez me pardonner, mon royal époux.

Elle avait le souffle court, les joues rouges, et ne cessait de regarder tour à tour le plancher et son mari, comme si elle avait besoin de sa permission pour s'exprimer. Jacques en fut touché : Anne veillait toujours à lui témoigner le plus grand respect en public.

— Relevez-vous, ma chère. Qu'est-ce qui vous amène ?

— Le marquis de Wyse vient d'arriver, annonça-t-elle en se redressant.

Elle paraissait visiblement agitée. Sa rougeur en témoignait, mais aussi la nervosité avec laquelle ses mains, d'ordinaire sagement jointes dans son giron, comme le prescrivait l'étiquette, tripotaient les perles de son collier.

— Demetrius ? Qu'est-ce qui a pu le tirer de son donjon ?

Anne se signa.

— Il a des nouvelles de Raelin McKorey.

Jacques s'écarta si vivement de la table que les gardes qui le flanquaient durent effectuer un bond de côté.

— Allez me chercher McQuade et Ronchford, leur lança-t-il. Je veux voir la tête qu'ils feront quand Demetrius nous apprendra ce qu'est devenue la demoiselle d'honneur de ma reine.

— Non, je n'ai pas besoin de temps pour m'habiller ! tempêta Keir, irrité par les coups d'œil dédaigneux que les gardes royaux jetaient sur sa tenue. Je suis écossais, sacré bon sang, pas ambassadeur ! Mon kilt suffira.

Helena soupira. Sans chercher à discuter plus avant, elle alla chercher le pourpoint de son mari. Détournant un instant les yeux des sentinelles, ce dernier considéra l'habit qu'elle lui tendait d'un air agacé.

— Bon, je suppose que je ne peux pas non plus me présenter devant Jacquot en chemise…

Il inséra les bras dans les manches du pourpoint, puis la jeune femme le contourna pour boutonner la veste ajustée.

— Laissez-nous.

Sans se faire prier, les gardes se retirèrent de la cellule.

Keir prit le menton d'Helena dans le creux de sa paume. Elle s'efforça de réprimer ses émotions avant d'oser relever les yeux vers lui.

— Toutes les lunes de miel, même les meilleures, doivent un jour prendre fin, articula-t-elle.

Cette tentative de plaisanterie le fit sourire.

— Holà, pas si vite, ma douce. Je pense que nous pouvons encore soutirer à nos amis geôliers quelques cruchons d'hydromel.

— Je crois que j'en suis un peu écœurée.

Il lui caressa la joue.

— Tant mieux : ça en fera plus pour moi.

— Je te regarderai les boire avec plaisir.

Elle dut lever les bras pour fermer les derniers boutons de son pourpoint. Ses doigts s'attardèrent un instant sur la peau de son cou. Une vague d'émotions la submergea, sensations trop intimement mélangées pour qu'elle puisse les distinguer l'une de l'autre, un brouet confus de peur et de soulagement que lui inspirait la proximité du dénouement, et qui menaçait de rompre à tout moment la façade de sérénité qu'elle s'efforçait d'afficher.

— J'avoue que ne plus t'avoir pour moi seule va me manquer, mon cher mari.

— Je veillerai à ne jamais te quitter trop longtemps à Red Stone, malgré toutes les responsabilités que nous aurons à assumer.

Helena baissa les bras et se détourna pour récupérer les gants de Keir. L'espoir… Quel sentiment magique ! Elle l'entendait vibrer dans la voix de son époux et ne pouvait s'empêcher d'en être troublée.

Il vint la prendre dans ses bras, lui prodiguant une étreinte trop tendre pour qu'elle en jouisse passivement. Un doux gémissement s'échappa de ses lèvres.

— Ma chérie… Si jamais tu te demandes un jour si j'ai pu regretter de venir à Londres, la réponse est non. Mille fois non. Je t'ai trouvée, et tu m'as appris ce qu'est l'amour. Cela vaut largement toutes les épreuves que j'ai dû traverser, sois-en certaine.

Il déposa un baiser sur la tempe de la jeune femme, avant de l'étreindre une dernière fois.

— Mais ne faisons pas attendre Jacquot plus longtemps, ajouta-t-il en se reculant.

Il avait prononcé ces mots avec un léger tremblement dans la voix. Ce n'était cependant pas la crainte, ni même la colère qui le faisait ainsi frémir : c'était l'enthousiasme du guerrier prêt à en découdre. Pivotant vers lui, elle le vit tel qu'elle l'avait aperçu pour la première fois dans la grande salle du palais, farouche seigneur du Nord, plus impressionnant et plus authentique que tous les gandins de la cour.

Il était la fierté et l'assurance incarnées.

— Allons-y, mon mari, renchérit-elle.

Elle aussi était prête à affronter son destin.

Keir avait raison : la vie dans cette geôle n'en était pas une. Néanmoins, elle chérirait à jamais les moments qu'elle y avait passés avec lui, car ils leur avaient donné le temps de mieux se connaître et d'approfondir leur amour.

14

Le roi ne semblait avoir aucunement l'intention de leur laisser la moindre échappatoire. En sortant dans la cour, Keir et Helena se retrouvèrent devant une escorte en armes ne comptant pas moins de quarante soldats. Ceux-ci les attendaient en selle, signifiant par là que le temps pressait. Deux voitures fermées étaient avancées, chacune conduite par un cocher tenant les rênes dans son poing ganté.

— Je vous ai dit de me lâcher ! grinça la voix de lord Ronchford dans l'air matinal.

Il s'exprimait avec hauteur, et les yeomans chargés de l'accompagner ne semblaient guère enchantés. Ils affichèrent même un soulagement visible quand ils l'eurent confié à l'escorte royale.

Ronchford se redressa avec un reniflement dédaigneux et, avisant le couple, lui adressa un rictus suffisant.

Helena sentit Keir se raidir près d'elle. Elle posa l'une de ses mains gantées sur son bras.

— Il n'en vaut pas la peine, chuchota-t-elle.

— Je ne suis pas d'accord, très chère. Cet individu aurait besoin d'une bonne correction, et je suis on ne peut plus disposé à la lui administrer.

— Pas de ça avec moi, intervint le capitaine du détachement en s'interposant. Le roi vous attend.

Keir hocha la tête, non sans avoir auparavant lancé à Ronchford un regard qui fit reculer le bonhomme d'un pas.

— Dans ce cas, répliqua-t-il, ne tardons pas.

Un garde ouvrit la portière d'une des voitures. Keir considéra le capitaine avec un haussement de sourcils.

— Vous m'excuserez, lord Hurst, mais vous comprendrez que les circonstances m'interdisent de vous prêter un cheval.

Keir lâcha un grommellement en gaélique, avant de suivre Helena dans la voiture. Une fois dans l'habitacle, il dut se rencogner tout au fond de la banquette et courber la nuque pour tenir dans l'espace exigu. Ses genoux étaient coincés contre l'assise de la banquette opposée. Conçu pour garder la chaleur, l'intérieur de la voiture était plutôt petit, et certainement pas adapté à des hommes de sa stature. Helena se tassa dans un coin pour lui ménager le plus de place possible. Il n'avait cessé de jurer à voix basse depuis qu'il l'avait rejointe dans le véhicule.

— Je crois que je vais devoir apprendre le gaélique, jeta-t-elle sur un ton badin.

Il voulut redresser le dos et heurta du crâne le plafond de l'habitacle. La jeune femme n'eut pas besoin de parler sa langue pour comprendre les mots qui lui échappèrent.

— Je déteste les voitures !

Ce n'était apparemment pas le cas de Ronchford. Par la portière restée ouverte, Helena vit celui-ci prendre place dans le second véhicule et allonger aussitôt ses jambes sur la banquette opposée, sans se soucier de la boue qui maculait ses bottes, en rajustant d'un air fat ses manchettes en dentelle.

Tout comme Edmund…

Tout comme n'importe quel autre courtisan, à vrai dire.

La portière fut refermée et le fourgon s'ébranla. Helena ne portait que son ensemble de chasse et s'en satisfaisait totalement. Un brin de raffinement était appréciable de temps en temps, mais elle n'éprouvait aucunement l'envie de suivre la mode de trop près. Pas plus qu'elle ne souhaitait voir son mari arborer dentelle et culotte de soie.

Elle entendit la herse grincer et jeta un œil par la portière pour regarder la lourde grille libérer l'accès au pont-levis. Un sourire lui monta aux lèvres, alors même que l'angoisse lui nouait les entrailles.

— Arrête de t'agiter ainsi, dit Keir en lui prenant les mains.

Il porta ses doigts à ses lèvres.

— Je ne peux pas supporter de te voir inquiète comme ça.

Elle battit des paupières.

— Je ne suis pas inquiète. Tout va bien se passer, j'en suis sûre.

Il se renfrogna.

— Et je n'apprécie toujours pas les hypocrisies de courtisans. Sois gentille et épargne-moi ces simagrées, veux-tu ?

Elle se le tint pour dit et n'essaya plus de masquer les émotions qui la tourmentaient.

La rumeur de la ville les enveloppa bientôt, et la jeune femme se rendit compte à quel point ces bruits de la rue lui avaient manqué. Il régnait un tel silence et une telle solitude, à l'intérieur de la Tour de Londres, que le temps semblait cesser de s'écouler.

Helena éprouvait également une certaine tristesse de se retrouver dehors, car elle avait l'impression que la bulle magique dans laquelle elle avait vécu ce mois dernier avec Keir venait d'éclater en mille morceaux, les livrant aux dures réalités du monde. Paradoxalement, leur geôle était devenue pour eux un havre de paix.

Mais un frisson d'anticipation l'étreignait aussi, une flamme qui gagna en intensité à mesure que la voiture les rapprochait du palais. Ils s'arrêtèrent juste devant l'entrée principale et la portière fut de nouveau ouverte. Keir quitta l'habitacle avec un « ouf ! » de soulagement et, une fois dehors, fit jouer ses bras pour détendre ses épaules. Les gardes royaux les entourèrent aussitôt. Ils gardaient leur pique levée, mais il était clair qu'ils tenaient étroitement à l'œil le guerrier écossais. Quand ce dernier se mit en route, ils lui emboîtèrent le pas en veillant à rester hors de sa portée.

Ils ne prirent pas de telles précautions avec Ronchford. Celui-ci descendit de son fourgon le visage rouge d'indignation et monta l'escalier quatre à quatre, les gardes le serrant de près sans paraître craindre le moins du monde ses réactions.

Un concert de chuchotements accueillit les arrivants dans la grande salle. Tous les yeux étaient braqués sur eux. Nombre de dames avaient porté leur éventail à leur bouche, comme s'il suffisait à étouffer les murmures qu'elles échangeaient avec leurs voisines. Helena traversa rapidement la foule en s'efforçant de soutenir l'allure de son mari. Keir avançait d'une démarche résolue derrière les gardes qui fendaient la cohue des courtisans, le talon de leurs bottes résonnant sur les dalles du sol.

Jacques Stuart les attendait dans la salle d'audience, assis sur son trône. Anne était installée près de lui sur l'estrade royale. La reine avait le dos droit et tenait à la main un éventail plié dont elle tapotait la jupe flottante de sa toilette. Les gardes refermèrent les portes. Helena parcourut l'assistance des yeux. Il y avait là les conseillers de Sa Majesté au grand complet, alignés le long des murs de part et d'autre de l'estrade, les yeux fixés sur Keir et Ronchford. C'était une disposition que la jeune femme ne connaissait pas, Jacques se tenant d'ordinaire seul sur sa chaise dans la salle d'audience face à ses sujets, flanqué uniquement de ses gardes.

Alarik McKorey était également présent dans la pièce. Il avait le visage grave, mais ses yeux étincelaient de fureur. Son regard était braqué sur trois hommes qui se tenaient eux aussi face à l'estrade, non loin d'elle. Ayant salué le couple royal d'une profonde révérence, elle prit le temps d'étudier les inconnus. Ils étaient habillés avec une certaine simplicité, mais leurs vêtements étaient taillés dans les meilleures étoffes. Pour autant, leur tenue ne présentait aucune des couleurs à la mode.

— Nous nous trouvons face à un dilemme inattendu, milords, déclara lentement Jacques en regardant tour à tour Keir et Ronchford. Aucun de vous deux n'a été déclaré coupable par le conseil des barons.

— Encore heureux ! commenta Ronchford avec hauteur.

Le roi le considéra un long moment, jusqu'à ce que la reine tapote son éventail contre sa jupe.

— Il semblerait toutefois, reprit-il, que de nouvelles informations nous permettent aujourd'hui d'élucider cette grave affaire.

Il fit signe à un domestique d'avancer. Celui-ci portait un objet qu'Helena ne put identifier que lorsqu'il se fut rapproché.

C'était un tas de tissu informe et crasseux, tellement déchiré et maculé de boue qu'il était presque impossible d'en deviner l'origine… n'eussent été ses couleurs, or et crème, semblables à celles de la toilette des demoiselles d'honneur d'Anne du Danemark.

— Le plus intéressant, enchaîna le roi, est que cette robe comporte un trou dont les dimensions correspondent exactement au morceau retrouvé dans le poing d'Edmund Knyvett.

Un autre domestique apporta la pièce en question et la plaqua sur la toilette abîmée que le premier serviteur tenait à bout de bras : ses bords épousaient à la perfection ceux d'un vide rectangulaire au bas de la jupe.

— McQuade doit donc désormais répondre de deux assassinats ! s'exclama Ronchford en pointant un doigt accusateur sur le mari d'Helena.

— Comme c'est étrange, intervint alors l'un des inconnus en s'avançant.

Il se déplaçait avec aisance et puissance. Doté d'une large carrure, il s'arrêta face au couple royal, une main sur la poignée de son épée. À la différence de la plupart des courtisans, il n'adoptait pas une pose déhanchée contrefaisant une désinvolture nonchalante. Il était au contraire campé sur ses deux pieds, le corps tendu. Il avait les cheveux bruns et des yeux aussi verts que des pâturages printaniers.

— C'est étrange, répéta-t-il, parce que Raelin nous a rapporté une histoire totalement différente. Elle nous a confié qu'avant de mourir Edmund a tenu des propos indiquant clairement que c'était lui-même qui avait payé l'assassin – mais uniquement pour qu'il le blesse. Quand il a demandé au tueur pourquoi il lui avait occasionné une plaie fatale, son meurtrier lui aurait répondu qu'une autre personne l'avait engagé entre-temps pour mettre fin à ses jours – et que cette personne n'était autre que vous, monsieur.

— Absurde ! vociféra Ronchford. Où est cette menteuse ? Il ferait beau voir qu'elle me répète ça en face !

— Edmund avait payé son assassin ? répéta Helena en portant la main à sa bouche.

Saisie d'horreur, elle mit quelques secondes à assimiler ce que l'inconnu venait de raconter.

— Raelin est vivante ? s'écria-t-elle.

Il hocha la tête.

— Oui. Elle reprend des forces dans un lieu sûr.

— Reconnaissez plutôt qu'elle se cache pour ne pas avoir à répondre des calomnies qu'elle répand sur des personnes de qualité ! s'emporta Ronchford, écarlate. Qui irait croire qu'Edmund ait pu engager quelqu'un pour lui nuire ? C'est délirant !

Cela correspondait pourtant tout à fait à l'esprit malfaisant et tortueux de son frère, songea la jeune femme.

Elle secoua la tête et ferma les yeux, accablée. Edmund et ses machinations... Elle en était malade, mais savait que l'inconnu avait dit la vérité. Rouvrant les paupières, elle constata que le roi la regardait. Les yeux de tous les conseillers étaient en fait fixés sur elle. Elle comprit que l'heure n'était plus à la réserve.

— Il m'a demandé de ne pas consommer mon mariage avec Keir McQuade, avoua-t-elle, car il n'était pas près de donner ma main à quelqu'un qu'il ne considérait pas comme de notre rang. J'aurais dû me douter qu'il n'en resterait pas là après les noces.

La cupidité avait dû le rendre fou, pensa-t-elle. Il n'y avait pas d'autre explication à son acharnement.

— C'était à moi qu'il vous avait promise ! s'écria alors Ronchford d'une voix suraiguë, les yeux étincelants de fureur.

Il fondit sur elle et la saisit par le cou.

— Vous êtes à moi ! hurla-t-il. À moi, vous m'entendez ? Le comté de Kenton devait me revenir ! Votre joli petit corps était censé réchauffer *mon* lit !

Keir n'eut qu'à détendre son bras puissant pour envoyer Ronchford bouler sur le sol. Les gardes royaux s'abattirent sur l'aristocrate, mais celui-ci se débattit avec une force décuplée par la rage. Puis il s'immobilisa soudain et lâcha un rire mauvais qui résonna d'un mur à l'autre de la salle d'audience.

— Et elle sera à moi ! poursuivit-il. Le roi va me relaxer et j'obtiendrai ce que j'ai acheté. Vous verrez ! Vous serez ma femme, Helena Knyvett, et vous habiterez chez moi…

Il continua sur le même registre dément tandis que les sentinelles le traînaient hors de la pièce.

— Restez ici, McKorey !

— Votre Majesté ! protesta l'interpellé en pivotant vers son souverain.

Le frère de Raelin tremblait de rage. De tout son être semblait émaner une irrépressible soif de sang. Il avait le poing serré sur la poignée de son épée.

— Cet homme n'a plus toute sa raison. Vous ne pouvez le défier dans l'état où il se trouve.

— Et ma sœur ? répliqua Alarik, les yeux fixés sur la robe en lambeaux. Comment va ma sœur ?

— Elle est en convalescence chez moi, messire, lui répondit l'inconnu.

Alarik s'avança vers lui.

— Qui êtes-vous ? lança-t-il sur un ton à peine aimable.

— Je vous présente Demetrius Wysefield, marquis de Wyse, articula Jacques Stuart. Et je vous suis personnellement redevable d'avoir recueilli et soigné la demoiselle d'honneur de ma reine, lord Wyse.

— Bien. En ce cas, je suppose avoir l'autorisation de retourner chez moi sans plus attendre, répliqua le marquis effrontément.

Jacques se frotta le menton d'un air pensif.

— Vous feriez un conseiller avisé pour votre souverain, savez-vous ?

Le roi et son sujet se mesurèrent du regard, chacun tentant de dominer l'autre par la seule force de sa volonté. Jacques agita finalement la main.

— Suffit, dit-il. Nous poursuivrons cet entretien plus tard, lord Wyse. Comment se porte Raelin McKorey ?

— Elle a eu beaucoup de chance de s'en sortir vivante. Elle a été continûment veillée par un prêtre durant toute la semaine qui a suivi son sauvetage.

— Pourquoi ne pas nous avoir envoyé un courrier pour nous informer qu'elle était chez vous ? s'enquit Alarik d'une voix vibrante de colère. Je l'ai crue morte !

Le marquis tourna la tête vers lui.

— Elle était brûlante de fièvre et n'arrêtait pas de répéter qu'on voulait l'assassiner. J'ai préféré en apprendre plus sur ce qui avait pu lui arriver. Comme je le disais à l'instant, il lui a fallu une semaine entière pour se remettre de sa chute dans le fleuve et être en mesure de répondre à mes questions.

— Mais elle va bien maintenant, n'est-ce pas ? intervint Helena.

Une joie encore un peu incrédule la soulevait. Elle avait tellement appelé de ses vœux un semblable dénouement qu'elle peinait à croire que ses prières aient été exaucées.

— Elle reprend des forces, madame. Mais elle n'est pas en état d'être déplacée. D'après mon médecin, il faudra plusieurs semaines avant qu'elle puisse supporter les cahots du voyage.

— Laissez-la se reposer, acquiesça Alarik, avant de prendre une inspiration frémissante. Vous avez ma gratitude, lord Wyse, ainsi que celle de tous les McKorey. Je serai heureux de vous rembourser les frais que son hébergement et ses soins vous auront coûtés.

Le marquis eut un haussement de sourcils.

— Gardez donc votre argent. Je ne tiens pas une auberge. Votre sœur est mon invitée.

Une lueur se mit soudain à danser dans ses prunelles et il précisa :

— Une invitée pas toujours consentante, je dois l'avouer. Il a fallu que je la retienne de partir. Elle voulait absolument revenir ici. Dans son état, cela lui aurait été fatal.

Alarik ébaucha un sourire.

— Voilà qui confirme que vous parlez bien de Raelin : toujours à discutailler, juste pour s'assurer qu'elle aura le dernier mot.

— Je suis soulagé d'apprendre que cette attitude est normale chez elle, rétorqua le marquis en souriant à son tour. Je commençais à me poser des questions…

Puis, se tournant vers Helena :

— Vous êtes Helena Knyvett ?

— Oui.

Il claqua des doigts à l'intention des deux hommes qui l'accompagnaient. L'un d'eux portait une sacoche en bandoulière, dont il tira plusieurs lettres.

— Mlle McKorey a tenu à vous écrire. Ainsi qu'à vous, Majesté, ajouta Wysefield à l'adresse du roi, et aussi à son frère. Elle se doutait que vous viendriez à la cour sitôt qu'on vous annoncerait la nouvelle de sa disparition, monsieur.

Il tendit la dernière missive à Alarik.

Helena prit celle qui lui était destinée et considéra un instant son cachet. Après tant de semaines d'attente angoissée, cette issue paraissait si simple qu'elle la trouvait presque irréelle…

— Ouvrez-la donc, lady Hurst.

La voix du roi la fit sursauter. Elle reporta son attention sur le souverain, les joues chauffées par une brusque rougeur. Jacques Stuart désignait sa lettre en l'invitant à la lire. À côté d'elle, son mari lui serra le bras, plus protecteur que jamais.

— Détendez-vous, McQuade, lui lança le monarque. Vos hommes ne sont pas loin. Je les ai seulement priés de rester cachés pour voir la réaction de Ronchford à la nouvelle du sauvetage de dame McKorey – sauvetage dont vous serez d'ailleurs sans doute fier d'apprendre qu'ils sont responsables.

Il fit signe aux valets postés près d'une porte donnant sur l'une des galeries latérales. Ceux-ci pivotèrent en silence pour ouvrir le battant. Derrière se tenaient Farrell et ses compagnons. Le second de Keir s'inclina devant le roi, avant de regarder son chef.

— Si tu veux bien me confier milady… lui suggéra-t-il sur un ton laissant entendre qu'il n'avait pas oublié l'habileté avec laquelle la jeune femme avait trompé sa vigilance à la Tour de Londres.

Keir sourit à Helena. Quoiqu'un peu dépitée d'être ainsi congédiée, la jeune femme n'en exécuta pas moins une révérence parfaite avant de s'éloigner, la tête haute. Les Écossais l'entourèrent dès qu'elle eut franchi le seuil de la salle d'audience. Ce jour-là, elle appréciait leurs attentions. C'étaient des McQuade, tout comme Keir. Elle se sentait en sécurité parmi eux.

Elle s'assit dans la première alcôve venue pour décacheter enfin la lettre de Raelin.

Ma très chère amie,

Sois assurée que je ne te tiens aucune rigueur de ce qui m'est arrivé et que ton mariage ne m'inspire que de la joie. Le père de ton époux était un horrible individu, mais je ne puis m'empêcher d'admirer son benjamin. Keir McQuade est un homme de bien et je vous souhaite tous les bonheurs du monde.

J'espère que nous resterons amies pour toujours, car c'est un privilège rare de se découvrir une âme sœur, surtout à la cour.

À jamais ta dévouée,
Raelin McKorey

Des larmes montèrent aux yeux d'Helena – des larmes de joie. Elle relut la missive, avant de la replier et de la glisser dans sa manche. Redressant la tête, elle vit que Farrell l'observait.

— C'est donc vous qui avez fini par la retrouver ? demanda-t-elle.

Le solide Écossais eut un grand sourire qui découvrit ses dents.

— Après toute la peine que vous vous êtes donnée pour m'envoyer à sa recherche, échouer était totalement exclu, milady. Et puis, vous aviez raison : ces satanés Anglais auraient été incapables de lui mettre la main dessus. Elle était une roselière qui l'avait sauvée du courant mais qui la cachait des berges. Heureusement que j'avais ordonné qu'on fouille minutieusement les rives... Nous l'avons portée vers les bâtiments les plus proches. Il se trouve que c'était le manoir d'un homme d'honneur. Nous n'avons pas quitté notre compatriote avant de nous assurer qu'elle était en passe de se remettre.

— Attention, Farrell, non seulement ma femme est anglaise, mais elle m'a rapporté que tu l'avais qualifiée d'astucieuse, intervint Keir qui venait de ressortir à son tour de la salle d'audience. Alors comme ça, mon gars, il paraît qu'elle a réussi à te filer entre les pattes ?

Le chef des McQuade semblait amusé. Helena crut même voir Farrell rougir !

— Ouais... eh bien, cela veut dire qu'elle fera une bonne châtelaine pour nos gens, n'est-ce pas ?

Keir tendit la main à la jeune femme en hochant la tête.

— Voilà au moins qui est clair, en effet, approuva-t-il.

Helena plaça ses doigts dans sa paume, heureuse. Keir referma sa main chaude sur la sienne, geste qui parut à la jeune femme à la fois simple et parfait. Elle croisa son regard, éprouvant comme d'habitude un regain d'ardeur en plongeant les yeux dans les prunelles sombres de son époux.

— Allons-nous enfin rentrer chez nous ?

Il la serra contre lui.

— Oui, ma chérie, très bientôt.

Le printemps étendait sa chaleur sur tout le pays, les derniers frimas de l'hiver se dissipant sous son emprise. Les fermiers ne songeaient déjà plus qu'à la prochaine moisson, et Anglais comme Écossais émergeaient de chez eux pour jouir des rayons vivifiants du soleil revenu.

Keir et ses hommes avaient hâte de revoir Red Stone. Helena se retenait de sourire en voyant leur impatience à prendre la route. Son mari tint à vérifier personnellement le harnachement de sa jument. La cour devant la résidence Hurst bourdonnait d'activité. Les domestiques aidaient à assujettir les bagages sur les chevaux qui serviraient d'animaux de bât. Helena observait ces préparatifs avec une joie limpide au cœur, enfin soulagée de l'angoisse qui n'avait cessé de la hanter au cours du mois passé. Elle avait profondément dormi cette nuit-là, émettant un grognement de protestation lorsque Keir, dans sa hâte de quitter Londres, l'avait réveillée dès les premières lueurs de l'aube.

Non qu'elle lui reprochât son empressement : elle ne regrettait pas de s'éloigner de la cour et de son atmosphère étouffante.

La cuisinière apparut avec un panier rempli de pain frais. Bien qu'elle l'ait recouvert d'un linge, la délicieuse odeur de mie chaude se répandit dans l'air. Helena en saliva dans l'instant… avant d'éprouver un brusque haut-le-cœur. L'envie de vomir fut si forte qu'elle finit par l'emporter sur tout souci de dignité : retroussant ses jupes, la jeune femme se dépêcha de courir vers le cabinet d'aisances.

Tout son corps tremblait quand elle eut achevé de se vider l'estomac. Elle n'eut que la force de ressortir des toilettes, avant de tomber à genoux.

— Helena ?

Elle gémit doucement, terrassée par l'humiliation. Keir se pencha vers elle et la souleva dans ses bras. Elle voulut le repousser.

— Je ne veux pas que tu me voies dans cet état, se plaignit-elle faiblement.

Elle se sentait au bord des larmes et n'en comprenait pas la raison. Tout allait pourtant merveilleusement bien, et chacun de ses vœux avait été exaucé. Mais non : des larmes lui dévalaient les joues ! Devenait-elle folle à son tour ?

— Je te ramène au lit. Tu es malade.

— Non, pas du tout, protesta-t-elle en lui donnant une tape sur le bras. Repose-moi tout de suite.

Ses pleurs avaient séché quasi instantanément sous le coup de la colère.

— Tout de suite, Keir !

Ce dernier s'exécuta et la considéra avec perplexité.

— Tu es aussi pâle que la nouvelle lune. Tu es sûre que tu ne serais pas mieux allongée ?

Helena leva la main pour le réduire au silence.

— Je te dis que je vais bien.

La cuisinière arriva alors dans la pièce et dépassa Keir pour venir se planter devant sa maîtresse, un verre à la main.

— Buvez donc ceci, milady. Cela vous remettra l'estomac d'aplomb.

— Je vous répète que je ne suis pas malade. Pourquoi personne ne veut-il m'écouter ?

— Parce que tu *es* malade, insista Keir. Je le vois bien. Et il est hors de question que tu montes dans cet état, surtout pour un aussi long trajet.

La cuisinière se retourna vers lui avec une résolution qu'Helena ne lui avait jamais connue jusqu'alors, tant la domestique montrait ordinairement de discrétion dans son service.

— Sauf votre respect, milord, je crois que la maîtresse a raison : elle n'est pas malade.

Le gobelet que la jeune femme tenait à la main sentait la menthe poivrée. Elle en huma le contenu. Un parfum de tisane fraîche lui emplit les narines. Elle trouva cette odeur bien plus réconfortante que celle du pain chaud.

— Qu'est-ce que vous me racontez là ? grommela Keir.

La domestique consulta Helena du regard.

— Avez-vous eu vos saignements à la Tour, milady ?

— Non…

La jeune femme faillit en lâcher le gobelet. La cuisinière lui adressa un sourire de connivence.

Je ne suis pas malade… songea Helena. Je suis enceinte !

— Je vais vous empaqueter des herbes pour le voyage. Vous aurez besoin de cette décoction pendant quelques semaines encore.

Helena porta le gobelet à ses lèvres. Son estomac protesta, mais elle se força à avaler une ou deux gorgées du breuvage. Quand elle releva les yeux vers son mari, ce dernier bombait le torse avec un air faraud.

— Et si tu allais vérifier le harnais de ta propre monture ? lui suggéra-t-elle.

Au lieu de l'écouter, il lui prit le gobelet des mains et le mit de côté. Puis il s'agenouilla devant elle et lui enlaça la taille, avant de se relever d'un coup et de la faire valser au-dessus de lui.

La jeune femme se remit à pleurer. Keir l'étreignait farouchement et plaquait des baisers sonores sur son ventre encore plat. Elle plongea les doigts dans ses cheveux et se mit à taquiner les mèches sombres.

Puis il la laissa glisser à terre, sans la relâcher.

— Je t'aime, Helena. Je promets de t'aimer toute ma vie.

C'était le genre de déclaration qu'elle croyait jusqu'alors réservée aux sonnets galants ou aux contes des temps anciens. Les bras qui la tenaient étaient pourtant bien réels. Ils étaient chauds, ils étaient forts, et elle adorait s'y blottir.

— Emmène-moi chez toi, Keir, murmura-t-elle en lui caressant le visage. Emmène-*nous* à la maison. Un McQuade se doit de naître sur ses terres.

— Je ne saurais mieux dire, ma chérie.

AVENTURES & PASSIONS

1er juillet

Sabrina Jeffries

Les hussards de Halstead Hall - 5 - Lady Célia

Inédit

Lady Célia doit se marier avant la fin de l'année, sinon toute la fratrie sera déshéritée par leur grand-mère. Par chance, trois prétendants se manifestent, et elle demande au détective Jackson Pinter, qui enquête sur le décès de leurs parents, de s'assurer de l'honnêteté des trois hommes. Or Jackson est bien décidé à s'opposer à ses projets, car le seul homme qu'il veut qu'elle épouse, c'est lui.

✦

Eloisa James

Les duchesses - 2 - Le couple idéal

Inédit

C'est lors d'une fête de Noël que lady Perdita Selby a rencontré le duc de Fletcher. Leur mariage fut inoubliable. Quatre ans plus tard, leur couple suscite toujours l'envie, mais derrière les portes closes l'éclat de leur amour s'est éteint. Peu désireux de perdre la femme qu'il désire toujours, le duc est déterminé à regagner son amour.

✦

Julie Garwood

Secret - 1 - Le secret de Judith

Au XIIIe siècle, la guerre fait rage entre l'Angleterre et l'Écosse. Mais Judith l'intrépide tiendra sa promesse et ira assister sa meilleure amie pour son accouchement. Elle part donc dans les Highlands escortée par des soldats écossais qui la considèrent comme une ennemie. Ian, leur chef, admire le courage de la jeune fille et se laisse séduire par son charme. C'est décidé, il la gardera, qu'elle le veuille ou non.

✦

Leda Swann

Les sœurs Clemens - 2 - Un modèle de charme

Inédit

Après le décès de son père, Emily est devenue enseignante. Un après-midi, elle rencontre un photographe qui lui propose de devenir son modèle. Pourquoi ne pas accepter ? Bien sûr, il est hors de question qu'elle donne sa vertu au premier venu, surtout pas à cet artiste sans le sou. Expérimenter son pouvoir de séduction, en revanche, peut être amusant.

8 juillet

Joanna Bourne

Le maître du secret

Inédit

Marguerite de Fleurignac est en fuite, déguisée en gouvernante. Sans le sou, seule, traquée par des fanatiques, elle tombe sous la coupe d'un fascinant étranger. Impossible que ce géant soit le marchand de livres qu'il prétend être. Pour quelle raison risque-t-il sa vie pour la sauver ? Ses secrets seraient-ils aussi lourds à porter que les siens ?

✦

Katharine Ashe

Trois sœurs et un prince - 2 - J'ai adoré un lord

Inédit

Ravenna est la plus jeune des trois sœurs Caulfield. Invitée à une fête donnée en l'honneur du prince portugais Sebastao, elle y rencontre lord Courtenay. Lorsqu'un meurtre est commis, ils ne songeront qu'à s'unir pour trouver le coupable.

✦

Mary Reed McCall

Les chevaliers de l'ordre du Temple* - *Tentations

Richard de Cantor; chevalier de l'ordre du Temple, échappe aux soldats de Philippe le Bel et rentre à Hawksley. Il y retrouve son épouse Aliénor, devenue folle, et Meg Newcomb, qui le rend responsable de la démence de sa cousine. Peut-être n'a-t-elle pas tort ? Richard s'en est toujours voulu du drame qui s'est déroulé cinq ans plus tôt. C'est pour expier qu'il est parti, mais sa vraie pénitence est la passion interdite qu'il nourrit pour Meg.

Passion intense

1er juillet

J. L. Mac

Jusqu'à toi* - 2 - *Délivrée

Inédit

Depuis le décès de ses parents, Jo a vécu une enfance des plus chaotiques. Sa seule volonté a toujours été de mener une vie libre, sans aucune contrainte. Mais les choses ont changé le jour où elle a rencontré Damon, ce garçon qui l'a bouleversée, lui a appris ce qu'étaient le désir et l'amour. Partagée entre un passé rassurant qui la tiraille et un avenir prometteur qui l'effraie, Jo est dévastée. Sa passion pour Damon lui permettra-t-elle de délaisser ses démons ?

PROMESSES

1er juillet

Lisa Kleypas

La saga des Travis - 2 - Bad Boy

Une rencontre brève et intense avec un inconnu au regard inoubliable qui se révèle être Hardy Cates, l'ennemi de sa famille. Un mariage contracté contre la volonté paternelle qui vire au cauchemar. Un parcours semé d'embûches pour se reconstruire… Bien qu'héritière d'un richissime magnat du pétrole, Haven Travis collectionne les difficultés. Heureusement, l'existence offre parfois une seconde chance. Mais, en misant sur Hardy Cates, le Bad Boy ambitieux, Haven ne joue-t-elle pas un jeu dangereux ?
Car, sous ses dehors policés acquis au contact des puissants, cet homme est pareil à un fauve blessé, sauvage et dangereux. À moins qu'il ne se laisse apprivoiser ?

8 juillet

Kim Law

Surprises à Sugar Springs

Inédit

Lee Ann avait de beaux projets : de belles études, trouver l'amour, fonder une famille… Mais sa sœur meurt d'un cancer foudroyant, lui laissant la charge de ses deux petites jumelles dont le père a disparu. À Sugar Springs, cette petite ville du Tennesse où tout le monde se connaît, Lee Ann fait face et élève ses filles. Et cette vie qu'elle n'avait pas imaginée lui convient parfaitement. Jusqu'au jour où, treize années plus tard, Cody, qu'elle aimait mais qui l'a trahie, revient à Sugar Springs. Cody, le bad boy, qui n'est autre que le père des jumelles…

Et toujours la reine du roman sentimental :

Barbara Cartland

« Les romans de Barbara Cartland nous transportent dans un monde passé, mais si proche de nous en ce qui concerne les sentiments. L'amour y est un protagoniste à part entière : un amour parfois contrarié, qui souvent arrive de façon imprévue.
Grâce à son style, Barbara Cartland nous apprend que les rêves peuvent toujours se réaliser et qu'il ne faut jamais désespérer. »

Angela Fracchiolla, lectrice, Italie

Le 1er juillet
Les méandres de l'amour

11163

Composition
FACOMPO

Achevé d'imprimer en Italie
par GRAFICA VENETA
le 18 mai 2015.

Dépôt légal : mai 2015.
EAN 9782290113738
OTP L21EPSN001472N001

ÉDITIONS J'AI LU
87, quai Panhard-et-Levassor, 75013 Paris

Diffusion France et étranger : Flammarion